U0840982

# 案件调查录2

安澜悠然
著

文匯出版社

## 图书在版编目(CIP)数据

案件调查录.2 / 安澜悠然著.--上海:文汇出版社,2016.3

ISBN 978-7-5496-0987-1

Ⅰ.①案… Ⅱ.①安… Ⅲ.①推理小说—中国—当代 Ⅳ.① I247.5

中国版本图书馆 CIP 数据核字(2016)第 033906号

**案件调查录 2**

作　　者 / 安澜悠然
责任编辑 / 熊　勇
装帧设计 / 百丰设计

出版发行 / 文匯出版社
上海市威海路 755号
(邮政编码 200041)
印刷装订 / 北京天宇万达印刷有限公司
版　　次 / 2016年 4月第 1版
印　　次 / 2016年 4月第 1次印刷
开　　本 / 710×1000　1/16
印　　张 / 18
字　　数 / 250千

ISBN 978-7-5496-0987-1
定　　价 / 36.80元

# 目录

第四季　挖心狂人

## 第五季　心魔对错

# 第四季

## 挖心狂人

## 01　浔云洁是山大王

1997 年夏

放学，浔云洁刚开门，耳边就传来撕心裂肺的哭声，她急急奔到正在大哭的妹妹面前："然然！别哭了，哎哎别哭了，说，谁欺负你了？"

浔可然抬头看了她一眼，鼻涕和眼泪混成一片亮晶晶的："姐姐，爸爸，呜哇啊啊啊……"

云洁心中一抖，不会是爸爸出什么事了吧？

"然然，然然……"面前的妹妹不管怎么连哄带骗，都无法停止大哭的进度。

"浔可然！"云洁蓦然一吼，妹妹眼泪被吓停，小小的眼睛恐慌地看着她。

"你听说了什么？"

"他们……他们说……呜呜……爸爸……枪毙了……"哽咽着的鼻涕与眼泪的液体抹了一脸。

"谁说的？"浔云洁心中不安的气息在扩散。

幼小的浔可然还没来得及把话说清，客厅的窗玻璃上传来"哐哐"两声，云洁回头一看，又一块小石头正砸上窗台，发出哐当一声，浔可然往她怀里一缩。

"哦哦哦，逃兵！逃兵！胆小鬼啊哈哈！逃兵！"

浔云洁猛然打开窗户，不远处站着几个穿着军绿色衣服的小孩，大笑着叫嚷着。

“闭嘴！”浔云洁一吼，孩子们立马被吓停了瞎嚷声。

“谁胡说八道？”

“花头发！”

“花辫子……”孩子们立马叛变，指着站在前头的小姑娘。云洁认得她，花辫子和妹妹浔可然是同班同学，大家都住在军队大院里。她父亲好像是军队的一个文员，母亲是文艺兵，每天早上出门，总给孩子扎两个小辫子，用最花哨的绳儿，所以院子里的孩子都叫她花辫子，难道她真的听说了什么？

花辫子看看周围的小孩都不吱声了，不服气地叫嚷起来：“我才没有胡说！我爹昨天说了，你爹昨儿当逃兵，被枪毙了，找不着了！”

“你爹说的？”云洁狠狠咽了口气，回头拉住妹妹的手，“然然，别哭！有什么好哭的？爸爸才不是逃兵！我们没有做错什么，不许哭，抬起头来！”

说着拉起可可的手，向大院另一头走去：“走，我们去问问花辫子的爸爸！”

父亲常年带着军队在外驻扎，一年在家的日子屈指可数。浔云洁的年纪尚不明白父亲这个将领在军队究竟是做什么的，更别说还在流着鼻涕年纪的浔可然，但是姐妹俩常常听到母亲坐在她们的床头，一边缝补着布鞋，一边和她们讲父亲的事情。

“爸爸啊，在边关和叔叔们一起守着我们的土地，没有他们的辛苦，就没有我们现在这么太平的日子……”

小小的内心里只有这一个认知，爸爸是为国家在战斗，他不会是逃兵。

比姐姐矮上一个头还多的可可仰头看着姐姐的侧面，然后看看握着自己的那只手，紧紧的，好像微微有点抖。

姐妹俩的身影正穿过军队大院门前的空地，身后那群疯孩子们蹦跳地跟着，一边走一边笑：“枪毙啦枪毙啦枪毙啦。”

经过大院门口，军车正要进门，浔云洁侧身一定，挡在军车面前。

司机从车窗里探出脑袋：“小丫头干什么呢！走开啊！”

坐在后座的侯师长正在看手里的文件，抬头，只见浔家大丫头牵着妹妹的手，笔直地站在车前。侯师长想了想，伸手阻止司机鸣笛，转身下了车。

“侯叔叔，你告诉我，我爸爸是死是活？为什么没有人通知我们？”

侯为民一愣："什么？"

跟在身后的孩子们看到大人出现，立刻呈鸟兽散状，大多躲在不远处的树丫后看着。

和面前的师长比起来，浔云洁显得弱小的身躯笔直地站立着："他们都说我爸是逃兵，昨天被枪毙了，为什么没有人告诉我妈妈，告诉我们？"

侯为民皱眉："谁胡说？"

听到这句话，浔云洁心中的石头才落了地，"洛书记家的花辫子丫头说的，全院的孩子们都这样说。"

侯为民转身对司机道："去，把洛书记叫来。"

看到军车停在院门口，大院里一些大人也开始聚集围观。

"浔云洁，你觉得你爸会当逃兵吗？"

"不会！"浔云洁高傲地抬着头，即使面前是个大她几十岁的军官，身旁的浔可然看姐姐坚定的样子，也模仿着抬起头来，哭完还没擦干净的鼻涕顺着在脸上流出一条晶亮色。侯师长看着实在想笑，眼前这两个小姑娘啊，明明还只是十几岁和十岁的年纪，连握在一起的手都在发抖，却眼神透亮，脖子硬挺着一动不动，有气势。

洛书记不一会就赶了过来，还没走到面前就擦着汗解释："误会啊误会，啊呀师长，这不，昨个儿下午不是通讯设备坏了失去联系吗？我就说浔将军如果退到后方就能联系上，我一点也没说那些啥子逃兵，这不今天上午还和他们的队伍联系过，唉，死妮子你给我滚过来！"洛书记说着一把揪住站在不远的女儿花辫子，狠狠地揪住她的耳朵，花辫子尖锐的哭喊声立马响了起来，"啊哟呀呀呀呀，疼疼疼！"

"你胡说些什么？我有说过逃兵吗？我有说过枪毙吗？"洛书记不顾旁边侯为民难看的脸色，训斥女儿道。

花辫子疼得一边哭一边尖叫："你说他逃到后方了！逃走的兵不是都要枪毙的吗？"

"你还胡说！看我不抽死你！"

花辫子躲开父亲的巴掌，立刻就地一滚，哇哇大哭起来。

"行了行了，"侯为民拦住洛书记说，"注意点教育方式，和孩子要多说话解释，不是多抽她。”然后转身看向身后的姐妹，“怎样，大浔丫头，满意吗？”

浔云洁想了想，把可可带到花辫子面前，双手叉腰，道：“给我妹妹道歉，你仗着人多势众欺负她，还叫这帮小破孩拿石头扔她，现在，给我妹妹道歉！”

“我才不用她道歉！”浔可然发出稚嫩的声音，然后狠狠地吸了记鼻子，站在花辫子面前，“我爸爸不是逃兵，你才是逃兵！”说罢用手呼啦一抹鼻子嘴巴，随即把手上的鼻涕一把全擦在花辫子那花布的裙子上，转身就跑。

师长一愣，随之大笑。

“小云！”妈妈的声音从大门方向传来，“你带着妹妹干什么坏事呢！”

云洁眨眨眼，冲师长鞠了个躬，飞快地跟在妹妹后跑了。

洛书记也随之带着女儿回家，花辫子的哭泣声渐渐走远，围观的人群也很快散去。

侯师长把刚发生的事儿简单和浔家妈妈说了一下。

“你看，当年大浔丫头查出来先天心脏不好，组织上同意你们再生个小的，现在看看这俩丫头，简直是两个小豹子，她只是个十多岁的丫头片子，看我的眼神亮堂的哟！把我都给震住了！”

“师长你说笑呢！她才多大呀！”

“诶诶我可不是说笑，你家这两个丫头，留一个给我家那臭小子行吗？”

“师长，这多少年后的事儿呢！再说你家公子看得上我家的假小子吗？小云和他爸爸一样喜欢上跳下蹿！没一点姑娘样子，我都快愁死了诶！”

“我不管，”侯为民笑着耍赖道，“反正你家这两个胆儿大、眼神透透亮的丫头，我一定要抱走一个！”

翌日

“妈我去打个醋！”浔云洁一边穿鞋子，一边对着厨房道。

“好啊，你得快点回来，妹妹醒了要找你的。”

云洁点点头，转身开门。

昨天那些叫嚣着的小子们，正在她家门前高高矮矮站成一溜儿，看到浔云洁，立马站站直，双手作揖，鞠躬，齐声道："大王！！！"

声音洪亮、响彻大院。

……

浔云洁想都没想把门又关上了。

身后走来的浔可然揉着眼睛迷迷糊糊地问："姐姐，谁在外面啊？"

"……一群猴子吧。"云洁喃喃道。

是梦，和记忆叠化在一起的梦。

浔可然睁开眼，觉得肚子上沉沉的，勉强抬起头一看，一团黑乎乎的东西正趴在自己肚子上。她隔了三秒才想起来，自己把那只诡异的黑猫抱了回来，开口就打算叫小黑。

当时坐在驾驶位上的周大缯投来鄙视的眼神，让可可无法自制地要给它取个惊天动地的名字。

"好吧，叫素素好了。"

大缯嘴角满是蔑视的笑意。

"有意见吗？文化考试每次都靠抄答案才能通过的队、长、大、人？"

"没，"周大缯点起烟，"多么朴实而富有深意的名字。"他边笑边说，差点被自己的烟呛到。

小时候浔可然有一本童话书，姐姐经常一边给她念一边逗她笑，里面勇敢的小王子就叫素素。

虽然后来兽医说素素是只母猫。

素素很乖，除了在兽医的针头面前。

自从无头女尸案彻底过去之后，它像所有普通的猫一样，吃了睡，睡了玩，玩了吃。有时可可也会想，会不会之前的种种都是意外，其实素素真的就只是聪明一点的猫，直到可可看到它一脸凝视地坐在她书桌上，一脸凝视地看着那些尸检照片，个把小时一动不动，仿佛它看得懂什么似的。

如果你说它只是聪明，却说不出道理为什么书柜上所有的东西它飞奔过时都会打翻，唯独一张姐姐浔云洁的照片，它从不会碰，连擦边都没有。

素素不叫春不逮耗子不挠沙发，但不像是只一无所知的猫。

就像现在，素素趴坐在她肚子上，幽绿的眼神盯着自己，像在观察可可的情况。

“我没事。”可可发觉自己居然把这猫当人一样说话。

可可笑着起身，收拾东西啃掉面包，站在镜子面前穿衣服时，又瞄到自己肩上的疤痕，如果闭上眼睛，仿佛还能记得那一刻响彻耳边的鸣笛声，王源凶狠的眼神，和刀刺入身体里那一下撕裂的痛楚……可可甩甩头，在局长和大缯的强制要求下她已经休息了两周，还好出国进修和外出帮忙的几位法医都已经回到局里，她也没有抵抗什么。整整过了两周没有尸体、血液和显微镜的生活。

当她发现自己已经被空闲的时间逼得无聊地去看韩剧的时候，她知道不能再这样下去了。

“会闲死掉的！”她拍着桌子对话筒那头的局长卖萌。

“好好好，你滚回来上班！真没见过你这样给你休息还一哭二闹的！”局长在那头吹胡子，“你说你贱不贱！”

“那我辞职咯局长，你再去招一个有我这样经验的法医吧。”

“诶我就说说而已嘛，小同志年纪轻轻，怎么不经说呢……”老狐狸局长立马转口。

可可边想边笑，整个警局大概都和局长一样没什么“节操”，随时随地“见风使舵”。

但却坚守正义的底线。

她收拾好东西，准备出门上班时突然惊讶地发现，素素把猫笼子推到了门口，然后自己乖乖地待在里面。

“你不会是要我带你一起去上班吧？”怎么可能呢，这猫再怎么聪明也不会……

喵。

愉悦的叫声。

……好吧这猫已经成精了，就算它开口说人话我也不惊讶了，浔可然抱起猫笼锁好门，无可奈何地想。

## 02　第三个人

带着潮湿气息的风刮起院子里的落叶。

“铛铛——”

女孩回过头，看着手捧巨大花束，笑得一脸灿烂的男人。

“叔叔，你好久没来看我了！”

“啊，叔叔在忙啊，为了让小燕重新飞起来，在忙咯。”男人取下花瓶里快凋零的花束，换上新鲜的散发着香味的植物。

“叔叔你又笑话我，我又没有翅膀，哪里会飞。”女孩躺在洁白的病床上，一根根仪器的线路缠绕在她身上，仿佛捆锁一般将她阻止在了这间病房里。

男人与女孩聊了许久，聊她的作业，聊她昨天画的水彩，聊到病好了之后一起去旅游……没过多久，女孩体力就不能支撑她的兴奋，不知不觉地陷入了昏睡。

男人默默离开病房，关上病房的门，就看到站在对面发呆的另一个大叔，胡子刮得很干净，但神情却很颓废。

“在门口偷听？”男人问。

大叔愣了愣，很认真地说：“谢谢你，医生。”

男人露出不同于刚才的诡异笑容：“谢什么，如果没有你，计划也不可能实施。”

“……你说，小燕真的有希望？”

“不然，我们还忙活这么辛苦干吗？”男人看了眼发呆的家伙，“放心，我已经找到下一个目标，你只要负责好你该负责的部分。心脏的事情……交

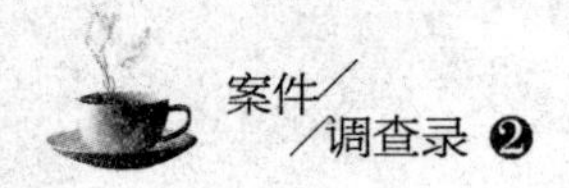


给我就行了。”

男人低下头，看着自己右手，脸上一片阴冷。

“我说叫我哥哥，那小朋友居然说：哪有这么老的哥哥，啊啊啊气死我了！老子这么好的青年才俊连女朋友都没交过几个……”白翎坐在办公桌旁，对着扑克脸的薛阳絮絮叨叨地抱怨。

“几个？”薛阳问。

“啊？”

“重点在于，交过几个？”薛阳一针见血地问，很轻易地看到白翎变得咬牙切齿。

“没交过，满意了吧！”磨牙霍霍。

大缯把文件砸在白翎脸上：“很闲嘛，我还不是被人叫大叔，这点小事也啰唆。”

大缯还没说完，就看白翎和薛阳一脸欲言又止的表情。

大缯眯起眼：“干吗？有意见？”

白翎薛阳把头摇成拨浪鼓。

“他们想说，你这样的，被叫成大叔很正常啊。”

大缯回头，就看到抱着黑猫的可可走进门。

“胡说！哪有我这么年轻的……等等，你不是下周才上班吗？还有你把猫带来干吗？”大缯指着已经跳出笼子，悠然自得在办公桌间跳跃的黑猫，疑惑地问。

“它自己要来的，大叔。”可可不顾对面人吹胡子瞪眼的模样，转而看向白翎，“我下午做尸检，小白要来参观吗？”

小白钻到桌子下，假装自己是一棵植物。

“我年轻得很！叫什么大叔！”大缯眉毛一折，耿耿于怀。

可可盯着他看两眼，摆出一脸认同的样子：“有道理，长得帅的才能叫大叔，你这样的，只能叫师傅了。”

一办公室的人都死憋着笑。

周大缯简直都出离了愤怒，一字一咬牙：“浔可然，心理咨询通过没有？

没通过不许去现场勘查！”

本来已经打算离开的可可慢慢转身，对大缯的报复行为露出温柔的笑容：“素素在你们这里放一天，谢谢！”

黑猫素素听出了主人语气中压抑的愤怒，抬爪，一挥，把大缯桌上茶杯打翻在地，然后愉快地跳到常年积灰的柜橱顶，观察着茶杯主人的反应。

大缯缓缓抬头，对上柜子顶那一双幽绿的猫眼。

太好了，在家里不能干的坏事在这儿都能试一遍了！——那蔑视的猫眼神里仿佛在说。

整个办公室一片寂静，只听得走廊里可可哼歌的声音慢慢飘远。

这是第二次在法医科登记的表格上见到这个名字了。这种事儿在可可的经验中可不多见。

第一次是因为徐丽的案子，曾建明被证实是虐待强奸徐丽的罪犯之一，在可可最终的报告中被登记在案。

第二次是作为受害人，曾建明被冰冷的尸袋包裹着，失去了作为人类最重要的器官，送到冷冻库里。

两次见到这个名字，时间不过匆匆只过了数月。所有伤害别人的人，大约都不会想到，自己不久之后也可能会身处同一个地方，可可想。

曾建明尸体比可可想象中更惨不忍睹些，除了失去了心脏外，整个胸腔内都遭受到了酸性液体的腐蚀。尸体的双手双脚都发现了捆绑痕迹，后脑勺也发现了重物敲击的钝器伤。为了防止在当下情况不明时妄断猜测，可可只在报告上记录下了腐蚀性液体灼伤，而没有写任何自己的推断。

“你觉得是绑架谋杀？”古吉坐在舒适的沙发椅中，抬头看向可可。

每周一次参加古吉的心理咨询，是她回到法医岗位的交换条件。

“之前在无头女尸案时，你也看到过那案子的资料吧？”可可站在窗边问。

“嗯，看过一些……”古吉说。

“那我就直说了，双手的捆绑痕迹、后脑的钝器伤，很容易推断成敲晕被害人，捆绑，然后杀害。”可可说着，发觉古吉并没有对她的说法产生回应，而是低头自顾自看着手里的资料。

来参加心理咨询并不是她愿意的，警队有规定特定岗位需要定期和心理医生沟通，尤其是在案子中受过攻击或者开枪打死过嫌疑人之后，于是当可可肩上的伤快要恢复时，就被那张局长签字同意的心理咨询通知差点又给气裂开来。

“你不想听这些的话，麻烦早点帮我签个字，你高兴我也高兴。”可可直接把笔推到古吉面前，逼她抬起头来直视着自己。

“可可，我知道你不愿来参加心理咨询。”

“谢谢理解，大侠请赶快给我签了字。”可可直言。

古吉低头看一眼桌上的笔，露出像面对幼儿园孩子一样的笑容：“但你在查案过程中受到生命威胁是确有其事，而且也在不必要的情况下攻击了凶手。”

啊啊，没错，老子拿刀直接把那家伙的手钉在了地上，要不是因为这个被局长威胁，我会这么听话坐在这里做这种我们谈谈心这么恶心的事儿？可可在心里嘀咕了一整圈，抬头继续保持微笑：“但是我的伤已经好得差不多了，而且最近的工作完全没有受到影响……”

“心理创伤往往会比你自以为的严重很多。”

“嗯嗯我懂。”可可点头，反正每个医生都这么说。

古吉脸上挂着职业化的温柔笑容，眼神却很严肃：“你会让没有查明死亡原因的尸体直接送去火化吗？”

可可一时无语，冷静冷静，冲动是魔鬼，态度要端正：“……不会。”

“没错，所以我也不会给你这个机会逃避现实。”

可可将视线从窗外转回来，直视着对方认真的眼神，可可深叹一口气：“好吧，你想聊什么？很多案子的事，我不能随便提。”

“我知道，你肩上的伤怎么样了？”

可可抬转了下肩膀：“差不多了，应该不会影响以后用手臂力量。”

“你想谈谈……那天在地下室发生的事情吗？”

“不想。”可可直白地说，看古吉一愣的反应，补充道，“心理咨询需要我说的尽量都是真话不是吗？”

古吉好脾气地笑着："没错，你不想谈那天发生的事也行，那我们来谈谈更久远一点的，比如……你姐姐的去世。"

可可慢慢收敛起嘴角的笑容，看古吉的眼神瞬间冷至冰点。

古吉毫不畏惧她的目光："你我都知道，必须有人帮你解开这个结，让你能放下过去的事情，然后往前走。"

可可把目光转开了。

"如果你生气，或者厌恨我，都没关系。我愿意做这个你讨厌的人，帮你渡过这段泥潭。"

"别自以为是了。"可可语气不善，但却有温度，"没有人能随随便便就解开别人心里藏了很多年的结。"

看着她略带倔强的表情，古吉却笑了："没错，我说得太夸张了，这样吧，我们来做个约定，三件事，只要你和我聊三件你记得的，姐姐的事情，我就给你签字通过，如何？"

可可看着古吉，想从面前这个女人眼里看出开玩笑的意思，但她失败了。

这家伙居然是认真的，到底该说她是闲得慌呢，还是说她有手段呢。可可内心哀叹着，揉了揉眉。

可可半躺在舒适的椅子上，闭上眼睛，放松呼吸。

"任何事情，可可，小时候关于姐姐的任何事情，告诉我，你脑海里首先出现的是什么？"

"……树……很大很大一棵银杏树，阳光从中晃来晃去的。姐姐说它有几百年那么老……"

几百年是多长？那时候妈妈爸爸已经生出来了吗？十一岁的可可，问十五岁的浔云洁。

"姐姐在笑：我的问题她觉得很傻……她会带我去探险，就是所谓孩子们的秘密基地之类的。旁边有一栋楼，常年都很阴森，里面有很多吓人的东西，其实都是些实验用的器官而已，放在高高的柜子里。"

古吉看到可可嘴角不经意露出一丝笑容。

"她会指着那些我不太敢看的东西吓唬我，这是你们数学老师的肺，这是我们英语老师的胃……然后我信以为真，第二天和同学说数学老师的肺其实好黑好黑，还被老师听见了……”

古吉温柔地笑：“其实你很喜欢那个地方吧？”

“才没有，那地方是我小时候的噩梦，我家相册里还有一张很老的照片，就是在那栋楼里拍的，我们一起去探险，姐姐故意吓唬我，然后照片里我吓得张大了嘴，旁边是一个骷髅架子，姐姐在一旁笑得乐不可支。”

古吉沉思了一会儿，可可睁开眼：“这算一件事吧？你说好了三件事，今天我如果说完，你今天要给我签字。”

“可以，但是我很想知道，是谁和你们一起去探险的？”古吉歪着脑袋，问。

可可一愣：“……什么？”

“你刚才说照片里你张大了嘴，姐姐笑坏了，那这张照片是谁在拍呢？”

可可微微张开嘴，呆愣了许久，才用僵硬的语气说：“没有谁。”

然后起身，拿起外套。

“诶等……”古吉愣了下。

浔可然头也不回地走出了心理咨询室。

古吉没有阻止，只是盯着关上的门，良久沉思。

# 03　那年夏天

1997 年夏

侯广岩高高地站在石台上，底下的孩子们仰着头，瞪大了眼睛看着他手上举着的大知了。

“还有更大的没？哼哼，我就知道，本大爷必定是……”

“等一下！”女孩子的声音从孩子群里传来，“我有更大的！”说着一群小朋友里窸窸窣窣地传出一阵推挤的声音，随即蹿上一个个子比侯广岩稍微矮一点的女孩，女孩他认得，是浔家的大闺女，浔云洁。

这个丫头比自己小一岁，但是浑身都透着不同于别的女孩的气息，捉蟋蟀，玩警察与小偷，打石头战，这些侯广岩认定属于大院里爷们的游戏，有时候她会突然冒出来，身边还跟着那个又蹦又跳的鼻涕虫妹妹，这也就算了，让人可气的是这家伙在学校里的成绩就没掉出前三名过，侯广岩一想到每次自己拿着及格线附近的成绩回家，老爸打在屁股上的巴掌有多狠，就对眼前这个姑娘家多恨得牙痒痒。他看了看浔云洁手里的虫子，显然个头不小。

“这是爷们的比赛，女孩子不能参加。”旁边一个男孩说。

侯广岩默默在心里竖起了大拇指。

“谁说女孩子不能参加？毛主席都说，男人女人各占半边天，你们凭什么不让女孩子参加？”浔云洁抬眼看着对方，侯广岩眼珠子一转：“我们这里比赛只算知了，你抓的其他虫子，不能算进比赛，这是规矩。”

浔云洁伸手一指：“你的黑板上写的是捉虫大赛，又不是捉知了大赛，为什么别的虫子就不算虫子了？你有没有文化啊？”

侯广岩本以为能阻止她，结果却被反驳到怔住，眼看着云洁已然跳上了他站的石台，举起自己手里的独角仙和他手里的知了一比较："明显我的比较大嘛，还有没有更大的虫子？"

孩子群里互相看来看去，没有一个吱声，唯独浔可然高举着双手蹦跳："赢啦赢啦！姐姐赢啦！"

"哟，儿子，回来啦？快去洗洗手吃饭。"饭菜的飘香也引不起男孩的兴致。

侯广岩往沙发上把书包一丢，坐在餐桌前的侯师长放下报纸："看看这张臭脸，小子，是不是又不及格了？"

"那个浔云洁是哪里滚出来的妖怪？一个女娃居然有胆量爬高抓虫子！"

"嘿！你个臭小子，给我说话干净点！"侯师长训斥道："谁规定女孩子不能上树？你以为这大院里的树都写着你的名字是不是？"

侯广岩狠狠地拿筷子戳穿碗里的茄子，不语。

侯师长眉目间弯起一道笑："那你是觉得隔壁那个花裙子的姑娘，比较像姑娘家家？"

侯广岩停下筷子，想起花裙子看到毛毛虫尖叫的分贝，默默摇摇头。

侯师长与夫人对视了一眼，默默一笑。

"错了，这里的乘法错了，你乘法表怎么背的？"浔云洁的声音很冷淡。

"靠！那么长的东西才不是人能够背得出来的！"侯广岩很愤怒，谁发明的乘法表，肯定是外国特务集团的阴谋。

"我妹妹比你小五岁，比我小四岁，她会背。"云洁抬起头，淡淡地看着眼前愤怒的雄狮。

雄狮觉得头顶那一点点小板寸的毛都竖起来了，这个浔云洁，根本不是来当家教的，就是来破坏老子的心情和伟大前程的，隔三差五拿着一堆看着就眼花的试卷给我补课，明明比我小一届，不，其实这些试卷都是武器吧？只要把老子读傻了，下次捉虫大赛捉青蛙大赛捉蟋蟀大赛就没人可以和她对抗了！

"你继续发呆也可以，反正侯师长让我给你每天补课两小时，到点我就回家吃饭，到时候你作业没做完我不负责。"云洁边说边抬头看了看时钟，妹妹这时候大概已经放了学到处找自己了吧？“还有半小时，你连一半都没做完，唉……侯师长的优秀你到底继承到哪里去了呢。”

“扯！你叫我爸来做做，这算什么题目，小明带着一根 3 米长的竹竿，门宽 1 米高 1.5 米，问小明要把竹竿切成几根才能通过门，哪个傻缺出的题目？我不能把竹竿纵向深入到门里去吗？非要横着过门？”

云洁张开嘴刚想反驳，突然发现广岩说的挺有道理，张开的嘴就愣愣地张着，广岩看她愣神的表情，伸手拿了个橘子往她嘴里一塞。

“哇！你干什么！”云洁吐出橘子。看着他坏笑道：“你嘴张太大口水流出来了，帮你堵上。”

……

浔可然开门，就看到姐姐揪着广岩哥哥耳朵的画面，后者痛得哇哇直叫。

“你再揪我！我揍你啦！我我我真的要动手啦！”侯广岩耳朵被揪着，一边喊疼一边威胁。

云洁放开手，看着妹妹：“然然，7 乘 8 等于多少？”

“56。”稚气的声音毫无犹豫。

“千山鸟飞绝。”

浔可然转了下眼珠子：“万径人踪灭！”

云洁示威地看向侯广岩：“侯班长，嗯？”

“干……干吗，谁规定背不出乘法口诀唐诗宋词就不能当班长？”广岩脖子一梗，不甘地说。

“当得了班长，也当不了师长！”

“谁说我要当师长，我要当警察！”到时候把你抓起来关禁闭，哦，这句话不敢说出来。

云洁想了想，又坐回位子上：“当警察很容易被坏人打伤。”

“呃……那不如你当医生，万一我受伤了你就帮我治好，这样我就能继续抓坏人，成为大院里的英雄！”

浔云洁重新打开语文书：“直接拖去火化，可以节约粮食。”

“诶？！你怎么这么残忍？有点女孩子的温柔行不行？”

“行啊，到那时你肚子上被坏人割了一刀，我会很温柔地扔下手术刀，哎哟妈呀……”云洁装出一副惊恐的表情，“这这这人肚肠都流出来了呀！人家好怕怕哟！嘤嘤今天晚上吃炒肥肠吧！”

侯广岩一口可乐都喷了出来。

两人你来我往互不相让，谁也没注意到小可可是什么时候下楼去拿了杯果汁又上来了。

“姐姐，什么叫‘色令智昏’啊？”小可可咬着吸管，问。

浔云洁一愣：“你从哪里听的？”

“楼下的侯叔叔说，广岩哥哥不是傻蛋，是色令智昏，什么叫色令智昏啊？是一种傻子病吗？”

浔云洁愣住了，侯广岩恶狠狠地瞪着小可可：“老子才没有傻子病！”过了会儿，他终于忍不住好奇心，也侧头问云洁，“喂，问你呢，什么叫色令智昏？”

听起来好像北斗神拳什么的。

浔云洁抄起书本狠狠砸了他的脑袋一下：“流氓！”然后抱起书包就跑出门去。

小可可也跟着姐姐哒哒哒地跑了。

侯广岩怒道：“不知道就不知道，干吗打我？！还打完了就跑算什么好汉……”说着他的视线落在了书桌上的新华字典上。

一会儿，侯师长听到二楼儿子的房间里传出一声怒吼：“靠！老子才不是色鬼……”

侯师长大笑，转头对厨房里的夫人道：“老浔那家伙，我给他写了信去说要定个娃娃亲，他个孙子居然寄回来一把刀当回信！这回老子看他家的丫头还能不能逃掉改姓侯！”

窗外的知了随之起声，浔云洁牵着妹妹的手，踢踏踢踏小跑着穿过大院的草丛，萤火虫飞过小可可的脚边，女孩子叮铃的笑声和清脆的蛙鸣化为了一体。

那一年，浔可然十岁，浔云洁十四。

侯广岩，十五岁，第一次察觉，女孩子，和自己还有兄弟们都不太一样，是香喷喷的。

就算打人的时候也是。

## 04 故人

2013年夏末

浔可然看着桌上的包裹，没有寄件人，来源不明，要不是苏晓哲再三提醒，这包裹都快在门卫那里放出积灰来了。裁开包裹，一堆泡沫中出现了礼盒包装的可可奶茶，是她平时喝的牌子，翻开包裹单，居然连网店都是以前买过的，但是自己最近喜欢买楼下咖啡店的热可可，没有网购过。购买日期是两周前，那时候自己正在家里闲得长草，也不知道什么时候能回到岗位，怎么会往单位里发快递。

是谁做的这事儿呢？

“可可！”婉莉的声音蹦跳着从身后响起，“快快快，我有好东西给你看，快跟我来。”

蹦跳着的徐婉莉拉着可可一路小跑，快到刑侦大队办公室的时候，婉莉又突然挡住她：“蒙眼蒙眼！”她叫道。

“等等，你搞什么……”反抗不及，婉莉双手已经蒙上了她的眼，从背后慢慢推着她往前走。

“慢点走哦可可，小心脚下，不许偷看哦！”

推开门，睁开眼。

“生日快乐！”轰响起来的吼声，让可可蓦然一呆，眼前的刑警办公室站着一群熟悉的面孔，桌上放着白色的大圆蛋糕，傻笑着的大缯站在中间，手里拿着一把切蛋糕的铲子。

可可愣着，婉莉看着她的反应笑出了声：“看看，我们的法医大人都吓傻了哈哈！”

白翎用肘子推了把大缯：“队长快！趁她傻掉快把戒指套上去，就逃不掉了！”

一场人都哄笑起来，大缯笑着说：“你不早说，我今儿只带了蛋糕！”

可可看着笑容满溢的人群，抬起手指做了一个等待的动作，然后摸出手机转身走出办公室开始打电话。

一时间大家你看看我我看看你，不知道她这反应是怎么回事，最后不由多说，询问的目光都集中到了周大缯的身上。

大缯拿着塑料铲子双手一摊：“都瞪我干什么？是谁说女孩子都吃这一招的？”

婉莉弱弱地举起手。

薛阳插话：“也不能都怪小徐，不是队长你下令全体总动员的嘛……”

周大缯横过去一眼，薛阳立刻把头扭开。

婉莉对薛阳淡淡一笑。

转身可可已经重新出现在办公室门口，看到蛋糕面前的人们忐忑的表情，温柔一笑，摇摇手里的手机，“今晚满月楼，我请客。”

“嗷嗷耶……”瞬间反应后，欢呼声爆满了办公室。

吵闹之中，局长的身影出现在门口：“嚷嚷什么呢！我走过门口就听到你们鬼哭狼嚎的。诶，这蛋糕是谁的啊？”

大家七嘴八舌围着局长说笑的时候，大缯看到站在一旁的可可突然眯起了眼，然后笑盈盈搬了一张椅子到局长身旁。“领导，您坐！”可可微笑地对局长说，局长看看椅子，笑道：“哟，今天太阳还是不是东边升起来的哟？”

“领导，”可可的声音又甜又软，“我知道这几年，您就像我师傅一样，护着我，教我很多东西，我还总是给您添麻烦，我真不应该。”

局长笑着哼哼两声，虽然觉着这认罪有点突然，不过马屁从一个平时又犟又不听话的女法医嘴里说出来，还是很受用的。

薛阳凑到大缯身旁，小声道：“诶，队长，浔姐被我们吓傻了吗？怎么这么腻歪？”

大缯嘴角一撇，凭他的丰富经验道：“等着看，等下老狐狸肯定要被小狐狸咬一口。”

薛阳眨眨眼，“啥？”

可可转身倒了杯茶：“领导，您看，当初您把我招进来，很多人都说我年纪太轻不够格，但您力排众议，和我师父两个人带着我学会很多刑侦经验，连报告上的错别字都帮我圈出来，这杯茶代表我的感恩之情。”

可可肉麻的话顿时引起了大家的起哄声，局长笑得脸上都快开出花来了。

浔可然是个可塑之才，这个很早以前他就看得出来，但是他的另一个预测也同样准确，浔可然是个容易招麻烦的主，她对她的专业技术满怀自豪，绝不会妥协于任何人情世故的阴暗角落，今日不比往昔，权贵世故影响办案的例子太多了，要想平衡好这孩子的仕途，绝非易事，看着今天这杯茶，局长也油然产生一种身为师父的自豪感。

“丫头，今儿没给你准备什么生日礼物，别介意哈。”局长手里捧着茶，心里暖洋洋的。

“没事，领导您给我签个名吧，算作墨宝赏我呗！”可可甜美地笑着说。

“好！你说，签哪儿！”局长豪迈地笑，端起茶杯，品了一口，茶叶清香入肺。

可可从口袋里掏出钢笔和纸：“喏……法医科经费申请书。”

噗……局长半口茶呛了出来。

一办公室的人都笑翻了天。

“你个小兔崽子，在这儿等着我呢！”局长哭笑不得地骂道。

“没，本来想到您办公室去等着的，他们把我拽来的，”可可一脸无辜，“而且设备的确很多年都没有更新过了，罪犯们都每年积极上进比我们的技术还优越……”

“得得得……”局长摆手，笑道，“我签，我签行了吧！”

“诶诶局长帮我把这个申请也签了正好。”大缯不知道从哪里跳出来拿着一张人员申请表。

“去！”局长笑骂，“人家小姑娘生日，你凑什么热闹！”

“局长您这是性别歧视！”大缯厚脸皮缠着不放。

局长瞪眼，“你敢过来试试！看我打断你腿信不信？”

可可递上一块刚切好的蛋糕 :“领导，别和他一般见识，吃蛋糕！”

局长看着眼前的蛋糕，眯起一双小眼睛 :“刚才那一杯茶喝掉我 3 万块经费，这块蛋糕多少钱啊？”

“不多的。”可可一脸无辜地笑。

薛阳和白翎等人早就笑趴在了桌上。

局长豁地站起身来 :“走了，下次我写个对联给你们挂在门口，左边挂‘豺子狼窝’，右边写‘局长慎入’！”

这回连大缯也笑翻了去。

“笑笑笑，一群小兔崽子！”局长蹬蹬地走出两步，又快步走了回来，从可可手里抢过蛋糕，嘴里边走边嘀嘀咕咕 :“我就是不吃也要拿走，昨儿下棋刚输给你师傅 50 块，今儿被徒弟敲走几万块，青出于蓝而胜于蓝，吃穷你，老夫吃穷你……”

可可站在婉莉身旁，两人笑得花枝乱颤。

哄笑着大家开始瓜分蛋糕，抢巧克力抢蛋糕上的水果，白翎一伸手，捏了一块奶油就抹在王爱国脸上 :“别擦，这叫奶油小生，贼帅！”王爱国是个技术宅，被戏弄得手忙脚乱，急得直跳脚 :“白翎你再来，我就把你笔记本里那几十个 G 都给你删掉！”

这下警队的兄弟都笑翻了天，连隔壁办公室的人也被蛋糕给吸引了过来，纷纷抓住白翎要求拷贝几十个 G 的资源。大缯也想过去凑热闹，转眼看到可可用一种“你有胆上去问就给你好看哟亲”的微笑看着他，顿时失去了上前造次的勇气。

来日方长，不急不急。

可可嘴里吃着蛋糕，一手捧着可可味的奶茶，觉得多日来的辛劳都烟消云散，谁说警察的工作只有苦没有乐？那样的人生都是自己选择出来的，当然，还有人与人之间的缘。

有人拍拍她的肩，可可回头，是门口的保安同事 :“这个，刚才有个男人叫我交给你，说是生日礼物。”

可可拆开信封，一张树叶形状的书签掉落在地上。

捡起书签，可可表情陷入一种呆滞中，嘴巴微微张合，突然抓住保安 :

“那个人呢？在哪？”

“哦，给我这个信封之后就转头走了，应该还没走远……”

话音尚未落，浔可然已经跳起身向外奔去。

奔出办公室走廊，跳出警局门口，大马路上人来人往，左寻右找，几米外，那个一眼就能认出的身影正跨上一辆出租车。浔可然提足狂奔，却眼看着出租车的背影越行越远，渐渐消失在视线中。

可可站在马路边，喘着气，闭上眼睛，多年前那些嬉笑怒骂的画面在黑暗中慢慢出现又消失……

“可可？！”大缯的脚步声从背后响起，“怎么了？那人是谁？”

可可转身，慢慢往回走：“没有谁……”

大缯没有跟着她，人行道上，一边是慢慢走远的浔可然，一边是站着不动、看着她的背影的周大缯。

渐渐拉开的距离。

## 05　生与死的分界线

1997年夏

16岁，侯广岩都快记不清自己是从什么时候开始讨厌浔可然，就好像记不得是什么时候开始喜欢浔云洁一样。

那个鼻涕虫，小跟班，从来不离开云洁身边的死丫头，比自己会背诗会背公式，还动不动就哭，每次和她吵架，小鼻涕虫吵赢了，侯广岩不爽，她吵输了就哭，哭了云洁就一个劲地哄她护着她，侯广岩于是更不爽。

那一天，三个人从实验楼跑出来，站在巨大的银杏树下，侯广岩站在姐妹俩身后说："你妹妹真恶心，鼻涕眼泪就没停过。"

浔云洁转过身，一拳揍在他脸上。

然后居高临下地看着歪倒在地上的侯广岩，表情冷冷地皱着眉，一言不发。

旋即拉着妹妹转身走了。

在两个星期的形同陌路后，侯广岩还是投降了，花了一个月的零花钱买够了糖果，敲浔家门的时候，心情忐忑不已。

打开门的是个子比自己小一个头的浔可然，小丫头闪亮的眼珠子眨了眨，扭头就对屋里喊："姐姐！猴子哥哥来道歉了！"

侯广岩吓得差点把怀里的糖都给扔了，急吼吼地喊："谁说我是来道歉的！我是来慰问……"

可可看了看他怀里那一大包糖，扭头又喊："姐姐！猴子哥哥考试又不及格了！"

呸！！侯广岩想都没想就在心里啧了一下口水，期中的成绩还没出来呢！你凭什么说老子不及格！只是有可能而已，有可能……等、等等。

“你怎么知道的？”也许小朋友有通灵能力？

“给我糖我就告诉你。”可可伸手道。

侯广岩给得很不甘心，小小年纪就会索取，将来肯定对社会没有贡献精神。

都不记得自己买糖本来就是要给这个丫头的。

可可接过满满当当的大白兔奶糖水果糖还有些没见过的棒棒糖，才笑嘻嘻地回答他：“考试只有及格或不及格，猴子哥哥不及格的可能比较大。”

……侯广岩呸她的力气都没有了，只觉得眼前很黑暗，好失败好失败好失败……

“你到我家来装痴呆吗？”浔云洁穿着妈妈的碎花围裙，一手拿着苹果，一手拿着水果刀，微笑着说。

侯广岩看着反光的水果刀在云洁手里转啊转啊……“我我我是来道歉的。”

镇定，好汉不怕水果刀！侯广岩在心中默念。

浔云洁不知为什么对他这样唯唯诺诺的表情反而很满意地点点头，转身去厨房拿碗和勺子。

侯广岩愣愣地看着她的背影，穿着围裙，突然有种温馨的错觉，将来，下班回来会看到这个女人也穿着围裙，在厨房里忙碌着为自己做饭烧菜的模样……

“哇！”可可突然爬上侯广岩的大腿，吓了他一跳，只见小朋友左摸摸右爬爬，不知道在干什么。

“浔可然！”姐姐威严的声音和银耳汤的香味一同从厨房飘过来，“你又吃糖！牙都蛀光光！”说着一把抢过她嘴里的大号水果棒棒糖，可可一阵哭闹，侯广岩看着她对云洁又跳又叫了一阵，最终还是被没收了身上所有的糖去。突然觉得有个姐姐管教有时候也挺可怜的。

云洁回头看了他一眼：“银耳羹给你吃，吃完了快回去等你的不及格通知吧！”说完就回厨房去了。

小可可的哭声随着云洁消失在视线里戛然而止，转身走到广岩身旁，表情像什么都没发生过一样，伸手从他的裤子口袋里摸出两根棒棒糖，颠儿颠儿地走了。

“诶？你什么时候藏的……”广岩很惊奇，继而愣住，这小妮子，明明在我身上藏了糖，刚才居然还哭成那么惨痛可怜的模样。真是……等等，你丫的，平时被我欺负的哭都是假的吧！

浔可然，十一岁，回头，对侯广岩眯眼一笑，露出“你才发现啊，难怪老是不及格哟”的表情。

侯广岩嘴角抽搐了两下。

2013年夏末

“然后我就看到那个满身是血的尸体动了一下，我立刻觉得灵魂有点飘移离开身体了！”白翎一手拿着冰啤，手舞足蹈地演示当时被吓得僵尸化的表情，一行人都哄笑他胆小如鼠。

“说实话那时候是挺吓人的，浔姐她们都在隔壁，我就听到小白僵硬地指着地上那个尸体，发出一声清脆的尖叫——”薛阳一边给徐婉莉倒茶，一边说。

“胡说！我才没尖叫！”白翎把冰啤往桌上一搁，“我顶多，就是发出了一个感叹词：啊！”

“对啊，高出八个分贝的感叹词：啊——”薛阳的话引起一桌人的哄笑，“不信你问队长和浔姐，他们是不是被你的高分贝给吸引过来的？”

可可刚刚把点完的菜单本交给服务员，转头就笑道：“你该问，那时候、哪个人不是被叫声吸引过来的？”

大缯坐在她身旁，笑着，脑海里回忆起当时的情形，已经定性为谋杀案的现场有点混乱，尸体横躺在客厅电视柜前，记录员在厨房里拍到疑似凶器的照片，可可和大缯都刚赶到，突然听到客厅里传来一声慌乱的叫声，两人连忙掉头回去，大缯还在不明就里的时候，眼见浔可然已经趴在尸体胸口上听了一会儿，然后一把扯开尸体身上的衣服，观察他的伤口。

“在……流血，他的血液还在涌出来，叫急救！！”可可一声吼，身旁几个警员立刻像被点了穴一样跳起来，有打电话叫急救的，有立马上前帮忙按住伤口的，那天可可一直没离开过受害人身边，从急救车一直追到手术室，大缯追在其后，看着她拼劲地跟进了手术室，医生在全力抢救的同时，从一点一点清洗的伤口里寻找可能的物证，小心翼翼抱走了所有的衣物与鞋子，结果离开手术室后差点因为脱水和低血糖晕倒，被医生逮住留院观察了一晚。

这个由入室杀人案，最后变为抢劫与故意伤人的奇特案子里，从受害人醒来后指证犯人到抓捕嫌疑犯一路都很顺畅，直到定罪前，大家才想到物证的问题，而法医科随后交出的答卷令辩护律师频频皱眉。

“那个辩护律师还记得吗？浔姐的报告出来之前一直在叫嚣我们抓错了人，说我们警察想邀功所以乱抓人，还拍着胸脯对检察官保证，犯人是被冤枉的。”小白说。

薛阳也来了劲：“对对，我每次在警局看到那张‘全天下我最正确’的脸都拳头痒痒！”

所以后来浔可然的报告，让大缯一边拍桌子一边大笑。

有一小片碎指甲，随着凶器深深扎进了受害人的伤口中，在医生清理伤口的时候被眼尖的浔可然喊停，叫记录员当场拍了下来然后取出，DNA 证明这片沾满了受害人血液的指甲片，属于嫌疑人。

律师转着圈子想找出点诡辩之词时，嫌疑人却自己开口：“有什么办法可以少判点？”

大家回忆着当时的情形，想到受害人差一步之遥就跨入另一个世界，都唏嘘不已。

“说真的，”婉莉戳着鸡块，“命运有时候真的就是命运，如果那一瞬间不是白翎看到他动了一下，现在他也就成了家里人的回忆，而不是天天晒着太阳享受劫后余生的生活啊！”

“劫后余生，我们每天都在享受有木有？！”王爱国笑言，引得大家哄堂一笑，纷纷开始举杯庆祝。

大缯扭头看到可可用手轻抚玻璃杯边缘，若有所思的样子。他知道可可那一丁点反常的细微情绪肯定和上午那个奇怪的男人有关，但他又不能直接问。

路灯照耀着昏暗的小路，可可低着头慢慢走着，这几天接连不断地梦到过去的事情，小时候的回忆像老师上课放的幻灯片一样，彻夜彻夜在梦中让人徘徊。姐姐和那个人的认识、熟悉、打闹，直到三个人都长大，渐渐成了两个人，和多余的小可可。再接着一切戛然而止，梦醒来，可可看着天花板，希望永远不会醒来。

她知道送礼物的人是谁，多年不见，她依旧能敏锐地察觉到，那个人的存在。

“喂……”大缯的声音让可可突然醒过来。

“什么？”

“我是说，阿哼，那个，没买什么好东西……”大缯说着把头扭到一边，居然有点害羞。

“不用了，生日而已。”

“我又没说没买。”大缯语气突然凶了起来，“拿去。”

可可一时莫名地看着递来的小盒子，看了眼不敢直视她的大缯，接过来时就笑了：“周大缯，你害羞个什么劲啊，装青春期吗？”

抗议的大缯在一旁嘀咕了几句，可可没有留意，她打开手里的盒子，看到一条立方体小挂坠的项链。

“……谢……谢谢。”这下连收礼物的人，也害羞了起来。

一阵尴尬的静默之后，两人异口同声地开始告别。

“啊我该往那边走了，你……”

“我没事，一点路而已，我自己走放心吧。”

“啊好，那那再见。”大缯大迈步离开。

“嗯。”可可说着头也不回地往家的方向快步走去。

万一被发现正在脸红是要丢人丢出人命来的！！！——两人想着一样的事儿大步逃离了对方。

但不长的一段路，可可走着走着，突然察觉到身后的脚步声。

走过另一个路灯下的光圈时，她终于止步。

“有话说就出来，别鬼鬼祟祟地跟着我。”

男人的身影慢慢从转角走了出来，可可转过身，深呼吸，眼前的人，让回忆像波涛一样汹涌而至。

“早上就看到你了，侯广岩。”

淡淡的微笑出现在这个看起来略显苍老的男人脸上：“我打断了你们俩的好戏啊……”

“有什么事？”

“被人跟踪是不是挺刺激的？”

“你小看我了，在太平间被人跟踪的时候才是刺激呢！”

“哟！哈哈哈，真难以把你和当年淌着鼻涕的小丫头联系起来。”侯广岩揶揄道，看对方毫无怒容，才明白，眼前这个从各方传言听说来的姑娘，早已不是记忆中的人。

“刚才那位，不介绍一下？”侯广岩带着戏谑的笑，问。

“你找我干吗？”可可直接扯开话题，对方也不追问，只是盯着可可。

“上一次见面是什么时候来着？”侯广岩若无其事地走近。

“姐姐的葬礼上，你对我说，‘我不会原谅你’。”

一时间两人都沉默了，那些充满爱恨难分的话，那时候混乱的大人拉扯的情景，和女孩瞪大了眼睛无以表述的痛苦，侯广岩都记得。

葬礼那天是夏日滂沱大雨的天气，那时候浔可然就坐在角落里，身后窗外雨点不停敲击着玻璃的声音，与告别会场里窸窸窣窣人们说话的声音她一概都听不见，眼睛里只有不远处姐姐睡着的表情，那些大人说了些什么安慰的话，她大脑一片空白，一点都记不起来，但侯广岩站在面前说的那句“我不会原谅你”让她整个人都一震。

“即使他们都说不是你的错，就算……她，也会说你没做错什么，但我不会原谅你，你的任性，夺走了我唯一的……唯一的……”浔可然瞪大了眼睛抬头看着居高临下的侯广岩。

逆光中他的眼睛是深邃的黑，黑暗得见不到底，然后看着他被大人们强行拖走，一直消失在滂沱大雨中。

那一天，成了浔可然生命中的分界线。

# 06　十二年

昏黄的路灯下，侯广岩许久不见的面孔慢慢清晰起来。

“银叶子的书签，”浔可然的声音温温软软的，“是以前姐姐送我的生日礼物。”

飞虫的嗡嗡声与虫鸣的声音此起彼伏。

“其实是两只一套，这是我的那只。我陪她去买的，她很喜欢，所以就当生日礼物送你，一直都那样，把自己认为最好的东西留给你。”这么多年侯广岩的语气一直没变，无可奈何混杂着宠眷。

两个人就站在寂静的小道上，有一句没一句地聊着。

“你什么时候结婚？”可可从口袋里拿出银叶子，在手中慢慢转着圈玩。

“我早已经订婚了。”侯广岩的话让可可脸上露出惊讶，然后慢慢成了笑。

“骗谁呢，不要以为小区里的大妈们八卦水平下降了。她们都快猜你性取向有问题了，年过三十，居然连女朋友都不交。”

“真的，”侯广岩往前一步，离可可又近了一步，那张面容，熟悉的线条，在梦里一遍又一遍出现的眼神，和当年的云洁这样相似，相似到他都没发现自己离她有多近，“我已经订婚了，在20岁的暑假的某个夜里，在你家转弯的那个民政局门口。”

和她。

浔可然脸上的笑容僵住了。

没有任何见证的人，当年的路灯和今晚相似，我无赖地躺在民政局门口再也不肯走，除非云洁答应和我登记。

“蠢呆，民政局都关门好几个小时了，快起来。”云洁说。

“那我们明天再来。”

“明天我要去和爸妈说去北方的事儿。”

“不行，我们得先登记了再去。”

“我还不满法定年龄。”浔云洁笑着说。

“法定？什么法规定你不能和老子结婚？老子明天就改了它！”

云洁只是笑，站在路灯的逆光中，弯弯的眼睛闪着微光。

侯广岩伸出手，指尖摸到她的脸，温温的，软软的。

“你答应我一个要求，我就起来。”他躺在那儿，看着眼前脸红的微笑可人儿。

“我答应。”她说。

看着近在咫尺的眼睛，一瞬间瞳孔放大，紧抿的嘴角，慢慢涌上眼睛的迷雾，侯广岩都不知道自己是什么时候伸出手抚上可可的脸。

这么多年，那张魂牵梦萦的微笑的脸就在梦里一遍遍望着自己，一个让他想永远都不会醒来的梦，此时像是马上要成真了一样，指尖摸到的皮肤是温热的，离自己那么近。可可仰头站在那里，任由他的指尖从脸庞一直慢慢滑落到下巴。

“不打算阻止我？”广岩轻声问。

你明明知道我把你当作了她，你的眼神里都写着。

可可没有做声，知道又如何，我欠你的，做什么都不够偿还。

任由那只手就在脸上流连，侯广岩实在没有自控力拿开它：“知道……我为什么……找你……”

可可只是默默地仰头看着他。

“你姐姐……欠我一个愿望。”

长长的沉默。

可可回答的声音很轻：“我替她还……无论什么。”

侯广岩的唇离可可只有几厘米，声音却突然变得很冷：“你以为你是谁？”

周大缯拳头握紧，又松开，再握紧，再松开，其实自己根本没意识到在做这动作。

作为刑警，他当然敏锐地察觉到可可的异样，也猜到白天送礼物的这个神秘的男人会在最近几天出现，所以刚才说离开，只不过是躲在附近的车里，等着看可可安全回到家门口。

车窗外，那两个人站在不远处的路灯下，看着那男人一点点靠近可可，看着他把手摸到她脸上去，他还在忍耐，其实在等待什么自己也说不清，也许是可可反抗的情景？总之他知道这时候如果看到可可反手给那男人一个耳光他心底会很舒畅。

否则自己现在冲上去算什么，如果可可说不需要我……如果她真的不需要我……

周大缯把下午调查的资料在脑海里翻来覆去地思考。

侯广岩，和自己同岁，20岁出国留学，几年后回国，曾经领养过一个孩子，单身，除了父母曾经和可可父母住同个小区以外，根本看不出他和可可有任何交集……

难道是她爸介绍认识的？不对，这动作完全不像是介绍认识，早上可可急切追出门外的表情，看来是老相好……

该死，什么叫老相好，这种乱七八糟的……

大脑的胡思乱想还在进行中，眼中那边男人忽然凑了上去，吻上了可可的唇。

周大缯的大脑已经停机，但是动作好像点燃的爆竹一样迅速，他开门跳下车，向着可可的方向飞奔而去。

侯广岩刚离开可可的唇，就瞟到不远处一团跳下车的黑影，嘴角撇出一丝冷笑："你家的狗盯得真紧。"

"我不是她。"可可紧握拳头，用最后一分力气说。

侯广岩低头看了她一眼，依旧是淡淡冷笑："没错，你不是，你也不配。"随即转身离开。

周大缯奔到可可面前的时候，那个男人的身影已经走出视线的转角，他愤怒地喘着气，扭头冲向可可刚想发火，却被眼前的画面给震住了。

浔可然站在原地，眼泪像断了线的珍珠一滴滴往下掉，直接划过脸庞，落在鞋尖上。

大缯上前一把抱住她。

“他说……他……说……姐姐……欠他一个……愿望。”断了线的眼泪和着哽咽的话语。

只一瞬间，大缯就明白了男人的来头。

别说了，大缯轻拍着可可的后背，一句话也说不出。

可可用手捂住脸，泣不成声。

一个吻，十二年。

# 07　义务警察

自从上周姓侯的那个男人出现过之后，可可就一直躲着周大缯，当然之前也躲过，但很久没这么刻意到所有人都看得出的地步了。

小徐给大缯的办公桌上悄悄放下一杯咖啡，看大缯只盯着眼前的文件，就装作若无其事地问："那个，可可好像，最近不太来玩啊。"

"工作场地，玩什么玩。"大缯嘴里叼着烟，目无斜视。

"那什么，自从上周生日吃完饭之后，都没怎么见到她嘛。"徐婉莉不死心，绕着弯子说。

周大缯终于抬起眼来盯着她："没她你就不能工作？"

"喂，大哥，"婉莉看了眼关好的办公室门，压低了声音，"我关心你不知道吗！不要狗咬吕洞宾！"

大缯无声地叹口气："我妈又派你来打听了是吧？"

"是啊是啊，你如果不想我问就回去和姨妈好好解释解释，啊呀你儿子又被甩了，妈你别成天打电话拐着弯子叫小徐问问嘛！"徐婉莉转身，嘀咕："本姑娘连自己谈恋爱的时间都没有，还老得关心你这不成器的大哥。"

"等等！"大缯叫住她，"通知一小时后开会，曾建明的案子出了尸检报告了。"

"但是他们刚抓了那个抢劫犯回来，白翎都四天没回过家了，薛阳也好几天没睡觉了。"

周大缯瞪了她一眼："我就睡过觉了？人家受害者家属就睡踏实了？"

徐婉莉愤愤地想，明明是你心情不好，还要拖着大家一起拼死拼活。

但说实话，队长的话也没错，别说是他们这些刑警，就是派出所的民警，一年也没几天能好好休息的。啊啊但是怎么看你都是心情不好找大家一起陪葬嘛！

会议室圆桌前坐满了队里的刑警，大多都气色奇差。白翎和薛阳更是闲来无事比起了谁的眼圈更黑。

“不可能，你那黑的程度就和咖啡豆一样，我这是墨汁！”白翎手里拿着婉莉的小花镜子，手舞足蹈比划着，“知道这两者的差距吗？你，深海——我，海底沟、深渊、不见天日！”

薛阳抬抬眉，仔细思考小白的精神状况是不是应该去演示一下什么叫精分。

小白还想继续扯淡，因为如果不说点什么，他觉得自己三天没睡过两小时的大脑随时随地可能断片，但抬头接触到队长炙热的、你们很闲啊的视线，瞬间就坐正，两手平放在膝盖上，一动不动，断片就断片吧，在开会途中睡着了至少会有人把我打醒。

局长扫视一圈乌鸦麻黑的年轻人们：“我知道大家都累坏了，注意点身体，今天开完会全都回家去睡觉，调查全部由明天开始。”

几个年轻人纷纷喘口气，小白瞪大了眼睛，转头看薛阳。

啊啊你没幻听晚上可以吃饱喝足睡觉了，薛阳一脸淡然看着白翎流哈喇子的表情，无语摇摇头。

局长把主持交给了大缯，坐在一旁听着。开场没多久，老狐狸就瞟到会议室后门口，浔可然像幽灵一样悄无声息地飘了进来，又无声息地找了个角落坐下。

大缯看着面前的资料，没有发觉可可：“那从动机上讲，很可能要么是针对徐丽这个案子的，要么是针对曾建明本人的。”

“曾建明本人的交际圈很简单，除了父母，没有女友，同事都说他很不起眼，职场上没有特别关系好的人，只有两个高中的老同学平日还接触多一点，但他们都对曾建明犯罪的事很震惊，更想不到会有什么人谋杀他。”

“另外，从复仇的动机上考虑，我们调查了徐丽案子的家属，没有人曾经与徐丽案子的三位作案人有过直接接触，另外两人也没有受到过任何生命威胁。徐丽的父母、直系亲属等，基本都已经排查过，没有明显的异常情况，等确切的死亡时间确定后才能排除不在场证明。”

“死亡时间还没敲定？”局长插话故意放大声，立刻好事地把目光投向了角落。

周大缯没看见，不代表别人也没。

“应该在发现尸体两天前，但考虑到尸体所在地是荒郊野岭，所以没有可供翻查的监控。现场勘查也没有发现脚印等痕迹。”白翎补充说。

“就这些？”局长不紧不慢的语气反而很危险，“法医科的分析，就这点？”

可可在心底骂了一圈祖宗：“尸体被冷冻处理过，而且在被发现前已经暴尸野外多日，死亡时间只能判断大概。尸体内脏损坏得比较严重，各种微粒分析还在实验室……”话一出口就后悔了，大缯像手电筒一样的目光立刻就瞪了过来。该死的老狐狸，可可一边解释检验报告还没完整，一边心里暗骂。

案情通报会并不会因为大缯时不时射来冒火的视线而停止，而可可也不敢当着局长的面明目张胆地溜走。于是只得继续难捱地听着。脑海里不停转过的，却是曾建明的尸体，她检查过表面伤痕之后，就对接下来的内脏部分犯了难。胸腔里的内脏多多少少都被什么液体腐蚀损坏，位于心脏的地方成了一个窟窿。从尸体的各种生化反应来看，心脏被取出之前，人应该还活着，但内脏被腐蚀的时候，已经没有了生化反应，也就是说凶手先取了心脏，然后破坏其他内脏……和之前王家那一对收集头颅的兄妹比起来，这家伙又多了一个步骤，在取走目标之后，还破坏了周围的……

“浔可然！”大缯的声音让可可一惊，“局长问你话呢。”

“小浔啊，后来那位姓陈的小姑娘，有没有在私底下找过你啊？”

“谁？”

“就是徐丽案子后来报案的另一个受害人，拿着衣服来找你的那个。”徐婉莉在一旁提醒。

“哦，没有，那次案子判了之后，我都没和她联系过。”

“从徐丽的案子考虑，这个也是受害人，她本人和身边的人也很可能会有报复行为。”局长的话一句一顿，“还有要注意，这次绝对不能像上次一样漏风出去，媒体现在鼻子都尖，案子没破之前听说什么的话，只会给我们调查带来麻烦。”

“哦对，局长我们从这个角度考虑，另外让王爱国排查网络上对于徐丽案子的反馈，看是不是有人因为对案子的判决不满，自己实施报复。”

嗯……对判决不满啊……老狐狸局长眯起眼看着墙壁老一会儿，才开口：“你们去查下，丢了心脏这样的案子，全国近十年有没有类似的情况。”

“你的意思是……”大缯快速反应了过来。

“……有可能碰到传说中的义务警察了。”局长喷出一口烟，用低哑的声音说。

## 08　残忍猝不及防

在从人类有了犯罪与正义的定理之后，“义务警察”这个名词，恐怕就不是一个新鲜词了，人性善恶，也有一些人把极善走向了恶。他们愿意将自己化身为魔鬼，去追杀他们认为不公平的正义，被轻罚了的罪犯。

大多数时候比起嫌疑人为什么要做这件事，可可更在乎他是怎么做到的，会议一结束，她就以打地鼠的速度溜出了众人的视线，咻咻地在人群里消灭自己的踪迹，开着凌波微步的外挂找到了四楼的分析实验室。

“血液报告？”王老师一手拿着滴管，呆瞪着可可，“我的大小姐，我昨天才拿到你那一堆糊状液体，要分析的项目比平时多两倍，今天你就来问？就算破案，也要有先来后到吧？”

“是是是，我就问那一项指标，血液里是不是有麻醉成分？”

“有。”

“有多少？什么种类？大概注射量？”

“不知道。”

“索嘎？”

“嘎你个大头鬼啊嘎嘎嘎，”手拿滴管的王老师终于暴走了，“说了具体数据要过几天才出来，你这个小丫头啰里吧唆没完没了的，自从跟了那个姓周的粗汉子，整个人都霸道起来了是不是！”

“这个和那个没有关系吧王涛！”报告没出来还训我，可可两手叉腰就横了起来。

一手拿滴管的王涛扶了扶眼镜。

可可被赶出了门外。

“喂！”可可嘟起嘴，砸着门，“谁跟了他啊！你有本事胡说八道，有本事开门啊！”

“可可……”

“王老师、王涛、你有本事给报告，你有本事开门哪、哪哪哪哪哪……”砸着实验室的门一边唱歌的可可完全没留意到身后的人，直到被逮住一把拖走。

把浔可然拖到走廊转角，大缯放开手。

干吗啊！绑架啊！要钱没有要命不给啊！流氓可可虚张声势。

闭嘴！黑帮头领大缯气势瞬间压灭周围一切生物。

可可缩起脖子嘟着嘴，用脚尖在地上画圈圈。

“丢不丢人？”大缯冷眼看着她，“在人家门口嚷嚷。”

在那么多人的会议上被老狐狸数落才丢人呢，可可心中腹诽，转身看向窗外。

大缯看看她，一出会议室门就溜了个没影，要不是群众眼尖（八卦），还真像回到了以前似的，泥鳅一般找不到人影。大缯从口袋里拿出烟，又拗着气把烟折了。“那家伙的事，你就装作没发生是不是？”语气冰冷，直言逼问。

路灯下、冰冷的吻……

可可撇着嘴，不回头。不然要我怎样？抱着你的大腿把小时候那些从来不希望想起的过去都搬出来博取同情？拜托，大哥你一刀给个痛快好了。可可内心的丰富对白显然大缯接收不到，他一个箭步上前抓住可可的手臂，强迫她看着自己。

“浔可然，别把我当傻瓜，我不是你摇摆不定的跳船，如果你喜欢的是别人……”大缯的话突然噎在嘴边，因为他目光一闪，看到可可脖子上挂着的项链，是那天生日他送的小小的立方体，正闪着古铜色的光芒。

可可一把遮住自己的衣领：“看什么，买了不戴很浪费而已……”

周大缯放开了她，觉得一时无措，这家伙的行为总是让他不知道该怎么办，不拒绝，却也不回应，总好像在等什么，然后突然发现她被别的男人占了便宜也不声不响，到底把自己当什么……周大缯有时候觉得，是女人太难懂，还是就只有这一个浔可然，让人怀疑不是地球人。

“浔可然，我有时候，真的、很想、揍你。”

“看出来了。”可可不知死活地嘟囔。

正当大缯差点发飙的时候，王爱国挥舞着手里的报告从走廊另一头奔了过来。

“队长、找、找到了！真的有！”王爱国推推足够厚的眼镜片，絮絮叨叨，“我查了没有心脏的案子，在本市就有两起，因为归属分局不同，所以没有合并在一起查，还有还有……”

在王爱国啰唆的同时，大缯早就一把拿过了资料查看，可可也凑过脑袋去。

两起案子都还是悬案，而且从表面看似乎并不一样，受害人年龄、身份，都不相同，受害地点一个在户外无人的小巷，一个在室内自己家中。甚至从法医报告上看，都有所区别。可可发现，前者的案子分析结论是直创颈部动脉，然后等失血过多死去后，再挖取心脏。后者的案子虽然同样没有了心脏，但和曾建明的案子更相似，包括部分内脏、面部、手指尖等都被腐蚀性液体给毁坏了。

“曾建明的尸体上也有被腐蚀毁坏的痕迹，但没有指尖和面部。”可可看着报告上的化验结论回忆了一下，没错，和曾建明案子用的是同一种化学药剂。

大缯从上到下打量着刑侦分析过程：“凶手不想让人发现这具尸体的身份，面部和指尖都毁掉，查不到指纹，如果没有对比的目标对象，就算有DNA也很难确定身份。”

“而且指甲里还可能有残留的微粒，也一并毁掉了。”可可丧气地说，“又是个狡猾的家伙，这年头难道没什么简单粗暴一点的凶手吗？让我能省点事儿的，好想偶尔能睡个懒觉啊……”

大缯瞪了她一眼，把报告翻向下一页，最后两页纸记录着第一起案子，死者名叫张力鸣，在回家的一条小巷中被直接刺死，一刀直中心脏，然后被拖进无人的死胡同挖取心脏，死因是失血过多。

王爱国看到他们目及之处："就是这个我觉得想不通啊队长，这家伙就算被刺死了，但实际上要这个这个挖开胸口取出心脏很麻烦吧？凶手到底怎么想的？万一这段时间里有人经过小巷看到了怎么办？难道凶手是个精神病？"

"不，如果是专业的，有合适的凶器，不顾死活的，开胸取心脏只需要几分钟。"可可解释道。

"而且这里写得很清楚，案发时间大概凌晨一点，地处偏僻，张力鸣本身又喝了不少酒，可能连基本的反抗都没就被干掉了。"大缯越往下看，越皱眉，"这家伙，和曾建明一样，有前科。"

可可再度凑过头去看。

"啊对对队长，他也是刚出来，听说在牢里表现良好所以特批让他回家过节……"

"抢劫，然后……杀人灭口，作案时十八岁还不到，所以判轻了哪……"

大缯自言自语，王爱国点头应和，没有人注意到可可瞬间放大的瞳孔和僵硬的表情。

资料最下方有简单的张力鸣前科的记录，当时十八岁不到的张力鸣在喝醉后抢劫了一个小学女生，因为嫌弃孩子身上钱少和害怕孩子报警，一不做二不休把年仅十岁的女孩给杀了，并扔进附近的大垃圾箱，以为没有人会发现。

可可掐着自己的指尖，逼迫自己视线离开那张照片，转头看向窗外，用深呼吸压平自己内心如深渊一样强烈的不安。她不认得这份资料上的任何一人，但那个十岁女孩的脸，长得和小时候的浔云洁，太过相似。

残忍有时来得太快，等不及你消化一丝平静的生活。

# 09 一眼的预感

9月25日，今天晴天，前两天医生叔叔又来看过我，虽然他好像不当医生了，但是还是觉得他很帅。他说小燕子病好了之后一定会展翅高飞，这么热的天气，飞太高也会成烤燕子的吧，嘻嘻。

爸爸好几天没来看我了，我知道他一定还在难过，等了两个多月最后还是没有希望，其实好像我并没有特别难过，只是觉得爸爸很伤心所以我也伤心，离开这个世界不过是看不到阳光，听不见风，也不会有打针的痛苦而已。但是爸爸最近变得很奇怪呢，就算陪我一起看电视，也会看着白墙发愣很久很久。他到底在想什么呢。

——女孩刚把最后一句话写完，病房淡粉色的门就被推开了。

“爸爸！”

怀抱着一只大熊毛绒玩具的男人走了进来，眼见女儿把手里的小本子藏在了腰后，只是好脾气地笑着。

“怎么，写日记？”

“没有，写作业，你老说我字难看，不给你看！”女孩迫不及待地抢过大熊玩具，眯起眼抚摸着温软的玩具熊。

低头看着女儿稚嫩的表情，男人有些恍惚。

“爸爸，你这几天去哪儿了？”女儿抱着毛绒熊，问得有点小心翼翼。

男人一时不知该怎么回答，只摸了摸女儿的脑袋。

他摸着女儿的头，女儿摸着毛绒熊的头，一会儿两人不由自主都微笑起来。

“爸爸赚钱去了，准备给小燕子以后读大学的钱。”

小燕子点点头，看着毛绒熊反光的大眼珠，心里努力不去想要活几年才会到考大学的年纪，只要现在自己在，爸爸也在，就好了。

只要这样就好了。

苏晓哲再度敲了敲门，浔可然一个人躲在办公室里已经有个把小时了，明明安排好的检验工作也推延至明天，刚才走进来说这话时的神情凝重，甚至连晓哲的问题都问了两遍了，她还神游一般没有听见。接着就说有事情躲进了办公室，且打上了“勿扰”的牌子。

“什么事？”浔可然的声音从办公室深处传来。

“浔、浔姐，那个，我下班了哦，还有，周队长打了两个电话来问你在不在，你开一下手机啊。”

等待好一会儿，才得到一句“知道了”的回答，苏晓哲摸摸脑袋，一脸疑惑地走开了。

再熟悉的人之间也会走出两条不相干的路，当苏晓哲的疑惑很快被晚饭吃什么代替时，浔可然却面对着有生以来第二次“撞车”。

她坐在电脑面前，揉搓了下脸，再继续痛苦地看着眼前的一页页的资料信息，脑中的猜想看起来荒唐，实则处处存在合理性，那个人所学的职业、那个人的经历、那个人可能走向极端的思维，可可很清楚这些就像一条条蜘蛛网的丝线，条条连接上“嫌疑人”这个终点。

比任何时候都希望自己理性和直觉的判断是一个天大的错误，但却无法假装不知道。

浔可然背靠在椅子上，深深吐息，猜对了，或者纯粹误会，唯一解决的办法，就是硬碰硬去问了。

她站起身，抹除刚才所有网页和文件的记录然后关闭工作电脑，在台上的留言条前提笔犹豫再三，写下一个名字，又撕掉烧了扔进纸篓，没有必要给大缯留言，就算可能一去不返，但是……算了，可可收起犹豫，什么时候自己成了一个做什么都要通知他的乖乖货了，自己认为对的事情就去努力，不必对任何人解释。

下楼的时候天色已经不早，灰蒙蒙的空气中充满了雾霾的气息。

公安局的大厅是个圆形的房间，装饰并不华丽但严谨，与其他政府单位最大的区别在于，它常常不分昼夜地人来人往，遇到大案特案时，几乎二十四小时都人来人往，别说晚上七八点这种平常时刻。站在角落抽着烟交换情报的警察，勾肩搭背正打算去食堂吃喝的弟兄，和一路小跑着的实习警等。大缯站在电梯中，电梯门正在慢慢合拢，他看到那个熟悉的身影匆匆经过大堂，似乎急于离开，但手里什么东西都没拿，不像是下班或者出去办案。他下意识地叫了她的名字。

“浔可然——”

可可回头，只看了他一眼，咬紧下唇，当机立断地转身，快步推开大门离去。

周大缯多年的警觉再次发挥了作用，他瞬间就察觉到不对劲，浔可然的眼神和那些“该死！是警察！”的反应一模一样。但等他拦下半关上的电梯门，追出大厅跑到门前马路上时，载着可可的出租已经开出了他能追上的范围。

站在马路中央的大缯看着飞尘滚滚，不安从心底腾腾升起，他脑子一转，回身跑到办公室，一把抓住王爱国。

“啊啊队长你你干吗？我真的没在下 A 片，不要那么用力抓人肩会吓死人的啊！”

“我上次交给你的那个追踪信号，打开。”大缯跑得太急，喘着粗气。

“哦……”王爱国一边在系统里打开追踪服务器，一边八卦，“队长这信号到底是谁的啊？你还让我保密。”

“……很危险的犯罪分子。”

“诶？！那现在他是要作案了吗？要不要通知别的队员？还有负责监控监听的部门……”

“不行，现在还不能告诉任何人，以免打草惊蛇。”大缯摆出一脸正经的模样，把年轻的小分析员唬得直点头，“所以你待在这守着，手机和我联系，随时告诉我目标所在地。”大缯说完就往外冲。

王爱国一脸无措地眨眨眼，大缯回来又拍拍他的肩：“组织相信你！”

“啊……啊！好！队长你放心！！”王爱国对着大缯已经消失在转角的背影喊道。

后来得知真相的王爱国每每看到那个“危险的犯罪分子”就贴着墙角绕道走了好几个月。

浔可然推开门，小诊所门上独有的铃铛发出了清脆的铃声。

“你好，诊所今天已经歇业了哟。”前台姑娘正背上包，打算离开。“我找侯广岩。”

“哦，侯医生在楼上，你直接上去就行。”前台妹子边说边摇摆着曲线玲珑的腰，离开了。

可可扫视了一眼环境，乳白色的四面墙，摆满绿色植物的等待空间，作为一家私人小诊所，这里显得非常文雅。刚才她在门外就观察过，这栋三层的小楼似乎全是诊所的地盘，进门看到前厅后就发现，地方比她想象中的还大，不知道是不是有隐蔽的后门可以逃跑。

上到二楼就是一排整齐的走廊，一侧带有好几间房门。可可一直走到底，推开那间溢出灯光的门。

在日光灯清亮的照耀下，侯广岩正在书桌前整理着什么文件，抬头看到可可，只愣了一下：“有事？”

可可若无其事一般走进房间，观察着整个办公室，简单的书架上几乎全是医科杂志。文件框里有一沓沓病人的记录。没有其他门可出入，没有明显可以做武器的尖锐东西，衣架上只有一件衣服，地上也只有一双看起来很高档的皮鞋，旁边还沾着一片带泥的银杏树叶。

“你到我这儿来，就是为了像猫一样转着圈闻味道？”侯广岩手头的动作不停，带着冷意问。

# 10 对质

可可转过身，面对书桌前的男人："是你杀的吧，那些人。"

侯广岩手上的动作一滞。

可可若无其事地踱回门口："第一起案子的受害人，生前犯过一桩抢劫案，杀死了一个不到十岁的女孩，我查过，那是你领养的女儿。"

侯广岩抬眼看向可可，眼神中流转着诡异的笑："啊！和我一样……一眼就看出小姑娘长得像她，对吧？"

"张力鸣被杀时，正好是你养女死去的一周年。"可可避开了侯广岩的话题。

"你知道我给她取名叫小云吗？"

两人各自说着各自的话，攻击和抵抗，谁都不想被对方引过去。

"你怕人从张力鸣的身份联想到你，于是再次作案，同样的手法，还进一步增加了用腐蚀液体毁尸灭迹的步骤。"

"其实我领养她的时候一直在想，你说，她长大了会是什么样子？"

"你本来就是学医，毕业后做了好几年…"

"她笑起来真的和云洁小时候一模一样……"

"够了！"可可无法忍受地打断他。胸口因为激动而一起一伏，她无法忍受侯广岩用那种轻松而带着笑意的表情勾引她回忆起姐姐的音容笑貌，"她长得像谁都不重要，为什么要做这种事？"

侯广岩的笑容始终带着嘲笑，好像可可在问一个弱智的问题："有什么不对吗？"

有什么不对？！浔可然哑口无言地看着他，侯广岩脸上冷然的表情似乎真带着疑惑，似乎他真觉得自己没错。可可突然恍惚地发愣，这人是谁，这样陌生。明明是同一张脸，但那如同蛇蝎在背的阴冷气息，和小时候那个会炸毛、会上蹿下跳，却仿佛自带阳光一般的侯广岩哥哥，为什么相差这么多。

看着她呆若的神情，侯广岩泛出一丝冷笑："我和你不一样，我不会忘记她。"

可可觉得浑身僵硬起来："我……没有忘……"

"哦？这么多年，你都是个警察了，有查出是谁撞死了云洁吗？或者说，你有试、图、查过吗？"侯广岩咄咄逼人的眼神直瞪着她，"你根本不在乎，和其他人一样，谁死了，上了新闻头条，十几岁的小女孩，多可怜啊，然后转而看看今天的股价涨了没，青菜多少钱一斤，反正明天又会有新的事情出来，不是老房子着火就是加油站爆炸，永远都有别的事情，一个女孩子死掉算什么事。"侯广岩用自嘲的语气，讲着理所当然的悲哀，"我做错了吗？那些家伙撞死了别人最爱的人，捅死了还没来得及长大的孩子，然后还能开开心心请假出狱过个节，喝个酒，看着电视和朋友聊聊天。"

"那不代表就是、因为……"

"因为什么？嗯？"

"你不能因为法律轻判了就私自行刑。"

哈哈哈哈，桌对面的人突然狂笑了几声："这是我最不明白的地方，法律？那是什么？不过是一群人聚在一起、讨论出自以为是的一套规则而已。"

"你不能凌驾于法律之上，谁都不能。"语气认真，但明明自己都觉得这些话虚伪无力。

"那麻烦你和我解释一下，凭什么你们经过一番虚伪规则和程序，判一个人死刑就是正确的，我经过自己的程序判他们死刑就是错的？"

"因为法律代表所有人的道德……"想说下去的话被眼前步步逼近的人给打断。

"浔可然，你的法律没有冤假错案？你的法律没有因为能言善辩、家财万贯找人做伪证逃脱制裁的？"侯广岩说着，走近可可眼前，淡淡的消毒水的味道飘进可可的呼吸里，"你的法律在我眼里不过是一、堆、狗、屎！"

可可无意识地后退，觉得眼前的空气都被压缩。她第一次无法面对一个她明知道满口都是错的凶手，连抬起眼来和他对视的勇气都尽失。侯广岩知道她曾经所有的弱点，知道她被内疚折磨得彻骨疼痛地长大，知道自己曾经那般的弱小任性，知道她被自己的错误逼迫得毫无退路，成为今日盖着厚厚保护壳的虚伪大人。

“还有什么要说的吗？幼稚的法医小姐。”侯广岩站定在可可面前，高出一个头的身材让他恰好遮住了可可眼前的所有光线。

浔可然掐着自己的手心，搜遍心中仅剩的一丝勇气：“杀人……不是正义。”

侯广岩笑了：“我有承认过我杀人了吗？”他悄然弯下腰，靠近可可耳边，“还有，别和我提正义，浔可然，你给我听清楚…”

仿佛有条蛇信子在耳边冰冷地划过。

“云洁死了，你却活着。这世界上，根本没有正义。”

浔可然觉得整个世界的空气都消失了。

## 11　一片空白

白炽灯在头顶发出微弱的电流声。

浔可然回过神来的时候，偌大的办公室里只剩下自己一个人，手脚冰冷地站在原地，僵硬的身体一动弹就发出骨头咔哒的细微声在寂静的房间里听来异常清晰。

我在干什么？我在哪里？啊对了，侯广岩的小诊所、办公室，我来找他，问他是不是杀了……

可可缓过神来，她明白自己刚才蒙住了，夸张一点讲，就像通常所说“觉得脑袋里轰的一下”那样毫无知觉地就怔住了，被那句毫不掩饰的、充满恨意的话给吓蒙了。

原来所说人在受到巨大刺激时会愣神，会一瞬间醒着、失去意识，是真的。

“姐姐死了，我却活着……”

为什么不是你去死，为什么是她，也曾经问过自己很多遍。没有人可以告诉她为什么。连师父常丰也只是说，你要想的不是这个，而是你活着，该做些什么。

侯广岩已经离开，可可甚至都没有留意他是什么时候、如何离开的。

可可甩甩脑袋，我能做些什么……她打量了一圈，从口袋里取出早就准备好的橡胶手套，从书架到书桌，一点点翻找着。随着成长，人会有很多变化，但往往不会偏离根性。侯广岩从小就是个好强、粗心的男孩，她不信他现在会变成一个精明细算到不留蛛丝马迹的人。

即使他学了医科，学会了杀人。

周大缯一脚踹开半掩的门闯入时，看到的就是这一幕。浔可然正在翻文件柜里的病人资料，警觉地回头瞪着他。两人对视几秒，可可才反应过来："你怎么会……在这儿？"

周大缯没有回应，警惕地扫视了一圈办公室："那家伙呢？"

可可没有回答，手里继续翻动成排成排的病历卡，脑子却不停在转。

"你怎么想到是他的？"大缯的问题让可可手头动作一滞，她放开手里的病例资料，抬头反问大缯："你怎么知道我在这儿？"

"我不知道，我问你怎么会怀疑到这家伙的？"大缯的语气里明显带着不耐烦，因为尴尬才用不耐烦掩饰。

"张力鸣犯的那桩抢劫杀人案，死掉的是他养女。你知道我在这里，你刚才进来一点惊讶都没有，而且直接问我为什么怀疑侯广岩。"

大缯不作声，眼神游离。

可可慢慢放下手中的资料，直盯着大缯。

"你跟踪我……不对，如果跟踪早就应该到了而不是现在……应该是定位我的所在，用什么……"可可从大缯略带尴尬的反应中，惊疑地发觉了真相，她慢慢抬手，摸到脖子上的新项链，"你……送我这个是为了定位我？"

大缯回头看着她，没有承认，也没有否认。

"混……"浔可然觉得一股热气直冲脑门去，"混蛋……你居然，拿这种对付嫌疑犯的方法对我？"

"我没有把你当嫌疑……"

"队长！"白翎突然闯入，"已经呼叫了后援小组，正在赶、来……"白翎扫视了两人一下，显然发现了气氛不对劲。"我、我去接应……"舌头打结的白翎迅速逃离是非之地。

大缯脑海里百转千回，也曾经想过万一被发现要怎么解释，但此时却开不了口。要他这个大男人怎么说得出，在地下室事情之后，自己接连几夜都伴着恶梦惊醒，然后在清晨太阳都没升起前赶到可可家楼下，坐在车里等着天亮，等着看她的身影出现在窗边，拉开窗帘。然后平静地掐灭烟头去上班，装作什么都没发生。

可可也咬紧了牙关，努力与快要脱口而出的一大堆粗话做斗争，她隐约能猜到周大缯跟踪定位她的原因，但却不能因此就释怀。以为是生日礼物的项链，其实是个常用来监视犯人用的定位工具，以为是带着心意难得一见的浪漫，原来更深藏着这种见不得人的……意义。

“你……没和他提到案子吧？”大缯试图换个话题。

可可硬是咽下满腔愤怒：“提了又怎样，你没有任何证据。”

大缯一愣：“没有证据可以查，你如果打草惊蛇……”周大缯迟疑了一下，才道，“浔可然，你不是故意来‘打草惊蛇’的吧？”

可可像刀子一般的视线直瞪过去，大缯知道说错话了，却覆水难收。刚才还想辩解不是因为怀疑她，转口就说这种话，浔可然紧握拳头，简直快把自己掌心都捏出血来，才能忍住自己不扑上去揍他一顿的冲动。

虽然横竖肯定打不过。

周大缯也看出了眼前人有多愤怒，为了避免越描越黑，他只好再度转开话题：“物证……现场勘查的很快就到了，你一会儿……”

可可不理睬他的絮絮叨叨，回过头自顾自继续翻找着各种资料，如果要自由自在地翻东西只有趁现在了。从保存的纸质资料上来看，侯广岩是这家小诊所唯一的医生，经营范围类似社区里的便民医院，开些小打小闹的药品，病人的范围也基本上都住在附近几条街区，还有些记录上写明了病情并建议转向其他大型医院。从这些资料上看一切都再正常不过，除了一点：桌旁的粉碎机里有一些已经碎成片的纸条，可可幸运地找到了前后几条拼起来，看到了维库溴铵这个名字，如果她没记错，这是一种应用于手术的麻醉辅助用剂，可以保持在手术中病人的肌肉松弛。像这样成天只看感冒病人的小诊所，为什么需要手术上用的麻醉药呢？

可可还打算继续翻找，大缯的身影挡在了她面前：“别翻了，回头勘查的来了又要念叨弄乱了现场。”

“放心，我不会在你眼皮底下毁灭证据。”

“我没那意思。”

“让路。”可可放开手里的资料，剥下手套，打算离开。

大缯跨步拦在面前：“可可，你和他……到底怎么回事？”

“和你有什么关系！”可可绕开一步，不打算再和眼前这人废话。天晓得她现在多想一个人静一静。

“去哪儿？”大缯一把抓住她的胳膊。

“放手！”浔可然扭头瞪着他，刚才压下心里去的愤怒又一点一点，像海浪一样冲上了岸。

“别乱跑，待在我看得到的地方。”大缯的意思其实是别离开我的视线，让我担心，没准那家伙还没走远，就像……上次把你留在警车里，不料王源也躲在警车里一样。而这句话在此时说来，自然就被可可理解成了“你也是有嫌疑的人，不准乱跑”的意思。

“周大缯，你狠！”可可再也忍不住气急败坏，一把拉起大缯的手，另一手抬起、用力，狠狠拽下了脖子上的项链，放到大缯手里。

“有种你拘捕我，不然滚开。为什么我会瞎了眼觉得，即使全世界怀疑，你也会信任我。”

大缯看着手掌中断开的项链，眼神一暗，还想开口说什么……

“来来让道了让道了啊，啊哟周队长，不是我说，你怎么又不穿鞋套不带手套就冲进现场啊，留下指纹怎么办？物证链有缺陷到时候检察机关要问的可是你们哪……”现场勘查的王涛进门就唠叨开来，可可趁着大缯不注意迅速溜了出去，走廊里已经站了不少警察，为了证实自己的猜测，可可套上鞋套，换了一副干净的医用手套，开始对整个小诊所重新盘查。

“啊！浔姐，队队长呢？搜查令已经……”

“不知道。”可可干净利落地撇开白翎，独自走进诊所其他房间。

被打断的白翎站在原地眨眨眼，呃，这个，是和队长吵架了？那接下来又要上演“周队长发疯般日以继夜地破案连带全组都不得休息”的悲惨事件了？

陷入惨痛回忆的白翎在走廊上无声悲号，嗷——

“小白！磨磨蹭蹭的，搜查令呢？”

白翎递上纸，哭丧着脸问：“队长……你知道吗？女人是一种只要哄就什么事儿都没有的动物。”

大缯抬头冷冷瞪了他一眼，“谈过女朋友的人才有资格说这话。”

白翎一噎，贴着墙抖抖嗦嗦默默念叨：“呜呜我是个小小的白气球大家生气都戳我……”

小诊所的面积其实并不大，二楼上手有三间房，可可一间间房找过去，直到三楼最后一扇门打开，才确定自己并非妄想。

处于刚才办公室的正上方的方形房间，可可站在门口打量着，偌大的空间只有中间放了一张手术台，一眼望去，雪白的墙壁似乎干净的过分。地板上，天花板上，哪里都没有任何污痕。

大缯的脚步声从背后靠近：“发现什么了？……这是，手术室？”

可可没回头，甚至都没回答。

大缯刚跨门进来只走了一步，突然严肃而低沉道：“你别动，就站在那儿，别动！”

可可莫名地看着大缯，刑警队长优异的直觉又发挥了作用，哪里不太对劲，作为一间手术室，不，仅仅作为一间房间，这里都太干净了，没有垃圾桶，大缯蹲下身借着反光看，地板上连根发丝都没有。

“小白——”大缯回头喊道，“叫现场勘查！”

“你看到了什么？”虽然不太想理他，但好奇心害死猫，可可还是忍不住开口问，周围地板没东西啊。

“不是看到了什么，而是什么都没看到。”

现场勘查再次证实了大缯敏锐的直觉，关闭这间没有窗户的房间灯光，打开紫外灯时，众人都察觉到房间的异样，毫无血迹，地板上除了可可刚才走进的脚印外毫无其他人的脚印。

“这么说是，从装修到现在这间房都没人进来过？”小白从门外探着脑袋问。

可可蹲下身：“但是地上毫无积灰。”

“没错，”王涛把灯光对准手术台下的轮子，“看到地上那两条短划痕了吗？说明这手术台最近有用过，虽然手术台的轮子可以固定，但有人把重物堆了上去，导致轮子在锁死的情况下移动了一点点，就在地上产生了这痕迹。”

“这里，不会是曾建明被杀的第一现场吧？”白翎又上下打量了一遍房间，纯白色的四方形空间给他带来一种诡异的恐惧感。

大缯也皱起了眉："但是我们查到之前的两个案子，一个被杀在巷子里，一个被杀在自家，为什么到曾建明时突然进化成绑架，然后到这里才实施谋杀呢？"

"要我说啊，要么这其实是两个案子，两个不同的凶手，要么，"王涛收起紫外灯工具，"这中间还有几个我们没发现的受害人。"

"你什么时候见过杀过人的房间里，一点血迹甚至脚印都没有的？"可可背对着大缯，话却是在问他。

众人都陷入了沉默，大缯又打量了一遍整个诡异的手术室，最后视线落在了恰巧和他对视的浔可然眼里。

"所以我说，你根本没有证据。"可可冷冷道。

## 12　浔可然是嫌疑人

可可翘着二郎腿，嚼着薯片，靠着的桌上放着香浓四溢的可可奶茶，目无斜视地盯着眼前的白墙，发呆。

负责物证检验的王涛看她一眼，回头工作，又看她一眼，终于忍不住破罐破摔：“我说大小姐，你上班好吃懒做也就算了，能不能滚回你自己的窝去？”王涛觉得最近快被这女人给逼疯了，她自从从小诊所回来，成天躲在物证室里，不是吃吃喝喝就是在一旁看着自己发呆，要不是多少了解其人怪异，王涛都快觉得自己是被暗恋了。

“不要。”鸠占鹊巢，理直气壮。

深呼吸再深呼吸，王涛告诉自己好男不和女斗，不对，好人不和小畜生斗：“别以为谁不知道你是在躲那谁谁。”

可可歪着脑袋，一脸正义：“谢谢男闺蜜你这么懂我，报告好了吗？”

“没有！”男闺蜜怒吼。

“嗯，不急。”浔可然说。

不急你妹，不急你还成天催，电脑计算来不及分析这么多指标，一项项确定最起码好几天。你每天在我这儿坐着还跟我说不！急！王涛气鼓鼓地在脑中怒吼了一遍，然后默默把视线回到显微镜前。

“我觉得……那家伙在做什么实验。”看了看空底的薯片，浔可然终于开始讲正题。

“嗯……”内心还在咆哮却不敢说真话的男闺蜜一手拿着试剂，心不在焉地哼哼。

“和王源他们俩不一样，他们收集人头，纯粹是作为收藏品，那家伙不会，他一定是有着什么目的，才会每次杀人都挖走心脏。”

“你觉得他在那间手术室里做实验？”王涛仔细想了想，“但是地上连一点灰尘都没有。”

“你们后来从下水道里取样过吗？”

“当然！没有血液痕迹。没有人体组织，总之没任何奇怪的东西。”王涛终于回身看着可可，开始认真讨论。

“什么都没有，才是最奇怪的地方。”

“我就不明白，你为什么那么肯定那间手术室里有问题？”

可可抬眉直视他的眼睛：“因为有血的味道。”而且很浓，当浔可然一个人站在手术室的正中间，站在那个很可能放着手术台的位置，尽管一旁的大缯和王涛他们说着地上墙上毫无痕迹的事儿，但那股血腥的气味，仍旧像一丝游魂一样钻进她鼻子里，身为一个法医，她怎么会不明白这份经久不散的气息，意味着什么。

物证你可以擦干净，但空气不会因为区区一台排风机，就如同蓝天白云重回纯洁无瑕。

王涛放下手中试剂说：“那就是发生过一些血光四溅的事儿……那你怎么解释房间这么干净？我可把话说前头，是的确很干净。没有灰尘没有特别的微粒，别说人体组织或者血液了。”

“有一种推测，你知道疾控中心在布置应急现场的实验室时是怎么做的吗？”可可问。

“知道啊，就是拿一个帐篷……啊啊！你是说在房间里搭一个帐篷？”

“对，用那种全覆盖式的医用帐篷，从天花板到地面，包裹四面墙，一直延续到门口，在进行我们不知道的谋杀过程中，所有留下的血迹足迹毛发都会被留在帐篷中，等到他完事儿，分批转移尸体、手术台、最后把整个帐篷收拢，找其他地方处理。”

这么想来，王涛突然明白：“所以地面上留下的手术台滑轮的痕迹……”

“是隔着帐篷的底面留下的。”

王涛想了一会儿，露出新仇旧恨的痛苦表情：“这帐篷要是找到了，我得增加多少检验单数量啊。”

“没错，毛发血液人体组织全都混在一起也说不定哦！”

“你那一脸得意个什么劲，”王涛撇着嘴，“薯片吃完没？吃完快滚，回头被人误会倒霉的是我。”王涛年纪和大增差不多，生性懒散，传闻他为人冷淡不爱与人打交道，其实纯粹就是懒，一想到与人交往过多，这里那里的留心就觉得麻烦，但在检验方面的工作上，算得上细致入微地认真。

可可又打量了眼身穿白大褂的王涛，一脸微笑地喝口奶茶：“王老师，其实你长得不错嘛，细皮嫩肉。”

王涛手里的试管一抖：“能不玩这么无聊的吗？”

“能啊，报告什么时候好？”

“你不是说不急嘛！！！烦死了，滚回去玩你的助理去！”

“不要。”

“……”

“晓哲都不反抗，不好玩。”

王涛觉得自己快被气吐血了，自己招谁惹谁了，搁着自己办公室里被占着欺负，出门遇到那个刑警队长也老被阴森森瞪着。正当他这里天人交战在想要不要辞职算了的时候，救兵终于到了。

“浔姐，”不反抗不好玩的苏晓哲悄然从门口探了个脑袋，“局长找你，好像有要紧的事儿。”

“不好意思，局长，你刚才说的我没听清。”可可站在局长的大办公桌面前，神情僵硬。

“再说几遍都一样，内务部有通知下来，让你不要再管曾建明以及一系列丢失心脏的案子。”

可可觉得手脚冰冷，她强迫自己冷静下来，做人做事要讲道理：“……为什么？”她唯一能想到的理由就是大缯向上面汇报了她和侯广岩认识，所以内务部要她避嫌，如果是这样……如果真的是这样，可可觉得胃里一阵绞痛，愤怒，就好像在诊所里发现项链是跟踪器时一样的愤怒，从四肢百骸里钻了出来。

“小浔，你要学会服从组织安排，组织都是有道理才这么……”

“为什么？”浔可然重复了一遍问题，压低的声音昭显了她极端的愤怒。

“有人发现了一些事情。”

“是周大缯跟你说的？”

局长皱着眉，盯着可可看了一会：“不是。”

“你不用包庇他，我要知道我做错了什么。”是错信了你，还是错信了自己。

“不是。”局长的声音很郑重，不经意地带着叹息，“是上头的人，有人内参汇报上去，缺失心脏的案子其实还有两起我们没发现。”

可可微微偏头，不明白这和自己有什么关系。

“加上我们这里发现的三起，一共五个案子都没破，甚至是刚刚把它们串起来，看成有可能是同一个凶手。”

“那也不代表……”

“我还没说完，”局长的表情始终很凝重，“内参的内容上头已经基本肯定，包括其中一点，每一起案子的受害人……”局长抬眉盯着可可，仿佛要从她眼里看出什么来。

“受害人？”

一直被视为老狐狸的局长深叹了口气：“每一个受害人，都是曾经经过你手调查过的案子的嫌疑人。”

“什么？”可可觉得自己哪里听错了，“我经手的？曾建明我知道，其他几个我怎么……”

一份文件资料被局长扔上了桌：“你自己看。”

可可忙不及待地翻开资料，从张力鸣开始到曾建明，前后五个受害人，尸体都缺失心脏，而他们每人的案子附件中都带着另一个案子。可可看着看着，冷汗就下来了，除了曾建明的案子她记得，其他四起案子都和她没有直接关联，但却都有她的名字，有的是协助分析过案件发生过程，有个她曾帮受害人做过活体验伤。

“我知道，这些案子你只是帮忙检验了受害人，根本和嫌疑人没什么接触，但现在这几个嫌疑人，甚至有一个公诉都没上，纯粹还只是嫌疑人，却都成了丢了心脏的一摊尸体，他们的相似处除了很可能都犯过罪之外，就只有你……只有你呐浔可然，你是他们的共同点。我也和你摆明了讲，小浔，我知道你不可能是凶手，但是我同意上头这次决定，你给我离这个案子远点儿。放假、去玩儿，去旅游，随便你干吗，就算过几天回来上班，也不许接触这个案子。”局长看着脸色惨白却一脸坚定的可可，还忍不住补充，“别一股子冲动办事儿，浔可然，你还太年轻。”

浔可然深呼吸，点点头，打算离开。

“站住，把资料留下。”局长说。

走出局长办公室，可可抬头，窗边在抽着烟的男人不知道已经待了多久。

回头看到她第一句话，周大缯就急于辩白：“内参的不是我。”

可可抬眼看着他良久：“你也怀疑我？”

“我知道不是你。”大缯说。他的话一出口，可可突然有种鼻子一酸的冲动，她扭头往外走。

天高地远，有口难辩。

“我也知道不是你，举报我的家伙，是那个人。”

大缯听着皱了皱眉：“侯广岩？”他不喜欢可可避开姓名，用那个人、那家伙来称呼侯广岩，好像他有多特别似的。

“不是，”可可顿步，仰头叹息，“是古吉。”

大缯一愣。

“原来只是一点小疑惑，为什么在王源的案子里，一直问我对无心脏这件事有什么想法，怎么看受害人，我只是案子的法医，没道理问我这么多遍，前后联系起来看就很容易想通，她那时就抱着怀疑的态度在接近我。”

“可可……”

“我没事。”浔可然并没有回头，半侧着头的角度，让大缯看不清她的表情，“说到底，这件事也的确和我脱不开关系。”

“……你打算怎么办？”大缯没有忘记上一次让这位法医被迫放弃自己的案子后，她在媒体上那一出惊天动地的闹剧。

“放心，我不会去到处嚷嚷，既然要停职，那我就做点我想做的事情吧。”可可回过神，对着大缯突然甜甜一笑。

大缯却一点都高兴不起来，这笑容已经许久不曾在她脸上看见。

那是保护自己、伪装起来的笑容。

## 13 古吉指的路

作为警局里常驻的心理医生，古吉的工作除了给各种警务人员做心理咨询外，也包括给各类案子提供犯罪心理方向的意见。她收拾起上午整理的资料，门外突然传来几句嘈杂声，现在是她的午休时间，除了那个人、那件事，大概也不会有别的可能了。

所以浔可然推门而入的时候，古吉丝毫不吃惊。她挥挥手推却了前台的好意，直接指了指沙发："请坐。"

"你知道我会来。"浔可然站在门口，不走近也很冷淡，紧抿的嘴角、昂起的头颅，双手浅插口袋却握拳的动作，都是充满了攻击性的肢体表现。

"你很容易猜到是我，所以我不会太惊讶。"

"难道不是？"

"是。至少，一开始是。"古吉的话让可可眯起眼，又在耍什么花招？

古吉再度做了个请的动作，可可看了眼那张曾坐着回忆起过去的沙发，站着不动。

这些细微的小动作，当然都没有逃出心理医生的视线，她微笑着摇了摇头："只要你喜欢站哪儿都行。"

"我不喜欢绕圈子，那些案子，不是我干的。"可可说。

"我知道。"古吉坐在沙发上，两手随意地拢起。

"那请你去撤销……"

"在我往上汇报之前，就知道了。"古吉说。

可可皱起眉，"什么意思，你知道还汇报？"啧啧，欺上瞒下的恶人原来长这副模样。

“但我也并没有说错，这些无心脏的案子，你是唯一找得到的共通点。所以，我不会去撤销报告。”古吉看着对面人傲立的姿态悄然有些萎靡，“你不是凶手，但凶手认识你，或者说，你被动地被卷入了他的计划里。”

这种事儿古吉并不是第一次听说，无辜却也不无故地、被卷进去，“你想知道为什么这些人，都曾经是你的案子的嫌疑人吗？”

可可盯着古吉，这个看起来温和的女人，到底想说什么？

古吉再度指了指沙发：“我只想给你帮助。”

“帮忙撤销报告，就是最大的帮助。”可可依旧站立在原地不动。

古吉摇了摇头：“那是你站在你自己此时的角度看的问题，你需要的帮助是怎样抓住那家伙，而不是假装什么都没发生过。”

可可露出简直可笑的表情：“是你的汇报让我无法办案诶！”

“没错，但那是因为你、正在受他控制，按照他所希望的一步步落进陷阱。”

啊？

“那家伙叫侯广岩对吧？我大概能猜到他是谁，但让我在意的都是一些你们都不会细想的事情，你们是不是在诊所里一无所获？”

可可不作声。

“因为他知道你会找到那里，知道你接下来的行动，如果我不打断你，你只会被他逼入绝境。”

“所以你就自以为是地打一份报告，毁掉我参与这个案子的机会？”

“我只是请你换个角度，独立清晰地、重新思考如何查这个案子。”

“我都被勒令停职了。”可可斜睨着沙发上的女人。

古吉露出意味深长的笑容：“你什么时候听话了？”

可可无声地挑了挑眉，跨出几步在沙发上坐了下来，翘起的腿直接搁在面前茶几上，从口袋里掏出珍宝珠，一脸的目无纪律。

“啊啊，没错，我才不会就这样放手，既然你都把我给内参了，如果你一点都没有建设性的意见的话，”可可上下扫视了一圈咨询室，目光又落回古吉身上，“管杀不管埋，最好自备棺材。”

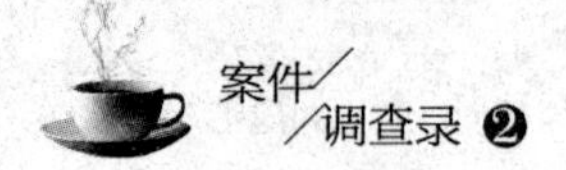


“果然和周队长混久了，一身痞气。”古吉笑言。

“能不能不提他啊你们！”可可吼。

“诶诶，你给我收敛点，我那是在帮她！”

周大缯一脚踹在联排沙发上，十足收保护费的流氓腔：“说吧，到底是为什么。”

“说了上头收到报告……”

周大缯把嘴里的烟头掐灭在真皮沙发上，真皮被点焦的嗞嗞声让局长心疼连带肉疼。

老狐狸局长瞪着他许久，才叹气：“我怎么就收了你们这群祸害，唉！”

“上头施压了？”

“没有！我同意的！你自个儿想想，事情不是小浔干的，那为什么会都和她办过的案有关？”

“陷害。”大缯还真一直是这么以为的。

“说你们年轻吧，没有任何证据现在显示出是陷害，都五个死人了，要陷害早就动手了。所以借着这个来自我们内部的汇报……”

“那个搞心理学的女人也不是什么好东西。”大缯又踢了一脚沙发，他一想到可可现在面临的压力就烦躁。

“臭小子！说话给我留点德！古吉和我一样，都是为了小浔好。看起来是把她停在案子外，其实是给她一条新路子。”

大缯侧过脸，摸爬滚打如他，立刻开始明白局长的用意，不是为了陷害，而是因为那家伙，纯粹盯上了可可……

看着古吉一脸闷笑，可可咬牙切齿：“你到底有什么建议，用这么损的招儿把我引过来。”

古吉收敛起笑容：“其实很简单，我大概是最早注意到无心脏案子属于连环案的人，凶手应该是出于一种义务警察一般的、自以为是的正义感，所以才将这些有过前科提前释放或者有嫌疑但缺乏证据的人杀掉，但是有一些事是没有道理的，第一是为什么要挖取心脏，到底用来做什么？第二是为什么是这些人，世界上犯了罪，轻判或者因为证据不足洗脱罪名的人无数，为什么就是这几个。根据第二条思路，我刷选了所有受害人，才进一步，挖掘到了你。”

“然后你怀疑我？”

“确切说，我是怀疑凶手和你有关。下面这些现在还只是猜测，他之所以挑选对象都是你经手过的案子里的嫌疑人，是因为他认同你的存在。认为你和他一样，是为了追求‘某种正义’而努力的人，但是在一些情况下，你失败了，你的猎物逃脱了法律制裁或者被轻判了，于是他紧接着出手，实施他自以为的正义。”古吉说着说着停了下来，看着可可若有所思的表情，“报告里没有写侯广岩的身份，我猜他和你死去的姐姐有关……对吧？”

可可猛然抬头，终于从心底里不得不承认，眼前这个警局内部的犯罪心理专家不可小看。她小心翼翼地避开话题：“姐姐……已经没了好多年了，他杀人，也就是最近两年的事情。”

古吉想了一会儿说：“有时候一件事对一个人的影响，是历经岁月慢慢碾磨才能看出来的。当年的事情到底在他身上产生了怎样的影响，为什么会变成现在这样的情况，如果你不去了解这些，恐怕永远都会被他牵着鼻子走。”古吉站起身，“所以我的建议很简单，不要从寻常的法医思路去想怎样抓到他，换个角度也许有出其不意的办法，毕竟……”

可可抬起头，看着居高临下的古吉，眼中的认真一目了然。

“不会有人，比你更懂他心里的痛苦。”

## 14 因为懂才痛

再度回到儿时住着的小区，说没有感慨是不可能的。可可走在曾经再熟悉不过的小路上，身边跑过放了学的孩子，一边笑着一边狂奔而过。曾经和浔云洁一起，多少次追逐着姐姐从这些小路上一前一后地跑过……带着张狂的笑。

可可敲敲熟悉的门牌，开门的人反应了好几秒才恍然大悟："啊呀小丫头，你都长这么大了啊！快快，来来进来坐。"

侯广岩的母亲，像所有热情好客的阿姨一样招待着可可："闺女啊，我记得，啊你叫小然然对吧？"端茶拿点心，从小可可就记得这个和自己母亲不一样的阿姨，喜欢热闹，爱笑，而且每次和姐姐一起来，都会给自己很多好吃的。姐姐葬礼后没多久，父母就带着可可搬出了这个大院，但儿时熟悉的人和气息，还是让可可差一点沉溺回那段太过快乐的记忆里。

因为曾经太快乐，所以现在想来才悲伤。

"阿姨，不用麻烦，我只是想问些事儿……"

阿姨脸上的笑容慢慢收敛了去："是我太激动了，你瞧，这平时也没什么人在。"

这么一说可可才反应过来，侯广岩不在，侯叔叔居然也不在。

"他爸在居委会，他平时都待在那看书练字儿。家里也冷清，所以今天看到你，真好……唉……"阿姨拉起可可的手，轻轻地拍了下，"如果当时没出事，你们姐妹俩都该好大了啊……你别怪阿姨提这个，我这几年做过好几次梦，梦见小云啊，和广岩一起，抱着孙子回来，我从厨房里洗洗手端了菜出来，孙子拉着爷爷一起练字儿……那感觉，真让人不想醒过来……”

可可鼻子一酸，没有出声。

“你看阿姨这磨叽劲儿，”她抬起头，盯着可可看了好一会，“我知道你想问广岩的事情。你跟我来吧。”

可可根本狠不下心来提到这个人，那边阿姨却已经站起身，走上楼去了。

随着阿姨的指引，可可走进了那间勾起无数记忆的地方。

“这是他当年出国前的房间，回来之后也住，但不到一个月就搬出去了。”阿姨站在门口，和可可一样打量着四周，“小云那时候……就那事儿之后，广岩就变了，他不肯去上学，也不去找工作，他爸和你爸一样，是个严管的军人，觉得让儿子振作起来最好的办法是送他出去练练。于是就把他送到军队当了两年兵，然后送去国外读书……”

房间的正中间依旧放着那张米黄色的小圆桌，很多年前每当她放学后，都能在这张桌上找到姐姐，和正在被逼着写作业的猴子哥哥。那些打打闹闹的记忆，闭上眼，仿佛就在眼前。

就算她想忘记，这房间记得，四面的墙、带着旧痕的地板、阳光中的灰尘、还有凝固在半空中，浔云洁送给他的小风铃，这些见证者都记得，多年前仿佛天长地久一样的快乐，它们都记得。

难怪侯广岩无法再住下去。

可可强迫自己收回心思，用理智来观察。与小时候不同，一旁的书架上，早已堆满了各类高深莫测的书籍。

“在国外读的医科，是他自己选的。”阿姨站在门口，熟悉地打量着房间的每一处，但却不进来，“我就偶尔帮他掸掸灰，要是乱动他东西，回头要和我生气的。”

仿佛他还会像小时候那样回来住。

可可心头一紧，转开话题：“医科是他自己选的？我记得他想学的不是这个。”小时候的侯广岩，成天嚷嚷着要做个英雄，武术兵法，大概才是他心中的正课，数学英语，那才是闲来无事才会去看的玩意儿。

“我都不知道他是什么时候想读医的啊……不爱说话，看书贼认真，这书架上的还都是他留下的，他带走的那一大箱里的书，我连标题都看不懂。”

“和心脏有关？”

“啊对！都是什么心脏啊麻醉然后一大串英文的。”

一旁的阿姨依旧在絮絮叨叨，可可走到侯广岩曾经睡着的床前，突然脚下觉得踩到了什么东西，可可低下头，发现自己踩在了一片银杏叶上。

时间快得让人唏嘘，可可坐在马路边高起一块的台阶上，对着快下山的太阳，揉了揉眼睛。

她的身旁放着一个小香炉，缓缓烧着的香燃起飘渺不定的烟，偶尔风带去，却始终不灭。

车流在面前轰然而过，有时她眨眨眼，大多时候她不怎么动弹。她努力让自己从过去中拔出来，却仍旧觉得自己像无奈地站在一个沼泽里，慢慢下陷。

直到眼前的阳光被遮住。

大缯逆着光出现在面前，居高临下地看着她，转手把烟叼在嘴里，但并不点燃。

“你叫我来看你卧轨自杀？”大缯的话毫不客气，他从刚踏下车就心里冒火，当看到可可盘着腿，丢了魂一样坐在大马路沿上时，害怕随着愤怒隐隐而发。

浔可然不作声，将垫在屁股下的一个牛皮纸文件袋抬手递给他。

大缯愣一秒，抽出文件，里面是几张放大的交通探头截图。

“那家伙，”可可的目光还看着马路中间，“每次杀了人之后，都走到这条路中央，呆呆地站立几十分钟。”

什么？大缯刚想问，突然反应过来什么，他仔细对照着照片上的时间节点，又回头看看满是车来车往，烟硝灰尘的马路，“你姐姐是……在这里……”

“是啊，十二年三个月零七天前，她跑过这条马路，然后永远停在了这里。”

大缯不作声，又仔细打量了下手中的照片：“侯广岩想干什么？”

可可无声地看着马路中间的位置：“……大概和我一样，有时回到这里，就坐着，而已。”

大缯瞟到她身旁放着的香炉。

如果世间真有灵异，大约也是存在人心中。只是回到这里，希冀也许灵异事件发生了，能重新看到你的音容笑貌，甚至听你训斥和抱怨，我全都笑着收下。

因为没有，所以也回到这里，在心底想着，如果你知道我现在做的事儿，会是什么反应呢。

“不是说了让你别再管这事儿吗？”

可可向上翻着白眼看他，眼神中尽是“你第一天认识我？”的嘲笑。

大缯无声叹口气，转而在她身旁也坐了下来，点起手中的烟。

“原先这里没有隔离栏，也没有区分自行车道与机动车道，就是一条光秃秃的大马路。”可可自言自语。

大缯没回应，看看手中的照片，侯广岩当时站在马路的正中间，不管往前还是后退一步，都会被车撞到。

“古吉内参我，是为了让我跳出框架，试试看用不同的角度看这件事，所以我去了他家。”

“什么？他家已经封锁了你怎么进去……”

“他爸妈家。”可可笔直送了个白眼给旁边人，“我想不通他是怎么走到这一步的，这些年到底发生了些什么。”

“然后呢？”

可可狠狠叹下气：“大概都是因为我，因为姐姐的死，才让他变得这么恨……”不爱说话，不想回父母家，一个人过着离群索居的生活，把一切停留在原地，却又无法不生自己的气。古吉说的没错，大概不会有人比自己更能懂这样的侯广岩。

不过最近好像渐渐不再封闭自己，因为……想到这里可可心里暗自一惊，不对不对，这和面前这人没有关系，只是因为工作忙碌，嗯，是因为工作。

大缯弹了弹烟灰：“关我屁事。”

可可一愣，把视线从灰尘飞扬的马路转回身边的人：“没错……是、不关你的事。”

“不关我的事，也不关你的事。”大缯对可可说，眼神却看向远处，“小时候失去亲人的、长大了失去爱人的，世界上有多少，也没听说他们每个都去杀人泄愤。”

可可无意识地把放在一侧的香炉抱起在怀里。

“拿杀人来转移痛苦是他自己的选择。他是一个成年人，他自己决定做的事，跟你、跟其他任何人都没关系。这点都想不明白吗，笨蛋。”

可可沉默地盯着怀里的香炉，香已经烧完了，一盆香灰静静地沉淀着。“我智商比你高。我要是笨蛋，你在地球上就没立足之地了。”转身在大缯看不到的角度，露出一丝浅浅的笑意。

周大缯撇撇嘴，起身把烟踩在脚下，“走吧，我送你回去。”

“不去，”可可也站起来，依旧抱着香炉，“我的调查才刚刚开始。”

大缯皱起眉，“你好好做点别的不行吗？都停职了还不安分？”

“都被停职了我还束手就擒？换你试试？”

两人面对面伫立着，眼神里噼里啪啦地像雷电交锋，谁都不让步。

大缯以高出一个头的身高睨视着可可。

浔可然灿烂一笑，抬手，把香炉灰一把抹在大缯脸上：“长得高了不起啊？有本事我们比胸大！”

大缯脸一黑。

浔可然被铐在车把手上。

“我不回家，我要去那五个命案现场。”晃着手铐不安分的法医抗议着。

“不行，”大缯启动车，“你给我老实点回去。”

“我没带钥匙。”

“那直接送回你爸妈家。”

可可嘟着嘴，不响了。

“你找侯广岩父母，问到那个养女的事情了？”

“你知道养女的事情？”

“你以为我是做什么职业的。就算之前不知道，在查了小诊所和侯广岩的身份之后，横竖也知道了。”

“那你怎么不直接查出那家伙现在人在哪？”

“查了，侯广岩还挺贼，所有的银行卡电话号银行账号都在监控中，但没动静。”

“你不是怀疑我吗？连我的一起监控了？”可可嘟囔着。

“我怀疑你的话早把你关起来了，老实交代，你都问到些什么？”

可可撇撇嘴，甩了甩叮呤当啷的手铐：“求我呀。”

大缯露出一丝冷笑，哼哼。

“不求也行，我要去现场，你别瞪我，就算你现在送我到家，回头你走了我照样会去，一个人半夜偷偷摸摸去，哪个更合适你自己掂量。”

……大缯花半分钟叹气，然后调转方向盘。

“我问了，阿姨说她也很惊讶，那个人……侯广岩就有天突然说要领养一个女孩，先天身体不太好，而且很小的时候就被父母抛弃了。侯叔叔……他父亲为此和他大吵了一架，觉得他根本没能力养好一个孩子，而且自己都还没成家立业……”

侯广岩通过电话，冷冷地告诉父亲，自己心里已经娶了浔云洁，这辈子都不会再娶别人。父亲怒摔了电话，从此以后，假装没有这个不争气的儿子。而儿子也真的几乎消失在老两口儿的生活中，除了过年过节偶尔回来给父母送些东西，再也不回家住。

“那个养女，就是在抢劫中死掉的孩子……”周大缯目无斜视地看向前方，话却直接刺中了身旁坐着的人，“长得很像你姐姐吧？”

“你怎么会知道？！”

“你看到那页资料的时候一下子表情就僵硬了，没出两小时就直奔那家诊所去，唯一能推测合理的，就是那孩子有着让你必然想到侯广岩的特点，比如，和你姐姐有关。”

可可听着大缯的一步步推断，只得无奈地笑：“你真是条猎犬。”

“没错，”大缯伸手在她脸上捏了一把，“所以下次想背叛我之前，想清楚能瞒我多久。”

可可躲闪开咸猪手，嘟着嘴瞪他：“说了多少回了周队长你这是性骚扰，住手！还来！有完没完……谁背叛你了！”

两人一路打着架开车赶往第一起案子的现场。

## 15 正义的打架

“素素！素素？”徐婉莉在办公室上下翻找着。到处都不见黑猫的踪迹，急得一把抓住刚进门的白翎几人，“你们刚才出去门关好了吗？看到黑猫了吗？”

白翎眨眨大眼睛，“好像、也许、可能、似乎……”

“啊啊啊急死人了你在说什么啊白翎！”婉莉抓狂地揪着白翎问。

“他没关门。”薛阳直接道。

“你！你们！说了几次了！有猫在要关好门窗！跑出去怎么办，被抓走做成猫干怎么和可可交代啊！”眼看着一向温和的婉莉快暴走了，白翎直把薛阳往前推，快快，你表现的好机会到了！

薛阳回头白他一眼，无奈去哄，“对不起，是我们疏忽，你放心，猫都这样，会自己回来的。”

话还没说完，婉莉一把推开他，“滚开，我要出去找猫。”

薛阳想了想，“那我陪你去。”

徐婉莉回身一瞪：“你去干吗？你知道素素喜欢吃什么吗？你们连门窗关没关好都不在意，可可就拜托我们这一件事，你们上过心吗？！现在来装什么装？”徐婉莉说着，眼睛里都开始冒水雾，被骂的两人都有点不知所措，连连发誓也要一起去找时，门外轻轻传来一阵猫叫。

“素素！！”徐婉莉打开门，抱起在门外徘徊的黑猫就是一阵亲。“啊啊啊你跑到哪里去了你个小坏蛋，要是走丢了怎么办？被抓走做成烤串然后被可可在门口烧烤摊上吃掉了怎么办啊啊啊！”

女人的想像力真可怕，难怪随便哪个女人都会怀疑老公出轨——白翎和薛阳在心中默默想。

“嗯？怎么还真有股烧烤香？你去偷烧烤摊了？”徐婉莉在猫身上闻来闻去。

突然办公室的门大开，一个男人冲了进来，带着探照灯一样的目光四处扫视，来人手里拿着一塑料袋的烧烤，很快就瞄准了徐婉莉怀里的黑猫：“啊，就是你个小畜生，看老子不扒了你的皮！”男人喊着冲了过来。

徐婉莉一声惊叫就往后躲。

“干什么？！”薛阳和白翎迅速拦在前。

“什么干什么？你们养的猫？办公室里养个屁猫！”

“抓老鼠。”扑克脸薛阳说的话总让人分不清是正经还是开玩笑。

男人示威一般提起手中的烧烤袋子。薛阳面无表情地看了一眼：“烤熟的老鼠也抓。”

“放屁！老子这是羊肉串！”

“你是？三队的杨竟成？”白翎自来熟地搭上话，“兄弟别这么激动嘛，不就是个烧烤嘛，吃多对胃不好啊，听说这里面都混着老鼠，啊，猫肉狗肉呢！”

“老子吃的就是这群畜生的肉，你们谁养的这猫？没主人就交出来！”杨竟成正在气头上，口不择言。

“有主人，浔法医寄养在我们这里的。”薛阳直言。

“浔……啊！那个变态法医啊，她不要这猫了吧？自己都快进监狱了还有空养猫？”

看气氛不对，白翎打着哈哈说：“那是误会，浔姐不是嫌疑人。”

“什么误会，除了她还会有谁，白天解剖尸体，晚上出去杀人，上次在现场还拿刀把那谁的手钉在地上，还以为大家伙都不知道啊？果然什么人养什么畜生……”

“说话给我注意点！”薛阳冷着脸，逼近一步。

“干吗？还想打架了啊你！我告诉你，就是我杨大爷说的，怎么着？抢了老子的烧烤骂她几句还不行啊？哎呦！”

杨竟成话还没说完，一团黑影突然蹿过，素素尖利的爪子狠狠划过他指着薛阳鼻子的手。杨竟成立刻就暴怒了，抓狂着扑向素素，嘴中信誓旦旦地要把它剁了扒了皮挂在公安局大堂里示众，薛阳和白翎为了阻止他扑向护着素素的徐婉莉而上前，混乱中杨竟成一把狠抓住徐婉莉的胳臂，徐婉莉发出一声尖叫，杨竟成没停下，还打算出手抓猫，不留意就被薛阳一拳招呼了脸……不出几秒三人便打成了一团。

周大缯刚回到警局，就被拉进了局长办公室陪着一起挨训："你怎么管教的年轻人！在老子眼皮底下打架！这是什么工作作风？吃饱了撑的是不是？说！脑袋瓜子里长得都是什么玩意儿？"

薛阳不改一脸扑克，"他先辱骂的浔法医。"

"那关你屁事！"局长的啤酒肚一起一伏。

薛阳悄无声息地瞟一眼大缯，后者面无表情地扬了扬头示意。

薛阳立刻领会队长的意思："是我不对，我在警局里和同事动手，违反纪律目中无人，身为人民警察却没有良好的思想觉悟……"

"啊得得，"局长挥挥手，"这些都写进你的检讨里去，少在我这里表现……还有你！杨竟成！你闲得慌是不是？"

"局长！是他们家的猫先抢了我的吃的！"

"上班时间吃什么烧烤！"局长又是一拍桌，"你们队这个月破案记录去拿给我看看？悬案为零啊？有闲工夫吃烧烤？"

"那也是他先动手！"

"那他们队里徐婉莉手上的痕子不是你揪出来的？"

杨竟成撇撇嘴："谁叫她抱着那畜生……"

闻言，薛阳扭头瞪着杨竟成，用只有他听得见的声音，低声道："对女人下重手，什么东西！"

杨竟成呲着牙就想扑向薛阳。

嘭！！

三人都愣了，扭头看到周大缯和他身边刚踢翻的茶几，冷冷的眼神扫视了一圈："都回去写检讨，两个月奖金取消，记过一次，谁再动手，工资减半，记大过。”

年轻气盛的小兔崽子们咬着牙，在队长的斜视下离开了局长办公室。

周大缯显然是在借题发挥，局长看了眼关上的门，“哼哼，为了吓唬两个小崽子，踹我办公室的茶几倒不心疼……你倒是给我扶起来再走啊！”年过四十的局长磨着牙去把茶几扶起，“啊哟我的老腰。”

在只有两个人的电梯里，周大缯想到杨竟成脸上的青紫，低沉着声音道：“打得挺狠哪。”

“队长，如果这事儿重新发生一次，我照打。”

周大缯斜睨着看薛阳。

“他那样说浔姐，我气不过，浔可然虽然不是什么温柔可亲的人，但绝对不是……杀人凶手。”

周大缯仰起头看着电梯顶上忽闪的灯泡：“少来，我会不知道你小子多半是看到婉莉被打才发飙的？”

薛阳摸摸鼻子，假装没听懂。

“下次别在局里动手，老头没面子。”大缯仰头看着电梯指示灯不断下跳。

嗯？意思是出去打就行了？

“还有……”周大缯顿了顿，猛拍了下薛阳的脑袋，“打得好。”

说着走出了电梯，徒留捂着脑袋的薛阳，嘴角露出一丝笑意。

# 16　了解故事背后

忙碌的急诊室常年充斥着消毒水味、呻吟声和医生的吼声。可可站在急诊室门口，随手拉住好几个护士问了路，才找到她要找的那个人。可可站在玻璃窗边，看着里面房间的那个彪悍女人正坐在病人身上，拼尽全力给手下的人做心肺复苏，脸上汗如雨下。这个就是师傅常丰要她来见的心脏科医生徐朗。

和大缯去了所有现场，能收集到的证据早已都带走，徒留昏暗现场的，只有两人置身处地的猜测。

第一次，侯广岩跟踪了这家伙很久，才找到为养女复仇的机会。

深更半夜，无人小巷，喝醉的目标。

他应该穿着防护的衣服，包括防护镜，开胸会有大量血液飙溅出来，学医的人有经验，一定会有准备。

对了，就是医用的防护服，让他不知怎么开始做手术室里的事情，取心脏。

两人在现场一言一语地拼凑着线索的可能性，然后分工两路。

大缯去找侯广岩当时穿的衣服可能送去哪里焚化。

可可找师傅常丰联系心脏专业的医生，于是就站在了这里。隔着玻璃，可可看到那个彪悍的女医生抬起头对护士吼了句什么，本来好几个围着手忙脚乱的护士纷纷四散开来，拿药的擦汗的打电话联系手术室的……看来她还要忙上一会儿，可可随处找了个椅子坐下。看着时不时从眼前飞奔而过的病床，和四周看似乱成一团其实井然有序的急诊室。

古吉劝说可可换个角度去思考案子，但她总不能大跨步找个犯罪心理方向去思考吧，于是思来想去，可可还是决定从她所熟悉的领域寻找突破口，摆在尸检面前最大的疑问就是心脏去哪儿了、做什么用途。在和师傅常丰讨论之后，可可提出侯广岩很可能在做某项心脏实验的观点，于是常丰将这位正在做心脏医生的徐朗介绍给她，让她自己去了解心脏实验的可能性。

“护士说你找我？”徐朗突然挡在了可可面前。

“你好，我是常丰老师介绍……”

“麻烦快点说，我十分钟后有个心脏手术。”

“一个凶手挖取别人的心脏，你能想到的原因是什么？”

“凶手？……什么职业？”徐朗一边说，一边已经往手术室方向赶，可可不得不紧随其后。

“医生。”

徐朗大跨步伐一滞：“你在和我开玩笑？”

可可拿出自己的工作证：“浔可然，市局法医。”

徐朗重新打量了她一眼，继续往前走：“心脏被挖走了？其他器官呢？”

“被液体腐蚀了一部分。”

徐朗的步伐三步并作两步，可可不得不小跑几步，才能跟上她快节奏的路数。

“为什么问我？你们警察怀疑我吗？”徐朗笑言。

“大姐我跟你第一次见面别想太多好嘛。”可可也笑着直言。

“你说话够直接！我喜欢！”徐朗大跨步走进了手术室，开始用消毒水洗手。

“一样是医生，也学心脏科，我想问问你，他会不会是在做什么实验？或者你对他拿走心脏有没有什么猜想？”

“猜想？我可没兴趣挖别人心脏。如果是实验，倒是有可能，不过这得问心脏方面的研究机构，而不是我这样成天在医院里像个陀螺一样转的医生。你在柳叶刀杂志上找过吗？最近有什么心脏方面的议题在学术界争论的？或者去查查看黑市，有没有心脏出售，啊好像作为医生我说这个不太对……”徐朗连珠炮一样地说着，“不好意思，我要进去手术了，你如果还想和我再继续聊，可能得等我手术完，不过大概要好几个小时咯！”说着，徐朗推门往手术室里走，“如果想参观手术过程可以去二楼观察玻璃那儿。”

可可看着门口手术灯亮起，无奈地走上二楼，居高临下地看着楼下大手术间里，玻璃后面，徐朗手起刀落地切开患者胸口……

到底为什么要挖走心脏然后还腐蚀其他器官呢？如果是为了买卖器官，为什么肾脏不要？在黑市好像肾脏更容易买卖吧？

徐朗手下如生风一样，飞速地做着精准无比的动作……

因为其他器官上会留下他的DNA？还是他取走时会改变什么，真正的目的……可可脑中转得飞速，眼神却无意识地看着徐朗的手上动作，切割、剥离、打结……如果侯广岩不做这些事，他现在应该还在医院里当他前途无量的医生吧……医生……如果他，仍旧是医生呢？

仿佛考试时解题灵光一现一样，可可突然在瞬间把所有事情都串联了起来。她飞速奔下楼，冲到手术室的门口……

“诶诶你谁啊不能进来！”护士惊慌地叫着。

“我不进来，徐朗，我问你，如果做心脏手术，会留下什么痕迹？”

手上飞舞着的徐朗根本不抬头：“什么手术？心脏搭桥？”

“不……不是救那人的…什么手术要取走心……心脏移植！”

“当然会，每个医生都有自己独特的手法。”

“会在其他器官上留下特点吗？”

徐朗的动作停滞了半秒：“不会，但在心脏周围会留下一些血管上的微痕证明这人成了心脏手术的供体，如果供体死了，你解剖的时候就会看到这些细节，甚至是那医生在一些地方打的手术结。”

“标准手术结都一样啊……”护士试图把可可推出门去，可可死扒住门框耍无赖。

“标准是标准，实际上手术结很复杂，每个医生打出来的多少都有点不同……”徐朗话还没说完，就听得空中留下的一声“谢谢！”抬头时，晃动的手术门已然不见了人影。

徐朗耸耸肩，继续手中翻飞的舞蹈。

周大缯看着手里的资料，白翎调查的结果看似和案子毫无关系，实际上却解释了很重要的一些事儿，那个人犯罪心理瞬间的形成。

他拿出手机，抬手就找到了可可的电话号，然后自己一凝，为什么要告诉她？为什么第一反应……

手机突然震动了下，屏幕上跳出“浔可然来电”的字样。

大缯为这世界上有种东西叫命运而叹息。

“喂，我正想找你……”

“那家伙不是在收集心脏，他拿去用了！他在拿这些人的心脏做移植手术！”浔可然的声音还带着些嘈杂，大缯觉得她大概在哪里快步行走。

“可可……”

“他根本没放弃做医生，只不过换了个地方换了种方式，做了他以为是正义的医生。”

“我相信，但是先等一下，我问你，你是不是一发现这事儿就立刻给我打电话了？”

“是啊，怎么了？”小绵羊乖乖地跳进了陷阱。

“有任何突破的线索，第一时间想要告诉的人，是我。”

“……”

“我也是这样，可可。”

电话对面沉默了一会儿，但大缯听到了可可压抑的呼吸声：“……流氓！”咔哒一声，电话被挂断了，大缯对着手机屏幕忍俊不禁起来，居然还害羞了。

不过调戏归调戏，正事儿还没说，无奈只能再拨通过去：“喂，浔可然同志，你怎么可以挂队长的电话呢，多没礼貌。”

“你再多说一句废话我就把你电话拉进黑名单。”

“害羞也不能这么粗暴嘛浔可然同志，这个……”

咔哒。电话又挂了。

大缯憋着笑再度打通电话，这回终于学乖：“好了我直说，白翎查到养女的案子，案件记录上说，小朋友被张力鸣抢劫杀害的时候，侯广岩正在做一场心脏移植的手术。”

电话那头，可可沉默了。

## 17　带着天使翅膀的恶魔

摘下手术帽和手套，擦洗了一把脸，才感觉身体回到自己的掌控中。他听见门外的人在议论刚才他从手术台上救下的那个年轻人，是一个打死了别校同学的流氓小混混。即使他手上沾满鲜血，那又怎样，他想，就算罪大恶极，那也该有人给他治疗啊。他走出手术室，挥挥手无视想和他说些什么的护士长，独自往前走着……突然转角扑出来一个女人，揪着他还未换下的手术服，一声嘶哑的吼叫破空而出。

“你怎么能给他！你怎么能这样对我儿子！！”

他皱起眉，冷静地往后退：“不好意思，捐献器官的同意书是你儿子在学校里就提交过的，我只是个遵从他遗愿的医生。”

“他同意，他同意那是他同意！就算……他是同意，可是你怎么能把他的心给了那个家伙！”

“不管是距离上，还是从病情危急度上考虑，他是最适合接受你儿子心脏的对象。”依旧很冷静，说着冠冕堂皇的解释，他知道自己没错。

旁边的家属终于赶到，扶着快要崩溃的母亲，却无法阻止她继续嘶吼：“畜生啊啊……你这个混蛋……你把我儿子的心脏给了打死他的那个畜生啊啊……”

女人的哭喊让他更加烦躁，只想加快步伐快速离去，却被一个穿着警服的家伙给拦住了。

“什么事？”他浑身都写着不耐烦。

“不好意思，您是侯小云的父亲吗？”

“……是。”

“麻烦您和我们走一趟。”

“什么事直接说。”他无法自制地烦躁，身后不远处的女人依然时不时尖叫着。

“侯先生，请您冷静点听我说……您女儿，遭遇了抢劫，对方……”警察盯着这个冷静的医生又看了眼，“对方情绪激动，用刀……捅了您女儿。”

医生没有动，他突然发现自己浑身都无法动弹，连眨眼都做不到，仿佛灵魂脱离了身体一般，毫无知觉。

眼前看到的一切都变得恍惚，渐渐化为浓墨一般的黑暗……唯独那嘶哑的声音还在耳边不断尖鸣。

“我诅咒你！诅咒你全家！你把我儿子的心脏给了打死他的凶手！你这个杀千刀的恶魔……”

侯广岩猛然坐起身，额头上大滴的冷汗滴落在被沿。他才反应过来，那段记忆又化为了噩梦，缠住了自己。

他起身洗了把脸，看到手机屏幕上的未接来电，开着免提就回拨了过去。

“什么事？”侯广岩擦着脸问。

“新的血液数据我都收集到了，侯先生打算接下来怎么做？”

“和之前一样，测试。”

“但是诊所已经被警察给封了，要怎么……”

“你跟着那个老大这么久，居然都没学会‘永远都有备选方案’这件事？”

电话那头沉默良久，才道：“那就继续拜托您了。”

“有吗？有吗有吗？”可可凑在王涛脑袋边，嘴里叼着珍宝珠一个劲儿地问。

王涛把头从显微镜上抬起来：“麻烦你离远点行不行？”

“你只要告诉我有没有人类的血样本就行了嘛。”可可歪着脑袋装无辜。

王涛无奈地叹口气：“有啊，所以我现在要把样本做DNA分析，你凑在我脑袋边上也不会加快速度的，明白吗？”

可可被王涛推开一步，在旁边无赖地笑："诶所有受害人的DNA样本你都申请了吗？"

面对身旁叼着糖唧唧歪歪的人，王涛终于忍不住了："喂，我记得你被勒令不许管这个案子了吧？"

可可调皮地笑："王老师，你这是在为我担心？哎哟都大叔的年纪了，还玩暧昧。"

"暧你妹！"

可可大笑，调戏这个儒雅的技术死宅实在很有趣："放心啦，我没事。"

"你最好没事，如果要辞职或者跳槽前，记得还欠我十杯咖啡三顿饭二十包薯片！"王涛把头又埋回显微镜下。

"王老师，您能再小气点吗？嫁不出去哦。"

"不行，我努力过了，我就这点小气，还有，我是汉子，汉子你懂吗！"

可可笑容不自主地放大："哪来的二十包薯片，你和土豆有仇啊？"

王涛想了一会儿才道："那是利息！利息！"

可可无声地笑，靠在桌边慢慢地吃珍宝珠，蔓延开来的甜味在这间不大的检验室里，给人一种很安心的气息。

王涛低头看着正在大量计算的电脑屏幕："我听到一些关于你的……传言。"

可可一愣，继而微笑。

"怎么，害怕了？你现在可是和传说中的连环杀人凶手嫌疑人单独处在一个房间哦！"

"啊啊，怕死了，你会不会为了二十包薯片就把我杀掉啊！"王涛虽然皱着眉，但可可依旧笑翻了去。"笑笑笑，看你还笑那么开心，我现在冒着生命危险在给你查案子你知不知道，局长特地来和我打了招呼，叫我注意别把案子的进展告诉你，你还真狠，就蹲我门口。"

可可点点头打断王涛的啰唆道："是是是，二十一包薯片我明白我明白。"

儒雅的大叔技术宅抓狂了："别敷衍我！要不是了解你，我才不帮这吃力不讨好的忙……二十二包！"

可可趴在桌上笑得肩膀都颤抖了，王涛在旁边嘟嘟囔囔散发哀怨，计算机上发出哔哔声显示初步的判断出来了，两人一同凑到屏幕前，王涛扶了扶眼镜：“有三个属于人类的DNA，你那案子几个受害者来着？”

可可盯着屏幕想了会儿：“不一定是受害人的，我们怀疑那家伙在那间毫无痕迹的房间里做手术。”

“手术？他给受害人做手术？”

“不，他拿受害人做手术，心脏移植。”

“心……把这些家伙的心脏移植给谁啊？”

可可站起身，双手环臂：“你知道每年等待心脏移植的患者有多少吗？”

王涛摇摇头：“挺多？”

“两三年前有过一份统计，需要心脏移植手术的患者全国大约有200万，但每年能提供移植的心脏，大约一万。”这个数据也是可可在确定侯广岩是在做心脏移植的手术后，打电话再次联系徐朗医生时听说来的。这边正想着，突然可可的手机就响了。

“喂，浔可然吗？”

“您是？”

“我徐朗啊，这是医院电话，我刚才听到点事情，就立马给你打电话了。”

“哦？”

“你上次说那家伙可能把器官卖去黑市，或者自己做手术？”

“哦……我没这么说，不过你可以这么猜想，你有线索？”

“我今天听说个事儿，我们医院病区里有个年轻人，不是我的病人，以前我不知道，人等心脏移植等了一年多全家都快绝望了，前一阵突然不顾一切办理出院手续，然后没几天，他母亲就和以前的主治医师说他心脏病发作死了。虽然就说说，不过我怀疑他去做黑市的心脏移植手术了，这个时间和你们案子发生的时间相同吗？”

可可想了想：“抱歉，我不能和你讲具体的案子情况……你为什么怀疑他找黑市？”

对面那个爽快得简直平地生风的女人突然沉默了会：“……我以前也有个病人等了很久心脏移植，等得我和她全家都快绝望了，后来她父母东拼西凑钱要带她去个小诊所做手术，我逼问她父母心脏的来源，他们才承认心脏来自黑市。”

“失败了？”可可问。

“不，手术成功了。但手术来源的心脏不明，后来病人发现自己感染了HIV……”

可可一噎，张开嘴却不知道说什么好。

徐朗停留了会儿，继续道：“那孩子才17岁，如果继续等待心脏，很可能再过几个月就能排名轮上……结果因为这个不知道哪来的心脏……最后自杀了。”

他最后的感想，是自己不配活着，所以尽管如此努力，还是没有一丝生机。

所以他放弃了。

可可拿着手机，默默地看着墙上的瓷砖；她相信电话那头的人也一样，无法想象那对借了钱打算拼死一搏救孩子一命的父母，最后面对这样的结局，还会不会有眼泪掉出来。

“阿哼，总之，我问了那个据说死掉的孩子的个人信息，还有父母的住址，等下短信给你。算是你也帮我一个忙，去查查看孩子是不是真冒风险做了黑市的手术，如果是，术后的恢复绝不是他们以为的那么简单的事情，必须回医院来检查，手术后如果一时疏忽感染了，很可能直接有生命危险。还有……”徐朗在电话里爆竹一样不停歇地说，“帮我灭了黑市那帮畜生的窝点。”

可可嘴角泛出一丝了然的笑容：“噢！”

# 18 家人

打开家门，张英华面对两个身穿制服的男人："你们？"

"您好，我们是市刑警队的，这是我们的证件，是张英华女士吗？"

"是……"

"想请问您一下，您儿子何厚的事情。"

"我儿子……怎么了？"

"我们从医院了解到，何厚离开医院了，请问下原因是……"

张英华的脸色显得很难看："你们什么意思？怀疑我？"

"不是，我们只是了解下……"白翎堆着笑脸试图讨好道。

"了解什么？我儿子躺在病床上等死等活的时候你们警察在哪里？有人管过他吗？人都没了你们来放什么马后炮，去年明明都找到了匹配的对象，却说什么要走流程要等一级一级批复，等了多久了，现在你们来还有什么好说的……"絮絮叨叨说了一堆，张英华哽咽了，"人都没了你们还来问我为什么让儿子出院？他就想在家里待着不行吗？你们有没有人性……呜呜……"

"不不，张女士您误会了，呃……我们是因为、因为您儿子没有登记过死亡，所以……"

"我、我是没去，我哪有那心情……"张英华抹着眼角的泪，抽噎着。

"那，您有没有医院的证明？"

"有，有有！"张英华转身进屋去拿医院的死亡证明时，一直默不作声的大缯突然蹲下，在门外的小垃圾桶里翻找起来，白翎目瞪口呆地看着大缯抄起一张纸塞进口袋，又恢复到若无其事地站直，目不斜视。

“来，这这是医院的死亡证明，这个，是火葬场的……你们要这个，是帮我们登记？”

“不，”一直不出声的大缯突然开了口，“这不是我们刑警的事儿，您可以请家人到当地的派出所办理。”

“哦，好……”张英华带着淡淡的叹息。

“队长，白跑了，直接回队里？”白翎坐上驾驶座，问一旁的大缯。

“不，没白跑。”大缯说着从口袋里拿出刚才偷摸翻到的纸。

“诶对了你从垃圾桶里捡了什么啊？”白翎凑过脑袋去，“淘宝送货单……空气净化器？”

“手术后防止细菌感染，搞卫生，净化空气……唉，也只有爹妈，会小心翼翼到这种地步。”

“啊我懂了，他儿子是在非法途径做了手术，假冒了那些证明，然后现在躲在其他地方恢复对吧！难怪张英华开门的时候我就说我闻到一股鸡汤的香味呢，我还想呢家里发生这种事情还有心思慢慢炖鸡汤啊，那香味肯定炖了不止两三个小时……”

大缯轻拍了下小白的脑袋：“饿了直说。”

“……饿了。”

“出息！”

张英华小心翼翼往身后看了两眼，刚才那两个警察找上门来真让她吓了一跳，不过看情况应该是相信自己的吧。她穿过黑漆漆的小胡同，开锁推门进了租来的房子里。

“妈……”

“啊呀你怎么起床了，多睡会啊，妈给你做了鸡汤……”

“妈！”二十岁的年轻小伙打断了母亲的絮叨，“你身后那是谁啊？”

张英华吓得差点把手上的锅子跌落，还好身后白翎帮她一托。

“你、你们。”

“张阿姨，您别急，我们不是来找麻烦的。”

张英华把锅子往桌上一放：“你们想干什么，出去！否则，否则我报警了啊！”

大缯再度拿出自己的刑警证：“张女士，你和我都知道，这虚张声势没多大意义，我们无所谓你报警不报警，不过报警的话，就只能请你们俩一块去趟警局了。”

“妈，你别……”

“你懂什么，快进去！进屋去！”

“看起来身体已经在恢复了吧？”大缯瞟了眼后面的年轻人，虽然瘦骨嶙峋，但脸色红润，气色不错。

“妈！”年轻人一把拦住慌乱的母亲，“我知道，我做的手术不合法，你们打算怎样，直接说吧。”

“不行，”张英华急得快哭了，“你们对我怎样都行，这孩子才刚从鬼门关回来，求求你们……”

白翎一把拉住眼看就要跪下的张英华：“阿姨，我们就想问些事情，你不要这样。”

“没错，帮你们手术的人，才是我们要追查的目标。”

“为什么？”年轻人脸上露出一丝困惑。

“因为你那颗心脏，是杀了人才得到的。”

# 19 谣言

张英华左看右看，对着大缯手里的照片足足看了十几秒，才肯定地说："不是他，不是这个人。"

"你确定？"白翎瞄了眼大缯手里的照片，是侯广岩的半身照。

张英华点点头："更瘦，脸也不对，我绝不是包庇他哦警察同志，我们只知道这心脏不是正规医院里出来的，根本没想到会是……会……"

大缯顺着张英华的视线看去，刚换了心脏的儿子正坐在一边，脸色不错，但神情看来很难受，一只手无意识地捂在胸口，低头看着地板。

连白翎也有些后悔刚才说出了实情："对了我们局的法医要提醒你们，去医院做下全身检查，包括一些可能血液传播的毛病……不不，只是一种预防措施，不用太紧张。"白翎对上年轻人有些痛苦的眼神，连忙解释。

张英华也无力地坐了下来："我就知道会有风险，但那个时候……我们家都快绝望了，孩子养到这么大，不要他有多大出息，就健健康康的就行，谁想到心脏出了毛病，一年一年地等，也不知道什么时候才是个头。"

"所以你们去找了黑市做手术？"

"不，"年轻人接了话，"我们没有找，是那个人自己找到我病房里来的。他说他知道我的情况，问我愿不愿意冒个风险。"

"自己找到你们？你们就信了？"

张英华和儿子对视了一眼："一开始当然不信，但是他……好像很理解我们，他明白我们那种绝望，又没有办法……"

"主要是因为钱。"儿子打断了母亲的话，"他要求的价格比正规医院便宜一两万，说实话我们家为了我，这两年已经花费了很多钱，又便宜，又不用等待，我也知道有各种各样的风险，但是……要么死在风险上，要么就能快点好起来，赚钱回报我爸妈，不管怎样，都比我被绑在那张病床上除了耗费家里钱什么都干不了要好一万倍！”年轻人说着激动起来，胸口一起一伏。

“啊呀儿子你千万别激动！”张英华连忙去倒了杯水，“快快慢慢喝，别激动。你们想问什么我来回答吧。”

白翎掏出笔记本，大缯退开几步，让张英华走过来：“这么说你们完全不知道心脏的来源？”

“我们猜顶多是哪里的……尸体，所以……”

“那个男人的名字？手机号？什么都不知道？”

“有手机号，但是现在已经停机了好像，名字真不知道，只说叫秦先生。”

“所以秦先生找到你们，说动了你们，然后你们就付钱了？”

“不……”张英华有点犹豫，“是手术后才付的钱。秦先生叫我们准备好，然后到了那天联系我们，让我们马上出院，转到了一个很小的地段医院，做什么手术前的准备，给孩子打各种免疫的什么针，然后当天……带上孩子还有我们夫妻俩，开着一辆四面玻璃都看不清外面的面包车，还要求我们把眼睛都蒙起来。然后开到一个小医院之类的地方，直接推进手术室。我们夫妻俩就在走廊里等着。等了好几个小时，不许离开，也不许打电话，手机都被没收。”

白翎在一旁飞快地记着，“你们没见到过别人？”

“有……有个医生，带着医生的口罩，看不清脸，最后出来和我们说手术成功，还有一条条术后恢复的注意事项，我光顾着记，也没注意长什么样。”

“然后？”大缯问。

“然后……同样一辆车，到很晚的时候把我们三个又带回那个小地段医院，办手续什么的，都是那个秦先生去的。我们就在医院里做了好几天的术后检查。慢慢地，人就好起来了……也是在术后检查那几天，我们才付的钱。”

“银行账号？”

张英华有点尴尬：“付的现金。秦先生有句话我们一直记得，这是个给你们孩子再活一次的机会，不要多问，也别到处乱看，对彼此都好。所以……”

大缯点点头，他明白对方的心情，这种普通家庭的父母，一辈子可能做过最违法的就是意外收到假币然后想办法给花了出去而已，即使为了孩子的性命而冒险，也懂得知道的越多越危险这道理。

“我明白，在你们眼里我们大概算是从犯，但是……但是说实话，我真不觉得秦先生他们算什么坏人，如果想要儿子活下去也算有罪，”张英华直直地瞪着眼前的警察，“枪毙我也无所谓！”

可可将奶茶搅拌开来，大缯将二郎腿翘上桌，闻到熟悉的甜味，让他整个人都放松下来。

“这么说，那家伙还有个搭档？难怪从小巷里原地谋杀变成了绑架后谋杀。”

“啊，变成了他搭档负责绑架和联系手术，然后他主刀谋杀……也主刀做手术。”大缯盯着可可，嘴上说着案子，脑子里却转着前几天的事情。

“这个秦先生，谋什么呢……”

“谋……嗯？什么？”

可可抬头，看到大缯盯着自己脖子看，起身，一脸若无其事地走过去，抓住大缯的椅子背就往后摇了下。

“啊哟你干吗！”差点随着椅子仰头倒下的刑警队长扒住桌面惊慌地叫道。

“我、是、说，我明白那家伙想干什么，但不明白那个秦先生图什么。”

大缯脑子一转：“也对，如果图钱，黑市的手术一般都比正规医院贵很多，这样才能抵消风险，所以一般只有家里富有的才动这歪脑子；如果不图钱，他为什么要帮侯广岩做这事儿。难道他也不知道心脏的来源是凶杀案？”

“我不信，”可可放下手里的杯子，“那家伙在那间手术室里应该是同时做着两件事，并列两张病床，从这里取出心脏，旁边立马进行移植手术。”

“这么说，那夫妻俩在走廊上等着的时候，门里面侯广岩正杀着人，把心脏移植到他们儿子胸口里……啧啧，有些事，还真是不知道的比较好。”

可可盯着马克杯里的奶茶，一圈圈转动的液体把她的思路也带进了一个旋涡。“不是钱，不为名，除了这些普世价值的东西，就是私人心理上的，比如……那家伙，是为了心理上的一己私仇，觉得这样做了是在赎罪，把自己当上帝，那另一个……难道有共同的想法？”

“或者换个思路，”可可从大缯眼里又看到了那种经验老到的狡黠，“张英华说秦先生似乎很理解他们的痛苦，如果，姓秦的，也有一个孩子正在等心脏移植呢？”

两人一起沉默了几秒，这种随口一说的念头却像春野里的草一样在大脑中疯狂生长起来。目标一致，利益共同体，拿张英华的儿子做先驱实验，实验成功，心脏移植成功，抹掉所有记录，换掉地方，做真正目标的手术！

可可和大缯对视着，两人眼中都写着一样的结论：这推理靠谱！

“血型！对……”可可快速打开电脑，翻查起资料，虽然被上级严正要求远离这个案子，但有这个刑警队长包庇着，可可一样可以通过各种渠道得到案子的信息，“最后一个，曾建明，AB 型，他前一个……也是 AB 型！”

“我记得就是从最后两个人开始变成了绑架后谋杀。”大缯凑到屏幕前。

“所以……他们是有目标的！所有的受害人都会以这个血型为……”

“优先考虑。但我觉得那个侯广岩刷选目标时，更优先的是他觉得没有受到足够惩罚的罪犯。”

“也许是秦先生选受害人呢？”

“不可能，侯广岩是医生，他才懂得哪些人能做手术。”大缯说到这里，瞟了一眼可可，看到她把头扭到一边假装没事的样子，只得叹气戳穿，“我知道你和那个徐朗医生聊过怎样刷选受害人的事情，你按照她的方法，在这几年你办的案子里试着去刷了，对不对？”

可可瞪大了眼睛：“你还真监视我？”

“我没有，王涛告诉我的，你以为没有我授意，他敢违背老狐狸的义正词严，把消息都透露给你？”

可可翻着白眼想了想，和徐朗打电话时的确在王涛的检验室里，这个书生叛徒，我要给他的薯片里加满芥末。

“诶，别装傻，交出来。”

嗯？可可拿出珍宝珠，吃着糖一脸无辜地看着大缯。

“把你五年来所有案子的资料，交出来。”大缯一字一句地说，“还有，再拿那种眼神看我……”话还没说完，爪子就捏了上去，“我就捏你脸咯。”

“哪有边说边就动手的！”可可怒拍向狼爪。

大缯笑着：“别闹，你一个人刷选不出结果的，我交给王爱国他们，可以一晚上排查掉所有对象。”

可可抬起头，露出一丝诡笑：“你确定？好几百个案子哦，如果算上那些我只是协助出建议报告的，近千啊……”话还没说完，可可的手机突然响了，苏晓哲的吼声差点穿破鼓膜。

“浔姐！邮件！报纸！报纸报纸！”

“啊？”

“看你的邮件！今天早上的报纸啊啊——”

可可皱着眉打开邮箱，看到苏晓哲发来的链接，上面是今天的报纸标题：《本市发生多起挖心谋杀案——均与市局法医有关？》

## 20　被瞄准的目标

“我也是刚知道的这事儿！”苏晓哲在电话那头的声音有点抖，“我们隔壁宿舍小暴你知道的吧？脾气一点就炸的那个，他在新闻媒体实习，刚拿了这报纸来问我认不认识这里面说的法医，我、我……”

“苏晓哲，你把我卖了？”可可语带调侃。

“当然没有！！”苏晓哲被吓出一身冷汗，“我叫他滚蛋了。”

“那不就得了，你紧张什么。”可可平静地说。

“可可可是……”

“行了，有空担心这个，好好考试吧你，嘴长在别人身上，难道要去和全世界解释我不是杀人凶手？”

可可几句话打发了唠唠叨叨的苏晓哲，如果沦落到要这些后辈来替自己担心，还不如打回原形重新去念书好了，她想着。

抬头看到几步开外，大缯不知什么时候已经打过几个电话了：“我和宣传部联系过了，这种影响破案的媒体报道，他们会想办法……”

浔可然没有听进去，她的注意力全部被这篇报道给吸引，文章里写着，“据知情者爆料，这位年轻的女法医性格尖锐，不合群，但自我正义感极强，因涉嫌此次连环挖心案而被停职中。”

“哦哦，他怎么不写我青面獠牙，头上长角屁股有尾巴呢……”可可调侃着说，无意识地搅动没剩多少的奶茶。

大缯捏住她的手腕，他知道浔可然只有在压抑自己的愤怒时，才会不断做些无意识的小动作，比如折腾这杯快见底的可可奶茶。

“我会处理的。”大缯说着，关掉了屏幕上的邮件。

“有什么好处理的，人家措辞严谨，每句都是据说、据爆料、据透露，责任全无，说了又……”一旁桌上手机又响了起来，电话来自一个陌生号码。在可可还愣着的时候，大缯一把拿起她的手机接了起来。

“喂……不是，你打错了。”大缯干净利落地挂断电话。

“喂，那是我的手机。”

大缯没有回应可可的抱怨：“给家里打个电话，然后关机。”

啊？

可可还愣着，手机再度响了起来，又是一个陌生电话，这回她终于明白大缯的意思了。

大缯一把抢过手机，拒听，直接关机，然后把自己的手机给可可：“拿我的打给你家里人。从现在开始，二十四小时关机，还有……”周大缯直视着还不知道情况严重性的可可。

“不准离开我的视线。”他说。

王爱国一边盯着电脑屏幕一边在白纸上记着什么，一旁的白翎薛阳和徐婉莉等都在对着听筒打电话。

大缯从会议室门外走了进来：“怎么样了？”

“我这里快排查完了，”王爱国放低声音说，“根据浔姐的资料，和我从总库里调取的结合在一起，浔可然从职位上任开始，总共涉及的案件有七百多起，包括全部协查、复核、审查等……”

白翎打着电话，手里摆了个‘牛逼’的手势。

“其中所有犯人都在狱中服刑的有五百多，剩余两百多案子，排除未破案的、犯人死亡的、流窜至国外的等……”

“王爱国，”大缯不得不打断他的话，“直接告诉我结果。”

“哦哦是，大约有八十九个初步符合受害人挑选范围。”

“多少个是AB型血的？”

“诶？有针对血型犯案的吗？”

“原来没有，直接给我结果。”大缯催促道。

技术宅王爱国立马开启了结果搜索，嘴中还不自主地继续絮絮叨叨：“……啊有了，三十六个！”

“这么多？”

薛阳放下听筒：“队长，我们已经快把八十九个的电话都打完了。”

大缯嗯了声，走过去查看薛阳的记录本。

“我们以医保中心的名义问的，我这里还真有一个，上星期被人骗去做过全方面体检。”

“怎么骗的？”

“是不是居委会？”徐婉莉放下听筒，问。

“你也有？”

“对对，我这里有两个！都说是居委会每年一度的赠送全面体检，抽了血，验了很多奇奇怪怪的东西。”

大缯看了眼徐婉莉的记录，果然是被骗去体检的，都是 AB 型血。

“等等，您您慢点说……”白翎对着话筒突然提高的声调吸引了所有人的注意。

“嗯……嗯……”白翎越听，眉头皱得越紧，他捂住话筒，压低声音，“队长，这人家属，说女儿失踪了两天了……”

“是目标？”大缯大跨步走过去，看着白翎桌前的记录本，找到他所说的目标名字……

AB 血型！

她趴在大缯的书桌上，一旁放着最爱的可可奶茶，手里拿着案子每个受害人的各种报告，脑袋里却在想着其他事情。

浔可然在反思，她是不是中了大缯的圈套？怎么不知不觉中又变成了被他监视，不，简直是监视加控制的状态。难道这一切……都是周大缯这个跟踪狂的阴谋？

黑猫素素灵活地跳上书桌，居高临下地看着趴在书桌上的脑袋。

“素素……你说刑警队长会不会是个变态啊？”

素素打了个哈欠，拿爪子踩了踩可可的脸蛋。

她不是没问过报道的来源，但周大缯的回答只让她更觉得莫名。

“不是侯广岩。”他说。

“看起来你知道这位‘据爆料’是谁咯？”

大缯没有吱声。

可可一脚踢在他小腿上：“喂周队长，项链的事情，我还没打算原谅你诶。”

大缯无奈地抬眉瞟了她一眼：“我知道是谁，但不打算告诉你。”

“为什么？！”

“因为你肯定又把事情揽在自己身上，说什么是因为我，都是我的错之类的屁话。”

可可很疑惑，难道她无意中得罪了谁自己都不知道？……好吧她的确得罪过不少人，知道也没差别。

“这家伙，不管是哪个家伙，大家都是成年人，有完全的行为力和决断力，自己做的事情，全是因为他自己要这样做。如果没有健全的人格做出坏事，也不过是因为父母没教育他成为独立的个体。总之，和你没关系。”

可可猛地从书桌上跳起，现在想来，完全是被周大缯那一套冠冕堂皇的大道理给蒙过去了啊！我不过是想知道谁在背后捅我刀子而已啊！

素素从她身旁走开，在角落里咔嚓咔嚓地啃着什么，可可过去一看，居然是载有那篇报道的报纸。

不知道出于什么心理，她居然看开了，在沙发上一趴，开始仔仔细细地看起了那篇诬蔑自己的长篇报道。

“来瞧瞧，这家伙还写了老子什么……唔，因为正义感强烈，曾在媒体上公开饱受争议的案情，好吧老子就是干过怎么着，还有什么……在犯罪现场用解剖刀反击嫌疑人，并将其手掌钉在地面……看来爆料的还真的是自己人……”

可可俯趴在沙发上看报纸，素素悄无声息地爬上她身，坐在她背后凹陷下去的腰窝上……真暖和。

当看到描述案情这一段，可可突然愣住了。

“而发生的本市的一连串挖心凶杀案，不仅骇人听闻，并且具有诡异的专业性。据可靠人士声称，凶手不仅曾在公开场合、受害人家中等地方实施犯罪，更是懂得使用强酸性液体毁尸灭迹，这一连串专业的反侦察行为都令人啧啧称奇，让人不禁联想到凶手可能与警方有所关联。而在此推论上，警方在排查中发现该法医与所有受害人都有或多或少的关系性……”

哪里不对劲……可可再度扫视了一遍这段话，突然猛地从沙发上跳了起来，素素被惊得一跳老远，对着已经奔出房门的主人嗷嗷抗议了两声。

大缯站在门口，看到副组长灰头八脑地从审讯室里出来，对方无声息地关上审讯室的门，对大缯摇摇头：“什么都不肯讲，这记者老奸巨猾得很，一会儿说这是新闻自由，无权干涉，一会儿又绕着弯子套话。”

大缯点点头：“放心，我知道是谁和他爆料的。”

“那就行，好在有一点可以放心，这家伙和报社都再也不敢提这个案子了。”

大缯没出声，那有什么用，报道已经发出，对可可的伤害也在所难免，除了让时间流逝，让所有八卦的眼神都转移视线外，大概只有尽快抓住侯广岩，才能还她一个清白安宁了。

副队长远远就看到那个女法医跑了过来，给大缯使了个眼色，瞬间遁离。

大缯眼看着可可越来越近，心中一阵叫糟糕，一定有人透露了报道记者被请来的消息，否则这家伙才不会跑到这里来。

“我要见他。”可可站在大缯面前，眼神很认真。

大缯点起烟，没有说话，当然知道她说的是谁，在面前审讯室里的记者并不焦急，甚至可以说充满了跃跃欲试的兴奋，即使他试图隐藏，也瞒不过大缯这种审讯过无数人的老手。现在送浔可然这种没有经验的家伙进去，简直就是送块大肥肉给记者尽情宰割。

“你放心，我们已经快查到他的情报来源，只要……”

大缯话还没说完，王爱国急匆匆地出现在两人的视线里，大缯又是一阵头疼：“真有真有啊队长，你说的没错是那家伙！”

大缯对王爱国打了个眼神，但总是只和计算机编码打交道的王爱国完全没察觉到，自顾自地说了下去：“就是那个杨竟成，我查了他的通话记录，他没用自己手机打，是用了父母家的座机，还以为这样我们就不知道了这个笨蛋，只要查他最近通话记录里的名字然后录入公安系统查亲属关系就……

呃，队长你为什么老眨眼？你眼睛疼吗？”

我头疼！大缯瞪着天然呆的技术狂。

“不用在意我，”可可在旁边说，王爱国这才反应过来，“啊，啊啊，啊啊啊对对不起，我我……”

大缯挥挥手，“没事，你查得挺快，走吧，嗯。”

“对对不起我真的不知道这个他那个谁浔姐……”

“滚蛋！”大缯终于忍不住吼了句。

“啊还有啊那个第一通电话，是记者先打给杨竟成的……”王爱国边喊着边往后退，然后迅速撤退出去。

看着王爱国来去匆匆的背影，可可才道：“我听说了一点，薛阳和那家伙打了一架，对吧？”

大缯都不用问可可哪里听说来的，警队里汉子们多，但八卦的姐姐阿姨们也不少，就算他曾再三强调不许和可可说，她依旧可能从师傅常丰那里听来种种八卦。

“你知道就行，也没什么大事。”大缯瞟了可可一眼，这理由他都嫌说出来丢人，“杨竟成那小子因为你的猫偷吃了他的烧烤，和薛阳他们起争执，话中说了些很难听的……关于你。”

可可接着他的话：“然后就打了起来？然后杨什么成就挨了打还被罚？然后就记恨着我？……跟我有毛关系啊？！”

大缯撇撇嘴，有点不好意思地不置可否：“总之，这件事你不用在意，我会处理。”

“我在意的不是这个，不管是谁给记者通风报信，都不是我要见他的原因。”

大缯看着可可，想不出这倔强又总是出其不意的脑袋里，究竟在想些什么。

“大缯，相信我。”

男人无奈地叹口气，把烟扔在地上踩灭，他什么时候能狠下心拒绝这丫头的请求呢？

“见他可以，我要在场。”

# 21 留言

“哟。瞧瞧这是哪位大驾光临了？”记者长着一张有点尖嘴猴腮的脸，看到可可时眼神里放出的精光，让大缯看得都恶心。

可可在记者对面坐下，盯着男人看了会儿。

“你想见我？行啊，听听我们正义凛然的法医小姐想说些什么？”

“这篇报道，是谁让你写的？”

记者滴溜着圆眼珠子看看可可，又看了眼旁边深不见底的大缯：“呵呵，一行有一行的规矩啊，就像你们警察一样，如果我们透露爆料人的身份，那以后哪还有人敢跟我们讲故事呢，你说是不是？”

可可没有应声，脑子里转着该怎么继续这个问题。

“诶不过说起来，小姑娘你看起来一点都不像爆料里说的那样凶啊，是不是有什么隐情？”转眼语带讽刺就变成了循循善诱。

“算了，我直说了吧……”可可有点自暴自弃的样子，大缯怕她多说无益，刚想阻止，可可抬手摆摆，让他别出声。

“我听说好的记者有条规矩，线索不能偏听一家之言，我知道你这报道里引用了一些我同事的话，但我也知道，那只是你用来验证消息的第二手资料。”可可边说边观察，记者脸上的表情变得有些诡异起来，“我问的不是第二手消息，我问的是，这篇报道，是谁叫你写的？”

循循善诱的表情又成了不明所以：“啊呀，我还真不知道你说的这是什么意思，什么第二手第一手，如果有人比我早知道消息，那不是早该见报了吗？”

可可看着眼前圆滑世故的家伙，好吧，既然你要装傻，那就别怪我直接。她从口袋里拿出折叠的报纸，猝不及防地摊开在桌上，指着上面那行字："这句可靠知情者，说的是谁？"

"……你的同事嘛。"记者微笑。

"是你先打电话主动找的他。"一直沉默的大缯突然提醒道，他隐约明白可可想要证明的是什么，但心里却也抱有怀疑。

记者眼珠子转了转："那是因为我在你们公安的论坛里看到他抱怨，所以联系他……"

"论坛里每天都有人在抱怨，而且他并没有说是因为什么事，难道你把论坛里抱怨的人全都联系了个遍？"大缯逼问道。

"呵呵，就是我听朋友的朋友说到过这个事情，也就是你们那个同事，所以才联系他了解下情况而已，没想到挖到了这么大的新闻。"

可可指着报道里的那句话："'懂得使用强酸性液体毁尸灭迹'这句，不可能是他说的，直到今天早上，实验室才给了我报告，证实腐蚀性液体的具体化学成分，而在此之前，我一直小心翼翼地用腐蚀性液体这个词，强酸或者强碱，我半个字都没提过。你第一个消息来源，正是这个案子的真正凶手！他给你爆料，让你去证实，让你写这新闻！让你来刺激我！"

"可可。"大缯叫了她一句，让后者差点暴露出的情绪戛然而止，她站起身，背对着桌子，用放慢的深呼吸平息着情绪。

记者的眼珠子不断在周大缯和浔可然身上来回转换，似乎有点慌了神，又带点察觉真相的兴奋。"你们两个……是一对吧？"他试探性地问。

"钱先生，"周大缯忽略对方的挑衅，"有偿新闻是违法行为，而且是不道德的名誉侵害，我们市局会正式和你们报社进行交涉。"

"等等……"看到大缯打算往门外走的动作，记者突然开始急了，"你们没有证据，凭什么说我有偿新闻？"

大缯看了眼使用拖延战术的家伙："别自取其辱了，有偿无偿，调取报道出来后你的银行账户情况就一目了然。"大缯抬手，让可可跟着他一起离开。

眼看着目标打算就这样离去，什么可利用的素材都没打听到，还要被监察，偷鸡不成蚀把米的后悔在心中扩大，记者决定放手一搏，殊死一搏就是这一回了。

“那人叫我给你带句话，你不想知道吗？……小然然……”

如他意料，女法医的背影僵住了，他兴奋地看到，她突然握紧的拳头和旁边那刑警略带愤怒的锐利眼神。

“可可……”大缯打算打开门，避免浔可然落进这家伙的陷阱。

可可没有动。三人一时成了僵持的尴尬局面。

记者决定再浇把油，让火势更猛烈一点，说不定会有置之死地而后生的效果。

“我是无所谓的啦，反正那句话的意思我也不明白。”

记者得意地看着毅然转身的女法医，哼，看我怎么刺激你说真话。

“我想知道，你说吧。”

嗯？怎么没有想象中的怒火中烧？“不要急嘛，我们刚刚才说了几句，还没好好聊聊呢？”

“你不是要刺激我吗？”浔可然带着淡淡冷意的微笑，让记者有点出乎意外。

“行啊，既然你也这么直接，那我就说了。”记者身子俯向前，用手指勾勾可可靠近，“他说，你配不上那把解剖刀。”

可可花了几秒才明白过来这句话的意思，她随身带着的那把解剖刀，从来不让别人碰，是因为那是姐姐最后送给她的礼物。

“哈哈，反正你也不是小孩子了，这把刀送给你，以后我不在身边可以用来保护自己，或者……切切菜什么的……”

“什么叫不在身边？你要去哪儿？”

“我呀，要去很远的地方读书哦，和广岩一起，去读医科大学……”

最后一件礼物，最后几句话。

当可可站在马路中间，几步远处，混着血的地面上躺着那个熟悉的人时，还不懂这一切意味着什么的浔可然，手里捏着的，就是这把小巧的解剖刀。

记者略带兴奋地看着女人缓慢地站直身子，那出奇的缓慢的节奏，往往意味着风雨欲来的狂狷情绪。这就是他要的！愤怒吧，生气啊，对我又骂又砸，必定会说出很多信息！哪怕没有，我也能在报道里大肆宣扬一下你带有暴力倾向的反应……

浔可然居高临下地看着面前坐着的记者，面上平静得几乎一无波澜："不好意思，我也不明白这句话的意思。"

"什么？你也不明白？"记者直愣愣地看着眼前的人转身，开门，离去。

"喂！你怎么会不明白？！喂！回来说清楚啊！"记者终于忍不住，站起身对着关上的门吼了句。

大缯撇出一丝冷笑："你以为她真会上你的当？"然后在记者尴尬而愤怒的眼神中，慢腾腾地道，"哦对了，不好意思你暂时不能离开这里了，钱先生，因为你涉嫌包庇罪。"

门随着大缯的离开应声关上，过了几秒才传来一声吼："妈的你们这是诱供！！"

周大缯从审讯室里出来时的第一反应，是追上先一步离开的可可，他不知道她究竟有多愤怒，但肯定不会高兴。

"周队！"薛阳有些急切的声音追了上来，"刚才联系失踪的那人家属已经到了，正在办公室等你，还有，我们又发现一个可能失踪的。"

"可能失踪？"大缯的注意力不由自主被薛阳带了过去，两人边说边向刑警办公室走去，"怎么叫可能失踪？你们去确认过了？"

"白翎刚带人出发，那人也是因病申请保外就医，然后这几天打电话不接，联系人是她父母，也说这几天没见到她。哦对了，是个女的。"

"也是女的？"大缯加快了步伐，"两个失去联系的都是女人，但之前的受害者都是男人……血型呢？"

"AB 型。"薛阳的话一出，大缯步伐一滞，随即大步往前赶。

## 22　折戟沉沙

浔可然无意识地往前走着，走出电梯，穿过公安局的大前厅，茶色的自动玻璃门打开，她连头都没抬，就这样一步步往前。她想回家，想一个人待着，想在没有人知道的地方发呆到天荒地老，把这些都抛开，不去想，也不必想。

铁栅栏的正大门外，洋洋洒洒站着七八拨人，看似闲散地聊着天，突然其中一个喊了句："来了来了！出来的那个！就是她！"

几秒之间，七八个人纷纷扑向铁栅栏门，撞得铁门一时哐当直响，隔着铁栏，他们对着可可的方向举起手中的录音笔和话筒……

"是浔可然法医吗？"

可可这才抬头，发现了这群满眼放着精光瞪着自己的饥渴记者。

"你是报道里所说的那个嫌疑人吗？"

"请问你真的杀了自己办过案子里的犯人吗？"

"有没有什么想辩解的？"

"公安部有没有对你启动调查？"

可可愣在那里，看着两步开外，那些从铁栅栏中伸进来的录音笔，闪着一点一点的红光。在她眼里，栅栏那一边是一群饥饿的妖怪，如果不是公安部的大门阻拦，他们也许就会直扑上来把她撕成碎片。

一只手从身后拉了她一把，保卫科的师傅及时发现了这情况，打算拉着可可回到茶色玻璃门后。

"诶诶别走啊——"

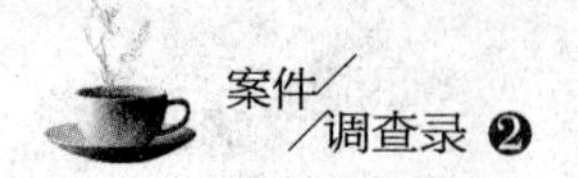


“浔法医！请问这和小时候你亲姐姐被撞死的事儿有关吗？”

可可的脚步如灌了铅一样停滞下来。她没有回头，收在外套口袋里的手紧紧捏成拳，连指甲已经抠破了皮，都浑然无觉。

保安一边挥手让保卫科的人驱赶门口疯狂的记者，一边用力拉着可可往回走。

玻璃门关上，浔可然木愣愣地任由保安拉着。

“啊呀，浔法医，我就一个不留神，你怎么这么直接就走出去了呀！局长都交代了不能让你被那群家伙看到，都怪我去上了个厕所没注意到你。这，你没事吧？”

“开门吧。”可可冷冷地说，自己的声音好像是从另一个宇宙飘来的。

“什么？！”保安觉得自己一定是听错了，“呃，你看看门外那群疯苍蝇，开门的话，就算我们保卫科所有人一起上，都不一定拦得住他们。”

可可抬起头，眼神里透着无奈：“可我总要回家啊……”

“那那更不行了，你现在出去，就算能穿过这群疯子，上了车，不管是警车还是出租，他们都会一路跟踪你，跟到你家，然后没日没夜地敲你家门问问题，啊呀这种事情我们也不是第一次碰到，你听我一句，啊，我见过这种事，最后好好的警察都被逼得辞了职，别干这傻事儿，别往心里去啊。这群记者也就和苍蝇一样盯个一时，晚上晚点没人了再走，等过几天风头过了，他们就盯别人去了。”

保安师傅啰唆着，千叮万嘱，才走开去帮忙驱赶门外的记者——堵得外面的警车都进不来门了。

浔可然站在宽阔的大厅里，觉得胸口闷得慌，前路被堵，后路无从，那记者巴不得她回审讯室去大吼大叫，而身旁同为警察的人们，却并不都用友好的眼神看待自己，她甚至听得到角落里女警们的窃窃私语——边说还边对着她指指点点。

该去哪，哪里才能容下我……

站在大厅良久，腿脚都渐渐感到麻木时，可可才转身离开。她没有登上电梯，而是从旁侧的楼梯一层层爬上去，走上四楼法医科，再转角止步。喘息，抬手，一拳砸向身侧装饰走廊用的大瓷花瓶。

瓷花瓶应声落地，碎成片的声音响彻无人的走廊，久久回荡……

可可走进办公室，反锁门，可可仰起头，无声地喘息着，再低头时才看到，两只手都已泛着血，左手是刚才紧握拳时自己指甲划开了掌心，右手是砸碎花瓶时留下的伤。

她强迫自己深呼吸了一会儿，起身去办公桌上找创可贴，资料、表格、曾建明尸体报告、小诊所的照片，一堆堆东西在桌上像一座座山，阻止着她找到创可贴，一团糟，每件事都是一团糟。我做错了什么？凭什么说我配不上姐姐给的刀……创可贴在哪里，我记得一直放在桌上的，为什么要把我当犯人一样堵在门口……纱布，平时随手拿的医药箱呢？为什么要那样指指点点把我当作嫌疑人……没有纱布纸巾也行，我当然知道姐姐的死都是我的错，我知道你恨我……验尸我没尽力吗？报告我一天天催，我有努力去查案啊，我有……亲自去诊所找到你啊，拿媒体来刺激我很好玩吗？拿我努力查过的案子去当你那正义游戏的牺牲品，我哪里配不上那把刀，我做错了什么？为什么会被你逼到这种境地，你到底……要什么？侯广岩……该死的创可贴到底在哪里！！！

浔可然一把挥开一桌的东西，所有东西都轰然被扫荡在地，发泄并不能驱赶对自己无力的痛恨，只会让自己更无力……

她慢慢沿着墙坐下身子，看着满手止不住的血滴，痛苦都分不清是来自手上，还是心底。终于忍不住流下第一滴眼泪……然后咬着手臂，无声地大哭……

我到底、做错了什么……

周大缯试着转动了下门把手，锁住了。

他刚从那边的事情里抽身出来，白翎和薛阳分头确认了两个曾是嫌疑人的女子失踪，她们共同的特征是同为AB型血，而且其中一个家属听说过她曾受邀去参加体检，就在失踪的前三天。如果他的预感没错，侯广岩和那个姓秦的搭档，已经再度出手了。

现在全队都在加急排查，王爱国在追查打给记者最早的电话来源；薛阳带人在追踪两个女子失踪前的行踪；白翎则在潜查给他们做全身体检的那家医院，也就是张英华儿子做手术后康复治疗的那家小型地段医院。

安排好一切时，大缯才发现已经到午夜了，门口的保安说浔可然没有离开过，她的手机是自己让她关闭的，但自己却没有把她好好地看在视线里。他想不出偌大一栋公安局大楼，她还会去哪里，于是只能先找到法医科。

大缯退后两步，门的确锁着，门下看也没有灯光，但他拉开走廊的窗户，发现窗外挂着的空调外机还在转动。可可每次离开办公室都会关好一切设备，以免出意外。于是周大缯左右看了看，寂静的走廊里除了他只有风声，于是从口袋里拿出了钥匙圈，圈上挂着不起眼的小铁丝，只需三五秒，就能让他轻而易举闯入很多可可不让他进去的地方。

比如现在混乱不堪的法医办公室。

从窗外透进来的月光中可以隐约看见，文件等物品洒了一地，衣服也到处乱扔，大缯小心翼翼跨出两步，还惊讶不已地看到地上有个空的洋酒瓶。那一瞬间，心中暗叫了一声糟糕！如果是小偷，不会拿酒……他的猜想很快就得到了验证，窗户边，侧躺在墙壁前地板上的人，正是浔可然。

大缯看着眼前有些支离破碎的人，手上带着血污，让他明白了走廊上那一地花瓶碎片并不是意外，脸上的泪渍还未完全干透，大缯蹲下身，定定地看着她许久，才发出一声长叹息，说不清到底是无奈还是心疼，他轻手轻脚把她抱到沙发上，拿走她手里已经沾满血污的资料纸，将地上混乱不堪的东西轻轻收到桌上摆好，轻声收拾了房间，回身才拿湿纸巾，擦拭手掌心干涸的血渍，和脸上淡淡的湿意。

上一次她喝醉是古吉请客时误点了酒精饮料，她喝了像个孩子一样乐咯咯笑个不停，然后呼噜呼噜地睡着，尽管事后大缯严厉警告过她不准再乱喝，但不否认，喝醉那红扑扑的脸和带点迷茫的无辜眼神，让他很喜欢。

但眼前同样是喝醉，闭着眼睡着的表情却很痛苦。大缯伸出手，无意识地在她脸上徘徊着……

可可突然睁开眼。

大缯吓了一跳："……你醒着？"

眼前人的表情却很奇怪："你是来，抓我的吗？"

大缯想了一会儿，不动声色地说："为什么要抓你？"

“因为我是坏人啊，不然为什么，都把我当坏人呢？”断断续续、逻辑不通，还带着酒嗝儿的话，让大缯明白可可还是醉着，他挣扎了会儿，决定放弃这个探究她内心隐秘的机会，如果乘机问话，也许会知道很多她的想法，但万一她酒醒了却记得这一段……吃一亏长一记性，他再也不想被可可用愤怒而厌恶的眼神看待了。

毕竟，那条曾被她直接扯断的项链，还在抽屉里静静地躺着。

“站得起来吗？我送你回去。”

“不……不要回去，门口都是妖怪……你们都想判我刑，那就判吧。”

“可可，你喝醉了，在这里睡会着凉。”

“不走！就不走！你铐我呀！”可可耍着赖把脸埋在沙发里，“我有罪，我是混蛋，你们判刑好了，我认罪。”

周大缯觉得又好气又好笑：“你有什么罪？”

埋在沙发里的脸一声不吭良久，才慢慢转过来：“他杀了这么多人，我还是……不希望他被抓住。”

大缯蒙住了。

眼泪从眼角直接划过鼻翼，趴在沙发上的可可声音听起来很沙哑：“他是凶手，我是警察，我居然，希望他永远不被抓住，我不想他有事，我要怎么去地狱里和姐姐交代，对不起我害死了你，还把猴子也关进了监狱，我是混蛋……我是不想抓坏人的法医……因为他是我唯一的……哥哥……”

就算你对我再怎么恨，再怎么残忍，但曾经你和姐姐，是我年幼记忆里最美好的两个人。

大缯拉起可可，把她抱在怀里，听她呜咽而絮叨地哭泣，直到再次睡着……

## 23　虚的真实

女人睁开眼，眼前一切都让她迷茫，在哪里？怎么回事？到底发生了什么？

“你醒了？”一个面戴口罩，穿着医生衣服的人出现在她视线里。

“你谁啊？我在医院里？”

“在我们进行手术之前，我有几个问题要问你。”口罩男的声音嗡嗡的。

“什么手术？我受伤了？！”女人想看看自己的身体，突然发现手和脚都被捆绑住了，“喂！你们神经病啊，为什么把我绑起来？老娘告诉你，立马给我解开，否则我投诉你们医院信不信！”

“你还记得这个人吗？”口罩男手拿着一张照片，问道。

女人看了眼照片一愣：“你、你这是什么意思？”

“四年前这个女学生从高中大楼顶上跳了下去，当时楼顶除了她只有你，你一直坚持说她是自己跳下去的，但女生衣服上有你的掌纹。”

“你、你到底想说什么？”

“没什么，只是想问一句，你真的没有推过她吗？”

“关你什么事！你是她什么人？”

女人露出戒备而愤怒的表情，突然听到一声撕心裂肺女人的惨叫——来自身侧的墙壁后。

侯广岩满意地看着女人脸上的表情变成了恐惧。

“你到底，是谁……你想干什么？”

“回答我的问题，说真话，放你走，说假话……”侯广岩指了指墙壁后，

“和她一样。”

女人盯着口罩上的双眼：“就算我说没杀她，你也不会信对吧？”

侯广岩无声地看着她，突然转身离去，随手还关上灯关上门。

“喂，喂……”

房间成了一片黑暗，空旷的空间带来的除了安静，还有未知的恐惧感。女人惊慌地发现自己的感官变得异常敏感，看不见的地方似乎有些窸窸窣窣的声音出现，如果仔细听，又好像什么都没有。

侯广岩靠在墙壁上，等在门外，不出几分钟，他就如愿地听到门内传来尖叫声。

开门！！混蛋！我说，我什么都说出来，开门开灯啊啊啊——

等叫声持续了几分钟，侯广岩才推门而入。

“你想要什么，你到底想干什么？”

“知道真相。”在女人眼里，口罩男从始至终都面无表情。

女人挣扎着看着他，当年在法庭上，在死掉那人的父母面前，她都什么也没说，为什么时至今日要说出来？等等，法院都已经审判过了，就算说出来也不会拿我怎样的吧？但是那家人如果要报复我怎么办？我现在才二十二岁，以后的路还很长……

当侯广岩转身打算再度离去时，女人终于急了。

“别走别走，我推了！我推了行了吧！”

侯广岩看向她：“我要的是真相。”

“真相？……真相就是那家伙，那个王八蛋带着所有女生一起排挤我，在我做值日的时候把整个教室的地板都洒满胶水，把我的书包从四楼扔下去，带着一群人在楼上笑着看我捡东西，就因为我和她喜欢的男生是同桌。就算我换了同桌她也不放过我，在班会上取笑我，然后全班都在笑，所有人都在笑你知道吗！”

“你推她了吗？”从口罩后传来的声音闷闷的。

“我没推，不管你信不信，我是用男生的名义把她骗到楼顶，拿刀逼她登上了楼台，然后吓唬了她，她自己害怕往后退，所以掉下去了。”

“衣服上的掌印呢？”

“那、那个是之前的我和她推拉了一下。”

侯广岩和女人四目对视许久，嘴角划开一个女人看不到的角度：“你撒谎。”

女人脸上出现一丝慌乱，“等等，我没有，喂！等等，别走，别走，别留下我一个人在这里——”

侯广岩随手关上门，把身后的尖叫声隔离在黑暗的空间里。

抬头，看到秦凌站在不远处看着自己。

“你什么时候来的？”侯广岩边说边走。

秦凌跟上他的步伐：“需要的药物都已经打进去，只要再等二十四小时，就能直接动手术了。”

取下口罩，侯广岩沉默地点点头。

“你没必要去问她，反正证据很明显。”

侯广岩停下脚步，却不回头：“我不想错杀。”他说。

“啊啊不行，又错了！推倒推倒不玩这个了！”

“怎么能又重来？你不能老是因为一个地方摆错了就放弃啊。”

“但是这个摆错位置，就不知道接下来该怎么找突破口了啊？”

“找呗，突破口，肯定有啊……诶然然你从哪里学到突破口这么先进的词儿的啊？”

“那当然！我是谁！”

“你是个小丫头。”

“那你就是个大丫头了，那猴子哥哥岂不是成了老爷？咯咯咯咯……啊哈哈不准哈痒痒……”

……

浔可然看着眼前的一切，房间是熟悉的房间，从小到大她都和姐姐在这里玩拼图、画画、写作业。地板上年久的擦痕，墙壁上擦不掉的颜料，和空气里熟悉的阳光的味道……后来她才知道，那是被子上螨虫烤得焦焦的气味。

我在…幻觉里？还是梦里？

可可站在墙边，眼前是十几岁的姐姐，和年纪更小的自己，玩着拼图解密游戏。

小时候有……玩过这样的游戏？

“姐姐姐姐来看，好像下雪了。”

“没有吧。”

“窗户上为什么都是白的？”

“因为房间里暖和，外面冷，所以起了凝雾。”

“哦原来如此。”

“哦什么哦你真的听得懂凝雾这个词？别装了啊哈哈！”

……

浔可然站在原地，她发觉自己无法动弹，也不想动，生怕一个随便的微小动作，都能破坏眼前的一切。她终于记起这一幕，姐姐站在暖意的窗边，在白雾的窗玻璃上，给她画小兔子的头像。

“耳朵要大大的。”

“兔子耳朵就这么大。”

“不对不对，动画里的兔子都是大长耳朵，能打成蝴蝶结。每次遇到打不败的敌人，就把耳朵打成个蝴蝶结，这样就能鼓足勇气，一下子冲过云霄……”

“敌人和云霄有什么关系？”

“啊呀姐姐你不要打断我，云霄里的阳光是补充能量的。”

“补充能量的是菠菜吧？你这几天看的到底是什么动画……”

……

淡淡的笑容出现在可可脸上，她后知后觉地发现，自己居然站在梦境里，笑着流泪。

闭上已经模糊的视线，再睁开眼时，一切都已消失。

眼前的天花板是自己公寓的乳白色，可可起身，发现身上穿的还是昨天的衣服，掌心包着白色的纱布。慢慢清醒的头脑让她猜得出是谁做的这些，也知道床头边还微微冒着热气的可可是谁放的，除了那个人，谁会有心思，这样温柔相待。

天气渐凉，窗户上也有着淡淡的白雾。

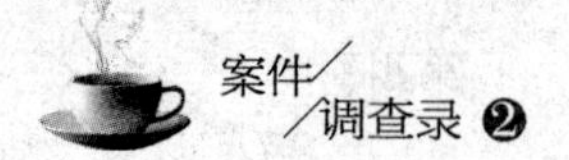


可可起身，随身披上外套，拿起床头的热可可，低头就看到黑猫站在床边，窗外的阳光照在地板上，素素无声息地站在光线中，慢慢扭过头，看向一旁的光影。

可可拿着杯子的动作僵住了。

素素看向的地方，是窗玻璃投下光线的正中间，斜方型的玻璃光圈下，有着一个淡淡的轮廓——长着一对长耳朵的兔子。浔可然扭动着僵硬的脖子，看向充满阳光的窗玻璃。

白色的雾气中，一抹淡淡的轮廓迅速消失了……

手中的马克杯从一米高处笔直落下，在地上撞裂出清脆的巨大响声。

半步开外，黑猫素素一动不动地盯着这一切，幽绿的眼神闪着诡异的神色……

“我没有看错。”

“我没说你看错了，我是说，你可能因为昨天醉酒和做梦的关系，不由自主产生了一些……那种，啊……”

“幻觉？”

大缯很想大力点头，不过看了眼副驾驶座上那人阴冷的眼神，愣是把话收了回去。

“也不是说幻觉，好比说，癔症你知道吧？”

“周大缯，姐姐读的是法医学，专门有一堂课叫作精神、分析、心理学。你说我知不知道什么是癔症？”

“别，别和我说那些科普理论一套一套的冒泡泡，我跟你说的都是实打实的事情，去年我就遇到过类似的。一个七八岁的小女孩，玩捉迷藏被不小心关在失踪邻居家的小屋里，出来的时候，摇头晃脑，嘴里叽哩咕噜说着骂人话，那句骂人的口头禅，是她那失踪多年的邻居以前曾经常讲的。但邻居失踪的时候小女孩才一两岁，根本不可能记得他那什么口头禅。”

“那也可能有很多种解释，比如小女孩在一两岁大脑正在成长发育学习语言的时候曾经听到过邻居的口头禅，并且在脑海里形成一个潜意识的映像等。”

“你说的这种发生的机率才多大点，啊得得，谁跟你计较这个，我跟你说的是，总有一些事情，超出你的科学解释的范围的，你别指望世界上所有的事情你都能够科学地说出个头头道道来，这世界上的科学还没发现完呢！但凡是出现了，存在就是合理的！”

“存在即合理……呵呵。”可可忍不住笑出了声。

“笑什么？”

“这种话从你嘴里说出来，就像是说单口相声。”

“老子在安慰你，还笑！”

可可抑制不住嘴角的笑意，“好啦，我不该嘲笑你没文化大老粗的。”补一刀，“不过有自知之明是人类伟大的品格啊。”笑着再补一刀。

大缯怒气无处撒，狠狠地打了两下喇叭。尖锐的鸣笛引起了公安局门口几个人回头，果然记者比昨天少了很多，也许是因为保安坚守严格或者他们发现根本挖不到什么料。

一直到办公桌面前坐下，可可还在思考，存在即合理这句话。

遇到打不败的敌人时，兔子就会把大大的耳朵扎一个蝴蝶结，冲入云霄，吸收阳光的能量，寻找到突破口，然后一举冲入……可可记得梦里年幼的自己，这样对姐姐说。

她从地上捡起文件资料，虽然大缯好像把所有东西都放回了桌上，但资料、照片，种种东西的顺序全都被打乱了。

如果一切的出现都是有理由的，梦也好，侯广岩也好，案子也好，所有事情的细节，都是因由而生。

窗外不知什么时候开始下起了雨，窸窣的雨声伴着远方的雷声，光线并不明亮的房间里，可可一点一点收拾起桌上的资料，按照案件发生的时间顺序重新排列放好。

从最初侯广岩的养女小云被抢劫的案子，一直到曾建明的死亡案。一张张照片和厚实的文件罗列在一起，展开在可可面前的，不只是残酷的案情，更是她一直无法面对的，侯广岩的世界。

是时候，冲破云霄了。

# 24 信

白翎推开办公室的门吓了一跳，应该无人的会议室里发出明亮的光线。他看看手表，都午夜了谁还在里面啊？！薛阳他们还在查案，大缯也在外面追查盯梢，要不是他白翎蹲点的医院夜里把他赶了出来，根本没人会出现在这儿。他猫手猫脚地靠近会议室，没有小偷会大胆到半夜溜进刑警办公室的吧，难道局里食堂中常听到“半夜某某地方灯会自己亮起来”还真有其事？白翎压下哆嗦，一脚踢开会议室的门，伴之大吼：“大胆贼人！！”

会议室里一个人都没有，但会议室的画面比有人更让白翎惊悚，桌椅都被粗暴地扔在墙边，宽广的地板上铺满了各类资料。

“我勒个去，见鬼了……”白翎喃喃道。

“哪儿？”

“哇啊！！”脖子后传来的声音让白翎整个人差点跳起来，回头看到手拿咖啡嘴里嚼着糖的浔可然，才把差点跳出来的心脏按回去，“浔浔浔姐不带你这样吓人的。”

“我有吓唬你吗？你不是见鬼了吗？让我也瞧瞧啊。”

“你你我我才没有，不不是害怕……”

“把舌头撸直了说话，你是被女鬼舌吻过了还是怎么着？”可可说着自顾自走进会议室，放下一堆食物，低头看向满地的资料。

白翎尴尬着脸终于反应过来：“这都是你摆的？”

“办公室地方小，借一下空地。”反正我也走不掉，这句话可可没说。

门外的记者们大概察觉到了她的作息，个别几个改为夜里蹲守，害得她刚才出去找烧烤摊时还要把帽子兜上，进门时差点被当作发小广告的被保安叔叔按在地上。

等逮住了侯广岩，必须要花钱登一整篇幅的广告，上书：老子才不是凶手！——可可咬碎嘴里的珍宝珠，恨恨地想。

“浔姐……那个，你知道我们的调查情况吗？”

“不知道，你们调查归你们，法医科独立，我只是想再试试有没有突破口而已。”

“哦……”白翎像挣扎了一会儿，还是说了出来，“我知道局长下令不准和你说这案子的事情，但是，呃……”白翎看了看周围，“反正说了也没人知道嘛！哈哈！”

“女鬼会知道哦。”可可语气里带着诡异。白翎打了个激灵，一脸姐姐你饶了我吧的表情，可可笑笑。

“周队把我们分为三组人马，为了抓紧时间，上次你和我们提供的情报说有个等待心脏移植的年轻人突然出院的，还真的很可能在侯广岩手里做的手术，虽然他提供联系人姓秦，从照片辨认也不是侯广岩，但手术日期和曾建明失踪死亡日期几乎没差。”

白翎说的这些可可都从大缯那里听说过，但她总不至于直说你们老大早就违反局长命令把条条都告诉我了，于是她默默听着。

“所以我们追查到了那个姓秦的给他安排的术后恢复的医院，打算同时一网打尽这些非法提供医疗的地方，这个我负责。然后那个乱报道的记者，据说他最早的消息来源很可能是侯广岩。”

可可点点头，审讯室里的事情还历历在目。有时候不经历点狠的，真无法破茧而出。

“那个记者最后还是提供了具体的电话，但那是个公共电话亭，而且在路面监控探头都照不到的地方，所以这条线索也断了，”白翎说着还叹了口气，“所以现在的关键都落在薛阳能不能找到那两个女人最后的情况。”

“两个女人？”

白翎愣了下：“啊？周队没和你说吗？昨天我们从你那堆以前办过的案子里刷出了两个失踪的女人。”

可可一下子站直了身子：“确定和这案子有关？”

“基本确定，家属反映两人之前都收到过冒充居委会的体检邀请，而且去参加体检了。”

“在哪体检的？”

“就是给手术做恢复的那家小医院。”

“你们没查封？”

“还没，我今天一整天都在暗查，说实话这活不好做，如果堂而皇之进去调查，医院要是拿得出看起来合理合法的手续，谎称他们根本不知道这是假的手续书，还会打草惊蛇。”白翎话头一转，“不过你放心，我今天收集了不少医院里护士啊医生啊之类的八卦，明天就直接带队冲进去了。”

可可点点头，把注意力又转回到一地的资料上，她无法自制地会联想到曾建明躺在那间手术室的冰冷的手术台上，门外祈祷儿子得到一个新心脏的父母满怀期待地看着手表。想到这样一幕可能再度出现，可可就忍不住心里烧起一把火。

“浔姐，我听说……你认识那个侯广岩？”白翎站在一旁纠结许久，才问出口。

可可抬起头看他，不说话。

“我不是八卦哦，这个，当然食堂里大家也八卦过，这个这个，话题不是我挑起的哦！啊也不是周队挑起的！”

“白翎……”

“啊？”

“马上要午夜了，你再不回去，女鬼会很寂寞的。”可可冷笑着说。

“哦、啊、对，嗯。”就算白翎平时再插科打诨，也知道可可在赶他走，他应声诺诺地离开了会议室。

可可暗叹一口气。

突然哒哒哒的几声脚步响，白翎又冒了出来：“我就说一句话，浔姐不管你认识他或者他认识你，他是他！你是你！”说罢不等可可反应，就逃一样地跑了。

可可对着安静的会议室门，无声地笑了。

窗外风雨交加，但总有人让你觉得温暖——因为人与人的信任。

# 25 炼狱选择

侯广岩戴上口罩，冲洗着双手。

秦凌站在一旁，神色有点不安："那个麻醉师又带着酒味……"

"他当了十几年麻醉师了。"

"但是已经被医院开除了吧。"

"你想说什么？"侯广岩抬起身看着他，"你想找个清醒的？清醒到一眼看得出这女人还活着，取出心脏无异于谋杀的？"

秦凌在对方一身绿手术服下，撇开了视线，只是诺诺地说："我担心手术安全……而已。"

侯广岩没再理他，走进那间用塑料布包裹完整的密封房间。头发散乱的女人被绑在手术台上，比起隔壁那个年轻的，这个稍许大几岁，也完全不同，将丈夫的前妻生的孩子活活用热水烫死，然后假装自己有精神问题，逍遥自在毫无愧疚地活着，这大概也是侯广岩先选她做手术的原因。

如果成功，隔壁那个女人也许不用死。

侯广岩对自己脑海里的想法突然一愣，这算什么？最后的同情？他自嘲地笑笑，和麻醉师点头示意。有过上一次成功的移植后，他终于有把握做一直想做的事情，给那个孩子做手术。手起刀落，他专注于自己的飞舞，只在擦汗时，稍作呼吸调整。

就这一瞬，他察觉到了异样，女人被绑在两侧的手，小手指抽动了一下。

侯广岩抬头看着有些醉意的麻醉师："喂，她手指动了。"

"不可能，我又不是第一天当麻醉师，你放心，顶多是神经无意识抽动。"

侯广岩不作声，低头观察了一会儿被绑住的女人，才放下心来继续手术。开胸，拉开肋骨，就在即将下刀取出心脏前一刻，女人整个身体轻微颤动了一下。

虽然这颤动轻微地连金属手术床都没有发出声响，但仍旧把侯广岩与麻醉师吓了一大跳。侯广岩锐利的眼神直瞪着麻醉师，发现后者也惊慌地看着自己："剂量肯定没问题，是了，一定是她的耐药性比常人高。"

"愣着干什么！"侯广岩吼道。

麻醉师应应诺诺起身打算补充麻醉药，却突然发出一声惨叫。

女人的眼睛睁大了，正瞪着天花板。

这下连侯广岩也被吓到了："快麻醉！"

几乎和他的声音同时，女人麻木的神经似乎突然恢复了知觉，被切开皮肤掰开肋骨的彻骨疼痛让她瞬间发了狂，喉咙里从嗑嗑嗑的声音，很快变成刺耳尖啸——呀啊啊啊啊啊啊啊！！！

尽管肩膀处也被绑在了手术台上，但女人发狂地挣扎差点从台上整个跳了起来，侯广岩试图压制住她，一边对着还在发愣的麻醉师大吼："快！！！"

女人一边挣扎翻滚，一边发出尖锐刺耳的哑叫声，开了胸的心脏直接在空气中暴露着，快速跳动着。

麻醉师凑了过去，伸手想重新打入快速麻醉药剂，不料发了狂的女人一口咬住了麻醉师伸出的胳膊。连喊叫都来不及，手臂就被生撕下一小块皮肉，麻醉师捂着胳臂哀号着跳开几步，这回彻底酒醒了，嘴里连连骂娘。女人上半身不断扭动，像案板上狂跳的鱼一样。侯广岩紧皱着眉，用力压制女人上半身，打算先狠狠勒紧女人肩膀上的安全带。意外就发生在那一瞬间，当侯广岩伸出手的时候，女人因巨大的痛苦挣脱了束缚绳，上身跳了起来，笔直撞在了侯广岩来不及扔下的手术刀上。

噗嗤。

当他反射性收回手术刀的时候已经来不及了，心脏被直接刺中的声音挑动了侯广岩的神经，他本能地往后退出几步，抬起手臂挡住自己的脸。

他的判断是正确的，心脏就相当于一个运动的泵，不断通过收缩把血液输送向全身，戳破这么一个玩意儿的直接后果，就好比戳破一个饱满的气球，大量褐红的血液，带着哧哧的尖啸喷射而出。

上下左右，四面的透明塑料布被飙射出一列又一列的滚烫的血液，女人的身体还在挣扎而扑腾着，导致血液四处飙散……

足足过了好几分钟，血液喷射的声音才渐渐消失，侯广岩放下手臂，袖子上、身上都已被飞溅的血给污染得一塌糊涂。他抬起眼，看到蹲在地上不敢动弹的麻醉师，和满目的鲜红色，从塑料布上绵延下滑，在地板塑料布上积成一摊摊小血泊。

血色遍布了整个世界。

人间炼狱。

刺耳的尖叫声。

女人猛然从梦中惊醒，她好像听到不远的某个地方，有人在撕心裂肺地尖叫，仿佛千刀万刀地在被人捅着的痛苦全都化为了声波，她惊恐地喘着气，发现自己还是被绑在那张奇怪的躺椅上，手不能动，脚不能动，连肩膀和腰都分别被绑住了，她试图停下在这无人房间自己粗重的喘息声，但刚才的尖叫一点都不像只是个噩梦，想到这里，她就无法平静。

深呼吸，她对自己说，深呼吸，以前被那个同学欺负的时候、想哭的时候，她都会这样告诉自己，深呼吸，都会过去的……

咔哒。

什么声音？！

脑袋后刚才传来的那一奇怪的声音让女人本来就异常敏感的神经又抽动了一下。

“谁？谁在那里！”身后应该、应该是一堵墙吧？女人试着往后看，但肩膀被绑住，让她无法看到脑袋正后方的情况。她凝息等了一会儿，越发惊觉身后一定没有人。四周一片寂静，如果不是用力掐住自己手指到出血，她都快怀疑自己现在正在一场噩梦里。但噩梦怎么会如此清晰。她再次安抚自己深呼吸，一定什么都没有，刚才只是幻听，或者…是滴水，啊对！一定是墙壁里什么管道的滴水声，在空旷的房间里显得异常清楚。

女人松了一大口气，俗话说最怕自己吓自己，自己刚才做了噩梦，又惊又怕，所以产生了幻……

这念头还没想完，女人突然感觉到一阵寒冷，冷冽的风从身后轻轻刮过，甚至带动起几根细发丝飘动了一下……让她不由自主地起了一身鸡皮疙瘩。

错觉！一定是错觉！关着门的房间里，怎么会有风？还是这么冷的……

女人努力摆平自己有些颤抖的牙关，突然发现眼角什么东西一晃，一个淡淡的人影子，出现在她床侧，并一步一步，向她靠近……

女人觉得自己根本说不出话来，上下牙齿抖得只能发出喀喀喀的声音，她看不到背后到底是人还是别的什么，却看到影子就走近到床侧，然后停下，往下慢慢矮了一截。

影子弯下了腰！

女人无意识地闭上眼睛，感觉到手脚都在颤抖，耳畔出现的寒意生生地在提醒着她，那东西靠近了！靠近了！！

"对…不起……"再也无法抑制恐惧下的心情，"对不起，我知道我该死，我有罪，我装作样子要推你，害你掉下去，后退、掉下楼去，对不起，我恨你……恨得想捅死你，但是我不敢，我错了！！求你！！"女人眼睛紧闭着，夹着鼻涕与哭音地喊着，"我知道错了！我有罪，我害死了你！对不起……呜……我错了……"

断断续续，呜呜咽咽，鼻涕和眼泪混在一起，也无法抬手擦拭。

恩恩怨怨，恨意缠身，就算法律和证据都无法判罪，也不能完全抹除内心的害怕与后悔。

分不清哭了多久，说了多少遍对不起，女人才慢慢平静下来，抱着必死的决心睁开眼时，眼前什么都没有，没有影子，没有诡异的寒气，只有她自己，依旧被绑在这个奇怪的躺椅上，无法自制地哭泣。

## 26　从未离开的人

可可揉着晕乎的太阳穴，一大堆文件在她周围摊成一圈，她坐在地板上，桌上被扔下的咖啡罐头排成了队。已经把能知道的都梳理了一遍又一遍，从最早的犯罪现场——侯广岩为了养女之死的复仇，一直到后来变成绑架再杀人取心的尸体遗弃地，还有那间小诊所的上上下下每间房间，可可一步步设想他可能疏忽的地方。

说到底，就算尸体上没有找到任何证据，手术室里曾打起过一大张完全密封的帐篷也无法证明这里是犯罪第一现场，但这些没有证据的问题都有一个共同的解决方式：在他再次杀人之前，人赃俱获。

所以，摆在眼前最紧迫的问题是同一个，小诊所被查封后，此刻他到底在哪里安置受害人和手术间。

这个地方需要不引人注意，开着大型箱车进出也没人查，这样想太笼统了，可能的地方无穷无尽，不行不行，还是从擅长的角度来考虑。

尸体报告上用的腐蚀液体……虽然不是常见的化学用剂，但是很多学校实验室都能订购到。

致死伤所用的刀具……该死的手术刀，每个医生都有。

指纹，有也没用，我知道是谁。

附着微颗粒，和普通的灰尘一样，没有任何特征。

车轮印，侯广岩的车被遗弃在他公寓楼下，人却不知去处。可可拿起手上公寓的照片，也干净得不像话，别说正常生活的垃圾杂物，甚至连碗橱都干净如新。真难想象，这些年，这家伙是怎么从那个冒着热血的傻气大男孩，变成这样干净精练到杀人不眨眼的男人。

恨，在他身上留下了足够的改变。

浔可然再度叹口气，打算再开一罐咖啡，或者还是红牛……

哐当！

在寂静的房间里，窗框发出的巨响吓得可可一抖，差点脚一软坐回地上。看了眼被风吹开了正在晃荡的窗户，可可只得起身去关上，万一玻璃晃碎了局长肯定又要从法医科的公共费用里扣。窗外的风夹着雨，虽然时间已快接近天亮，但天色依旧乌黑。可可被吹得打个颤，关了窗，拉好了窗帘。

转身，咔嚓，脚下踩到了什么。可可低头看去，是一片树叶。

可可耸耸肩，迈开步子走了出去，跨出两步她突然一滞，慢慢回过头，死盯着那片叶子……

外面这么大风雨，叶子却是干的！

愣了几秒，甩甩头，可可笑话自己熬个夜居然就成了唯心主义神鬼论的拥护者了？师傅要是知道肯定罚抄书好多遍。想着她走过去捡起树叶，打量起来。叶子的确是干的，也许不是窗外飘来，而是本来在墙壁哪个角落，刚才被风一吹给吹到了她脚下。仔细一想，多简单的道理，人哪，总是不承认真相往往是最简单的，总是把事情想复杂了，然后把自己绕进去，越陷越深。手里的叶子被捻着转了个圈，是片银杏叶，最近好像经常见到银杏叶。

银杏……叶……

最近……银杏叶？可可无意识地回忆了一下，啊对了，在诊所地板上的那双鞋，沾着大半张银杏叶，还有之前……之前是在哪儿还见到过……

“不会有人，比你更懂他心里的痛苦。”古吉曾说这话时的场景，在脑海里闪过。

为什么会想到古吉？心理咨询室又不会养棵银杏。可可抓了抓自己的头发，总觉得很熟悉，那种欲在口边却只差一点点，就能摸到关键核心的感觉。

“她笑起来真的和云洁小时候一模一样……”

“他是一个成年人，他自己决定做的事，跟你、跟其他任何人都没关系。”

“我这几年做过好几次梦，梦见小云啊，和广岩一起，抱着孙子回来，我从厨房里洗洗手端了菜出来，孙子拉着爷爷一起练字儿……”

“几百年是多长？那时候妈妈爸爸已经生出来了吗？”

可可仰起头，止不住地大口喘息，银杏叶！小诊所里沾在高档皮鞋上的、侯广岩父母家中夹作书签的……还有那个地方，那个该死的银杏！

“不会有人，比你更懂他……”

“我和你不一样，我不会忘记她们。”

她怎么就没有想到！怎么会这么长时间就眼睁睁看着线索一直在眼前，而生生没想到！

银杏树下，光影斑驳，最美的记忆里，侯广岩从未离开过！

## 27　银杏叶

王涛被枕头边的手机铃声吵醒，蒙眬地甩着头，有案子紧急集合到现场的事情也有过，但最近有不少新人加入物证团队之后，他已经很少遇到半夜被拖到现场面对这个世界残酷的一面了。所以对着不休不挠的电话，他痛苦地接了起来。

“喂——”眼皮都睁不开。

“门禁密码多少？”

“什么？”声音听来有点耳熟，王涛看了眼手机来电号码，浔可然？

“门禁、密码，王老师！”也就在这种时候才用尊称。

“啊啊你说物证那里的啊，每个都不一样，你在？”

“就是放曾建明案子所有采集到的物证小仓库。”

“哦那个不在仓库，那些都在隔壁我的实验室角落里堆着，没破的案子我不收进仓库。”王涛说着揉揉眼，“你要干吗啊？”

“实验室不是用门禁系统的？”显然可可已经站在实验室门口了。

“用身份卡进去，诶诶你别乱来啊，我说，你也该放弃了吧？局长这几天又在问我，你有没有过问案子，我怎么说啊我。唉！”王涛的叹气声还没结束尾音，就从话筒里听到“嘭！”一大声，吓得他差点把手机给扔了：“喂喂你干吗啊？”

“踹门。”浔可然说。

“我晕，大姐你别乱来啊，那门被破坏的话，公安整个警报系统都会发出警报的，声音特难听，鬼哭狼嚎一样！在这时间点，看看，啊哟我去，凌晨四点，这时间突然发出鬼哭狼嚎，不吓死几个保安才怪！”

“啊，是挺难听的，像杀猪叫。”可可说。

“……你别告诉我……”

“没错，已经在响了。”可可说得很平静，“所以，你来还是不来，王、老、师？”

“……啊啊啊，你个畜生崽子给我待在原地不许动！”王涛抓起衣柜里白大褂，在电话还没切断之前，就冲出了门。

保安们兴冲冲地打算逮捕冲击物证科的人。

“从我踹门到你们出现一共费时3分钟24秒，比规定中的2分钟必须达到现场远远慢了，如果现在我们物证法医这块真的受到强盗冲击，3分钟时间够他们往我身上捅100刀接着从窗户逃离，你们连影子都不一定看到。”

强盗的逻辑在于，我看起来比你凶，所以我有理。

保安们先是大眼瞪小眼，然后堆着笑解释，最后离开时还压低了声音：“哎，今天说有演习了吗？没吧？一定是那个法医不小心撞坏了门然后做做样子。啊哈哈这样啊……”

可可满意地看着无人的物证办公室。

“叶子、鞋底的叶子……”角落里堆成山一样的物证箱侧面都标注着案件号和时间，可可在一堆堆编号的箱子中找到了那双皮鞋。她想了想，拿出手机打通了李一骥的电话。

“喂，是我浔可然，我想请你帮个忙。”

李一骥永远带着笑意的声音从话筒那边传来：“哟，呼吸这么喘，凌晨四点和周队长在玩什么新花样吗？”

可可无视他的调笑：“你们考古所有没有办法鉴定植物年龄？”

“可以啊，碳元素法，不过要你的植物很老、很老才行。”

“多老？”

“老到我这个考古的看到它会两眼放光。”李一骥对话筒那头很正经地开着玩笑，然后打个哈欠。

“我不知道它具体的年龄，但它可能有好几百年。”

"哦，那应该可以，不过你那植物能搬来？还是需要我带工具去采集？"

"不，我只有一片树叶……"可可咽了下口水，平复了呼吸。

"小可可，你要我吗？"

"不行吗？"

考古教授在电话那头叹了口气："所以说和外行交流有时候很让人哭笑不得啊。"

可可深呼吸一口气，有事相求忍了忍了。

"小可可，你想一想，树叶这东西，每年每月都在生长，每年都在掉落，怎么可能从中提取出这大树的年龄？"

"没有什么办法吗？树叶里没有什么基因啊、细胞啊之类的可以……"

"我这样和你说，你看一个小孩，我就算把他拆成细胞分子，我能看出他妈多大岁数吗？"

李一骥的话让可可一愣，才明白自己太过自以为是，撞上了现实的铁墙。但当她深吐一口气，打算放弃时，李一骥却没有。

"等等等等，我没说挂啊，你那叶子是什么树的？"

"应该是……银杏。"

"表面带泥土吗？"李一骥的声音严肃起来。

"我有看到一些，应该带微量泥土。"

"行！你带到我这里来，我帮你分析泥土成分。然后带你去见个老教授，她可是少有的、把植物当儿子女儿看的奇人，你那叶子如果真是古树上的，哼哼……"

"行！"可可挂断电话，放平呼吸，把叶子小心地从鞋底剥离下来，装进透明物证袋。抬头，看见王涛一脸扭曲地在门口杵着。

王涛扫视了一眼被踢坏的安全门，竖着毛瞪着可可："三十包薯片，不！五十包！"

"没问题，去网上买！找周队长去拿钱，这是他的案子。"可可把物证袋当宝贝一样抱在胸前，向门口走去。

"喂喂别想跑，"王涛堵住门，"保安队怎么没把你按在地上铐起来啊？"

"因为有两个女人在他手里快要被挖出心脏而我知道他最可能在的地方，

所以……”浔可然的语气像在开玩笑，表情却是王涛从未见过的认真，“神挡杀神、佛挡杀佛。”

王涛下意识缩了一下。可可从空隙里迅速钻了过去，在走廊上快步走远：“不过你可以去局长那儿问问，安全门为什么是纸板夹心的？”

王涛一愣，仔细看了一眼门被踢坏的地方：“……混蛋！说好的金刚八钻不坏之门呢？！”

周大缯带着人直接冲进了那家地段医院。

“周队！”白翎小跑过来，“王爱国在那个主任医生的抽屉里发现了一个记事本。”

“有记录？”大缯一边安排人把涉案医生带走，一边跟白翎快步赶到那间办公室。

“不止，除了手术记录、谁带来的器官，还有病人的各种详细资料。”办公室里，王爱国把记事本一页页翻给大缯看。

“这玩意儿……从三年前就开始了？”

“对，这个主任医师应该不只是给侯广岩他们做事。”

“看来是个标准的黑市医生。”白翎有点兴奋地得出结论。

大缯咂着嘴：“就怕打草惊蛇了……小白去盯着那个主任医生，用最快速度套出他身边同伙是谁，别让这里的漏网之鱼有时间给黑市通风报信！”白翎领命而去，大缯转身接起震动的手机。

“队长，我们找到线索了！姓秦的上个月租过一个仓库，在城北一带，租房的老板说地方比较偏，而且姓秦的租的时候特地再三问是不是周围没人烟，老板就特地多观察了他一下，留了个心。队长，要不要我们现在就去……”

“等等！”大缯想了想，“别急吼吼冲，先全部归队，统一部署！”

# 28　刑警队长的判断

周教授扶了扶深厚的玻璃眼镜片，把封口袋面向窗户高举，阳光透过树叶照射下来。

“银杏可是个好孩子啊，能解毒也能放毒，浑身都可入药，经久不衰，时光不老。”教授说。

李一骥站在可可身旁，压低了声音：“我说她把植物当闺女吧。”

可可不置可否，扫了一眼教授身后那一大片装满了植物书典的大柜子。

“小李啊，你别以为我耳背啊！”厚玻璃镜片下睿智的眼睛瞟了眼李一骥。

“小李子不敢，太后，看得出什么来吗？”李一骥笑道。

“你们指望我看出什么来？一叶一世界？”

李一骥指指不出声的可可：“这丫头本来希望能判定这棵树的年龄。”

“不可能。”教授话出，一时三人都无言，教授摘下眼镜，“你要知道这树龄做什么？”

“我怀疑，它来自一棵老银杏，城西那所师范大学的老校区里，那棵据说有几百年历史的老银杏，但是我没有证据……所以……”

“师范大学？啊，你说的是那个孩子啊，”周教授又戴上了眼镜，把封口袋中的银杏叶拿到灯光下，“我记得那孩子，我年轻的时候做研究哪，把整个城市所有特别的孩子都详细地了解了个遍。”她起身，在巨大的书柜里找到一本厚厚的记录本。

“唔，不对，这本是东边的……”她慢慢地寻找着，终于锁定了一本黑皮封面的记录本，用手温柔地翻开，里面居然一页页全是树叶干片，在这本如同百科全书一样厚实的记录本中，她用镊子小心翼翼地夹取出一片来，“叶子啊，是树的孩子，所以不能反映出树的年龄。它们每年都要成群结队地掉落下来，一年又一年……”

两片树叶被并排放在灯光下，拿着专业放大镜的周教授像一个母亲一样，絮絮叨叨：“……但叶子与叶子之间，就好像兄弟与兄弟一样，会显示出……一样的生长脉络，经历过怎样的光照、每年几分雨水，就算不出生在同一年，只要气候不曾发生过巨大的变化，就会有一样的、灵魂。”

灯光照耀、放大镜下，两片银杏叶，有着近乎完美的相同叶脉。

“啊！没错，这两片，都是那个孩子的。”

“是城西师范大学那棵几百年的老银杏？”可可强压着语气中的激动。

“对，那孩子的树龄在八百五十年左右，啊，不，我测量它还是四十年前了，现在应该八百九十岁了吧……”周教授抬头望向窗外，与可可完全不同地，陷入了时光匆匆的感叹中。

“教授，有多少把握？”

“小李子，你问我这个问题，是看不起我，上法庭我的科研数据未必会被直接采纳，但给你提供线索的角度来说，没有百分百，也有九十九。”自可可两人进门至此，植物教授第一次露出了笑容。

“枪都领到了吧？”大缯在刑警办公室里对着准备出发的人大声吼道，“所有人员注意，我们可能会扑空，但也很可能直接面对犯罪嫌疑人。记得，第一要紧的是救人，然后是控制嫌疑人！”

正当他打算带队出发时，可可喘着气，堵在了门口：“我知道那家伙在哪做手术了！”

“我们已经发现了可疑地点。”

“在城西一区那吗？”可可问。

大缯避开她的话头：“你在这里等着消息就行了。”

“不对，如果不是在城西那块，你们找的地方不对，顶多是烟雾弹。”

众人都回过头，看着周大缯。他皱起眉，沉默了下：“浔可然，你过来。”

关上小办公室的门，大缯压低了声音：“你发现了什么？”

“他很可能用来做手术的地方！”可可从对方眼神里看出了不信任，“我有证据，这片叶子我刚找了植物专家做鉴定，它应该来自一颗很古老的银杏树，小时候……”

“可可。”大缯打断她的话，“小时候的记忆，不可能作为证据。”

“但是这片银杏叶出现在很多地方，它……”

“那也不是实打实的证据，你觉得在法庭上有效吗？”

“现在是要上法庭吗？现在人在他手里，只要找到现场……”

“如果已经来不及了呢？找到只是残留的现场怎么办？”

“你们从哪里找的可疑地点？你怎么确定那不是障眼法？”可可步步紧逼。

大缯叹口气：“我不是要和你争现在谁更正确，没错时间紧迫，所以我们更要慎重，现在队伍都安排好了，我不能……”

门外传来轻轻的叩门声：“周队……”

大缯滞一秒，开门：“王爱国！”转身对可可，“等我们冲了这个可疑仓库，如果是障眼法，我立马回来跟你一起去。”

王爱国杵在门口：“队长你叫我？”

“你待在这，不要让她离开我办公室。”

“诶？诶诶——？”王爱国很惊讶周大缯的决定。

“周大缯！你就是认为我根据记忆中对侯广岩的了解做推断不可信对吧？”可可堵着气，问道。

大缯没有回头：“作为刑警队长，没错，我是这样判断的。”然后大步离开。

小办公室的门被关上，可可发现王爱国迅速采取了最简单有效的办法，锁住了门，然后唯唯诺诺地隔着门对可可求饶：“浔姐不是我要锁你的啊，队长交代的没办法啊，我的工资，哦不，身家性命都在队长手里捏着，呃这样说也不是很准确，总之，他知道我很多……”

哐当！隔着门王爱国也能清楚地知道，刚才可可砸了个什么东西在门上，“好吧我闭嘴，但是我也不敢走开。”王爱国搬了个椅子蹲守在门口。啊啊好想一起去现场抓人啊……

可可坐在沙发上，打开手机发现已经没电自动关机了，她懊恼地在原地转了两圈，毫不客气地翻开周大缯的抽屉，打算找个充电器。在打开第二格抽屉的时候，她愣住了……

# 29　信物

部署好所有作战计划之后，周大缯背靠在椅子上，闭上眼睛回想着自己刚才的判断。

秦某人自己有一个等待心脏移植的女儿，侯广岩想要杀了那些没有得到惩罚的犯罪嫌疑人，同时做一些好事：给无辜而绝望的病人做心脏移植。两人一拍即合，深思远虑，从别人开始实验，成功后准备给秦某的女儿做心脏移植手术。不管是从银行卡，手机通话记录，周围的亲朋好友联系，都没有查到两人的踪迹，连等待心脏移植的女儿都不知去向。如果不是薛阳从两个失踪的女人最后几天的活动地点，随机访问了附近有可能作为手术室的地方，仓库，废弃楼，实验室研究所等，然后意外从某个仓库房东的回忆中发现了可能是秦某的踪迹，然后通过照片给房东辨认确认是秦某租下了那个废弃的大仓库，如果不是这些偶然，恐怕多久都不一定能找得到他们。反过来看，可可提供的线索，无非只是根据小时候的记忆，主观臆断他可能在的地方。

作为一个冷静有理智，有经验的刑警队长，我没有判断错，周大缯想。

但是面对仓库里满屋子的家具，和布置得温馨可爱的病房时，刑警队长只能无可奈何地承认，世事难料。这里不是用来做手术的地方，这里应该是秦某为了手术后的女儿能够避开人群好好恢复身体，特地准备好的临时住所。

“不要气馁，好好搜一搜，我就不相信没有蛛丝马迹！”他对现场那些显然没什么士气的警察们，用吼声来提醒他们的干劲。

“队长。”

“干吗？”吼着的语气还没转回来。

薛阳手里递过来电话。

“对不起队长，我真不是故意没留心的，请不要扣我工资不要扣我奖金这个月我的信用卡……”

“王爱国你到底在啰嗦什么？”

“浔姐她跳下去了。”

“什么？！”

“哦不不不是那个意思，浔姐她拿了一根麻绳沿着窗户就下去了，我真不知道她哪来的麻绳，啊啊对不起队长，手机我也打过了，但是关机没有信号无法追踪到。对不起对不起我只是去买点吃的回来的时候就……”

周大缯头疼欲裂，他知道可可的麻绳是从哪来的，他曾经指着柜子下面的小抽屉告诉可可如果着火时该如何逃生。没想到别的没记清，这点小事她却活学活用。

“行了，”周大增打断王爱国在话筒里的唠唠叨叨，“看一下抽屉，最底下保险箱有没有开着？”别把枪也拿走了就行。

王爱国过了几秒回答：“保险箱还是锁着的。但是第二个抽屉开着，里面有一个，紫色空的小盒子。”

紫色小……盒子！周大缯突然反应了过来。

“王爱国！”

“在在在！”

薛阳在一旁有些疑惑地看着队长，嘴角居然带着笑？果然是气过头了所以疯了？

“去像上次一样，追踪那个信号。”

“哪个信号？”

“就是上次，叫你一边告诉我信号移动的地点一边我在路上追的那个。”

“啊啊！队长就是那个你说不要告诉监听部门的那个信号吗？”

“闭嘴！”大缯看了眼周围，都竖着耳朵听的警察同事们。

“噢。”万年闯祸王。

“薛阳，整理一个小分队跟我走，其余人留在这里继续调查。”

大缯重新坐回警车里，显然心情比刚才好了很多，好你个小兔崽子，居然不听话，看老子抓到你怎么收拾。

紫色小盒子里放的，是可可扔回给他的那条项链。

## 30 面对面

参天大树下遍地都是斑驳晃动的光影，这棵银杏在这里已经住了好久好久。巨大的树根埋在十几人都环绕不过来的圆形花坛中。浔可然几步走到花坛边，绕过花坛，背后就是多年来一直没落着的医学院研究楼。

银杏叶从半空中飘落，很久之前的某一天，姐姐和猴子哥哥说，他们找到了一个绝妙的小基地，充满了让人害怕的标本，别人肯定不敢相信。三个人从角落破碎的窗户潜入了这栋医学院的研究楼，互相拉着手小心翼翼地跑上四楼，研究楼是非常古典式的红砖楼，带着飞檐的屋顶据说是前苏联的设计。走廊里每走一步都会发出清脆的回音，无论春冬，四面石壁的大楼永远冰凉而阴森。但是出于保护实验的早期设计，楼内隔音很好。

可可抬起头，除了从树叶间看到碎落的阳光外，看不出一点时间在这里的变化。仿佛一回头，还会看到十多年前，浔云洁带着她看，和侯广岩在树下的玩闹。

“姐姐，几百年是多久？”

“很久很久。”

十几年，已经久得她快记不清，这么多黑夜和白天，她都是怎么度过的。

当年在这里发出笑声的三个人，一个成了虚无，一个成了黑暗，另一个，差点迷失在失去两人的痛苦中，放弃挣扎。

大门紧锁。浔可然握紧拳头，四下寻找起来。周围毫无人烟。本来这里就地处偏僻，学校盖了新的大楼后，更是将这个偏远些的实验楼几乎荒废。

拾起旁边建筑垃圾堆里的砖块，可可哐当一声砸碎锁紧的玻璃大门。

踹了就踹了，大不了破坏公物赔钱拘留——公安局的大花瓶她都砸过了。

阳光透过玻璃照耀在无人的走廊上，空气中微微摇摆着灰尘的颗粒。走到底，左转，尽头楼梯。一切都未曾变过，时间好像在这栋快要废弃的楼里静止了。登上一阶阶楼梯，转角，再上行，可可毫不意外地在四楼的楼梯口，看到一个浑身戒备的男人站在不远处，瞪着自己。

“侯广岩在哪？”

男人狠狠地瞪着她，拦在走廊口。

可可无视他的无视，往前走。

男人从腰后拔出一把尖刀，威胁意味十足。

可可打量了下刀，尖锋五厘米，足够一击穿破内脏造成失血过多，或者狠一点，直割动脉或刺破心脏。

心里想着，步伐却不停。

“站住！你是谁？”男人终于忍不住了。

“你就是女儿要做移植手术的秦先生吧。”可可说。

“你，你是谁？”秦凌往后退了一步。

“医生。”不算完全撒谎。

“胡说！我没听说有别的医生要来！”

“那你以为我是谁？警察？有警察这样什么都不带一个人来的吗？”可可两手一摊。

拿着尖刀，秦先生瞥眼看了看走廊的窗外，果然什么车和人都没有。

“你……真的是一个人？”

侯广岩看着麻醉师将剂量都打入设备，这次他没再喝酒，神情也认真了很多。

麻醉老头看了他一眼：“放心，这次绝对不会有问题，否则传出去，老子这口饭以后还怎么吃？”

侯广岩不置可否，在女人身上画着下刀位置的标线。

帐篷门被拉开，出现的面孔让他一愣。

可可双手举着，若无其事地走了进来，后面跟着拿刀顶着她后背的秦先生。

“这女人说是你叫来的医生。”秦用刀指了指可可的脖子，示意如果不对劲现在就下手。

侯广岩和浔可然无声地对视了几秒，低下头去继续画标线：“把她绑在旁边椅子上。”

秦先生只愣了一秒，立马揪住可可的衣领，把她狠狠推在椅子上，用一旁的绳子三圈五圈地捆了起来。

“动作很熟练嘛，绑过几个了？”可可抬头看着他，冷笑。

尖刀立刻就贴在了可可脸上，附带着秦先生狠戾的表情。

“出去。”侯广岩头也不抬，“盯着外面的情况。”

秦先生想了想，阴沉沉地看了眼手术台上被包裹起来的女人：“我女儿，什么时候推进来？”

“等把心脏取出来之后。”

秦先生离开了，可可四下打量着帐篷，四边接缝，所有手术会产生的细枝末节肯定都被包裹在其中，然后被分批运走，如果不是现在，恐怕和上次一样，什么物证都不会留下。

“没带着你那只狼狗一起来？”

“他不相信我。”

侯广岩瞟了她一眼：“不相信你什么？”

“……凭几片银杏叶，找到这里。”

侯广岩手上的动作停了下来，站直身子看着一旁被绑着的人。

麻醉老头看看她又看看他，觉得有趣极了。

“所以你就一个人闯过来送死？”侯广岩向可可走过去两步，居高临下地看着她，“说变了，其实还和以前一样，任意妄为。”

可可仰头直视着他：“但至少，我没有成为杀人犯。”

侯广岩的眼神变得锐利，还没戴口罩的脸上，划出一丝冷笑。

秦凌靠在走廊窗边，心里七上八下。

女儿天生就有心脏缺陷，随着年纪长大，问题越来越严重，但能用来移植的心脏却左等右等都不来。为了方便照顾女儿，暗地里做过一些黑市公司的保镖，同时去医院做护工。躺在那些病床上等到健康的心脏的机率有多少，他一直知道，但他总是很高兴地告诉女儿，已经有备选的心脏了，一定很快就轮到你手术。直到有一天，住在对面床的孩子毫无征兆地死去，孩子的父母对着空白的床单撕心裂肺地哭泣。

女儿抱着从不离身的玩偶，对他说："爸爸，如果我死了，你别哭。"

那一刻，秦凌狠狠咬着自己的嘴唇努力不掉泪。自此发了誓，为了女儿能健康地活下去，不管是杀人越货还是打杀抢掠，所有的事情他都愿意做。但不管做过多少努力，在马上要真正动手术的时候，他还是充满了不安。手术并不是在正规医院里，会不会出现状况？之前成功的那个，会不会只是个巧合？

突然在耳边出现的低鸣声，吓得他一扔手中的烟，压低身子死盯着窗外。一辆白色小面包车从远处慢慢开近，在巨大的杏树花坛下绕了大半个圆，腾腾地又开远了，直至消失。

只是路过，这里地处大学校园内，总有些什么车子瞎开开，他默默地安慰着自己差点吓出喉咙口的心。

但他没看到，当他紧盯着面包车的时候，有两个人影快速地跑过一旁的绿化带，用工具飞快地划破窗玻璃，蹿进了大楼里。

# 31 枪对刀

“周队，有必要这么小心吗？还让车子故意开来开去。”薛阳压低了声音问，大楼里阴冷的石壁似乎不太容易产生讲话的回音。

“那家伙有多狡猾你不知道？”大缯小心地勘查着转角后有没有人影。

大缯和薛阳分开，悄无声息地一间一间房查看，枪口所扫视之处，除了些陈旧的实验室，或者积灰的阶梯教室外，一无所获。

“周队，上二楼？”薛阳留意着周围，问。

却没收到回答，他扭头看大缯，发现他正盯着地上看，薛阳顺着看去，地上什么都没有啊，除了片树叶。

大缯却退后两步，往来路看去。不远处，还有一片银杏树叶。

“碎窗户里飘进来的？”薛阳依旧压低着声音。

大缯却摇摇头，不解释地往前走着，到了走廊尽头，上了台阶，在台阶正中间，又是一片银杏叶。

这下连薛阳也有点懂了：“这是……浔姐留下的……”

大缯做了个噤声的手势。

两人举着枪，无声息地上了台阶，接着发现了另一片，在二楼往三楼的台阶正中间，三楼往四楼……

侯广岩站在可可几步远的地方，俯视她的眼神说不清道不明。

可可以为他要说些什么，不料他只是转过身，继续做手术前最后的几个准备步骤。

“你给她血液全面检查过吗？”浔可然看着他有条不紊的动作问道。

无人理睬。

“我听说过一个案例，因为心脏的供体带有疾病，导致移植成功后那家伙却半身不遂。”

依旧无人理睬。

浔可然仰起头：“人生啊，就是一个火坑接着一个火坑嘛……到最后，都忘了最初是为了什么。”

侯广岩突然拿起麻醉台上一根针管，三步并两步过来：“看到这东西了吗？”他把针管举在可可面前，“这玩意儿可以让你肌肉全都失去作用，但感觉依然存在。如果你再啰唆……”说着他扬了扬针管。

浔可然看了眼针管，抬起头却笑了：“我知道，曾经也有人拿着它对我说，要让我活生生感受下身体被切开的滋味。”

侯广岩嘴唇颤动了下，最终却只扯出一个冷笑：“我知道你想干什么，打乱我的冷静，破坏这次手术？浔可然、小然然，你看看躺着的这个，想清楚，你救下她，就意味着隔壁有一个女孩会失去活下去的机会，懂吗？”

他直视着可可，看对方无反应，才起身回到手术台边。

浔可然居然叹了一口气，一副无可奈何的表情：“我不是来救她们的。”

侯广岩面色复杂地看向她：“那你来干吗？”

“我是来阻止你的。”

“……就凭你？”

“啊，没错，你可以说我任性妄为、正义观不正常，但是没错，就凭我，不是法医，是我浔可然，我有一个哥哥，他脑子进水了，把杀人当作正义，把自己当作上帝。我不是来救这些女人的，她们在我眼里，顶多是一些可怜的受害人，我是来阻止我那个脑子短路的哥哥，替我姐姐。”

侯广岩拿着手术刀的动作停下了。

“也不知道是怎么想的，拿着把手术刀就以为自己是上帝，自己的亲人被杀了，就拿不相干的人杀了泄愤觉得是在帮助这个世界。脑子进的水应该掺了地沟油吧，不知道他读了这么多年的医科，看的书还都是英文的都去哪儿了，满肚子的高大上，居然也绕不过这么简单的弯来。”可可叨叨地说着，完全不顾手术台旁人发青的脸色，和最远处麻醉老头憋着笑的表情。

“对了你刚才说什么？就凭我？啊没错就凭我，不过也许还有姐姐也说不定，谁说人死了一定就不存在了？你怎么知道她是不是在你看不到的维度空间里，正一脸悲伤地看着你……”

侯广岩身体的动作超过神经反应，理智还没启动就直接冲了上去，手术刀尖直接顶在浔可然脖子上。

“你再多说一个字，你再敢、多、一、个、字！”侯广岩露出些许扭曲的神情。

刀尖戳在可可脖子上，挤出一点小血珠。

可可直视着他的眼神丝毫未动摇。

“刺进去，杀了我，你以为我在乎？”

侯广岩的眼神复杂而凛冽。

“姐姐死了，我却活着？没错，我该死，你杀了我试试，和她一起走，这些年，我从未忘记过这念头。”

脖子上的刀尖微微一颤。

“留下你，一个人，看这个世界吧。”

“少在那自以为是，”刀尖离开了脖子上的皮肤，“你从小就这样，说着好像多伟大，”侯广岩在椅子前蹲下，“你知道有多少次，我想这样用刀、一刀一刀刺死你吗？别以为顶着一张和你姐姐多像的脸我就下不了手。”

“不知道是谁因为我这张脸太像姐姐，借着我的内疚偷了个吻？”

“少嘚瑟。”

“不敢，有种把吻还回来。”

“我分分钟弄死你。”

在两人敌意地对视中，谁都没注意到帐篷的拉链被悄无声息地拉开了，首先反应过来的居然还是麻醉老头。他猛然站起身，椅子倒下发出巨大的声响。

两人都扭过头去，才看到旁边站着的人——秦凌双手高举，背后站着拿枪顶着他脑袋的周大缯。

“你最好下不了手。”大缯说。

“哟，周队长。”侯广岩半开玩笑地打着招呼，眼神却和秦凌对视着。

“孩子已经打了麻醉了。”尽管枪指着头，秦凌不怕死地开口。

两人对视了几秒，当大缯和可可察觉到不对劲的一瞬间，突变异生！

秦凌回身一个肘击，大缯低身躲过，却没留神被他一脚踹中，枪脱手。

几乎同时，侯广岩奔到手术台边，举起手术刀直冲着女人的胸口准备刺下！

秦凌转身抓起旁边散落的手术刀具，对着扑过来的大缯一阵乱挥舞！

“杀了她！杀了他们就必须做手术了！”

侯广岩的刀尖，离女人的胸口只有一寸时被一只手掌抓住了，掌心包裹住了刀刃，却也阻止了它继续向下，刺开女人的胸腔。侯广岩顺着手掌看去，可可站在一旁，绑着她的绳子不知何时已经被割开了。

大缯找准空隙，一把扑倒秦凌，反手想摸出手铐时，眼角只见到银色的冷光一闪，大缯下意识抬手隔挡，只听到轻微的噗嗤一声，秦凌手持的刀尖刺进了大缯手臂，几乎同时，冰冷的手铐卡在了目标手上。被压制在地上，秦凌也毫无降服之意，隔壁躺着他唯一的女儿，那个他愿意为之付出性命的人。他在地上扑腾挣扎着，伸向不远处遗落的枪，大缯努力按住他，却被秦凌反手一拳，刀尖更没入了手臂一寸。大缯抽痛得吸了一口气，秦凌扑向枪，快速跳起来。

他站在房间中，高举的枪一会指向大缯，一会指向可可侯广岩方向。

“放手！让他继续手术！你！你也不许动，否则我开枪了！”大缯捂着手臂刚想起身，枪头立刻对准了他。“算我求求你们，算我求你们，不要阻止他，我的孩子就在隔壁，如果这次再得不到心脏，我不知道她还能活多久。算我求你们，我给你们跪下来，别阻止手术。”秦凌说着，跪了下来。

他跪在地上，手里拿着枪，指着大缯。

“你的孩子？床上躺着的，也是别人的孩子。”大缯疼得咬牙切齿。

“我知道，我该死，只要这个手术做好，随便你们把我枪毙或者怎样。”秦凌的声音带着哭腔，一时间帐篷里无人说话。

可可慢慢放开了握着刀尖的手，掌心的血滴在地上。

侯广岩看着她，嘴角泛起一个冷笑：“我们俩，现在到底是谁以为自己是上帝？”

浔可然回头看他，深不见底的眼神下露出一丝狡黠。

侯广岩心中警铃大作，还没来得及反应，可可一把抓住他主刀的右手腕，反手一划。

解剖刀反射出淡蓝的阴冷反光，在侯广岩的手腕上只停留了一秒不到，血就破皮喷出。

“你干什么！！”秦凌的咆哮声和举枪瞄准可可的动作毫无迟疑，大缯跃身而起，一把扑向秦凌。

嘭……

帐篷里的人一时全都只觉得只有嗡嗡的耳鸣声。

秦凌对浔可然开了一枪，几乎同时，可可的解剖刀狠戾划过侯广岩执刀的手腕。

侯广岩退后两步，捂住喷血的手腕靠墙跌坐下，闻到脑袋不远处，子弹划过的硝烟味。他不知道子弹打到了哪里，但他知道枪是对准面前浔可然的。

“你疯了吗！！”嗡鸣刚轻些，他就对可可大声咆哮道。比起手腕上的痛感，他居然更无法自抑内心瞬间的恐惧——如果那一枪没有打偏，如果她死了……

浔可然站着，走到他面前，垂立的右手上，解剖刀上的一颗血珠缓缓落地：“啊没错，我疯了，刚才就说过，随姐姐而去的想法，从来没停止过。”

薛阳带着两个人迅速冲了进来，和大缯一起合力，把秦死死按住。

秦凌发了狂一样扑腾，周大缯一把揪住他的衣领：“他的手被伤了，不可能再继续手术！”反应过来的秦凌如同失去水分的植物一样，神情突然干枯了，瞪大了眼睛，却什么都说不出来。

可可没有回头，只居高临下地站在侯广岩面前：“顺便告诉你，”抬起手，刀背冰冷地贴在他脸上，还未干的血直接被抹在他的脸颊，“配不上这把解剖刀的，不是我，是你。”

刀锋冰冷，血液滚烫，侯广岩抬头看到的是可可无以名状的神情，耳边听到的，不知谁，发出轻轻的叹息。

# 32 糖

“你这伤最好去医院……”

大缯签了白翎递过来的负责单，回头看了眼可可：“没那空。整栋楼有多少要检查的你也知道。”

两人看到一前一后两张担架被抬上了救护车。

大缯看到了可可的目光只盯着救护车：“已经和医院联系好了，两个都被手术麻醉了，心脏等待移植的那个，应该会在等待手术的排名上提前。”

可可心里想着真讽刺，她父亲做了这些无可挽回的事，连带她被注射麻醉，居然成就了她移植手术排名往前移的阴差阳错。

只发愣了一下，可可转头时，大缯已经被叫去给刚赶到的上级汇报。

不断有警员从身边来去匆匆，好几辆警车停在巨大的花坛边。有人轻轻拍了下可可肩膀。

“他们说你想见我？”

侯广岩正站在警车边，双手被反铐着。仰着头看着茂密的树间，流转的光影。

“你想见我？”可可重复了下问题。

“不想知道为什么从你的电脑里找受害人吗？”侯广岩仍旧抬着头，像在和身边的人说话，又像在对着空无的某个地方自言自语。

“……想把我拖下水，是吧？”

“没错。想拖你下来，看你居然活得还挺开心，好像什么都没发生过一样，自以为是地做着看起来很正义的事情……之前，的确是这样想的。”

句尾的转折，让可可一愣，她慢慢抬起头，看向旁边那张仰着的侧脸。

“后来我才发现，这些都只是我给自己的理由。”侯广岩的视线随着一片飘落半空中的银杏叶，一直缓缓落到地面，“大概是因为知道，除了你，不会还有人能阻止我，所以……”终于看向身旁惊讶的表情，“才想尽了办法吸引你的注意。”

“你自己，知道这是犯法……”可可一时找不到语言。

“那又怎样，我身边的人，一个个都因为别人犯罪死了，我不在乎这些家伙死活。而且这些家伙、这些夺走别人性命在先的家伙，有几个真正后悔过？”

“从我身边夺走云洁，又杀害小云，将我爱护的人一个个害死，他们，从来不曾有过歉意，我又何必内疚。”

“现在说这些都没意义。”可可轻声地说。

“啊，没错。”

阳光、微风，时间慢慢走着。

侯广岩突然扭头道：“我口袋里的东西，拿去。”

可可迟疑了下，伸手摸进侯广岩的口袋，从中拿出一颗棒棒糖。

长久的沉默后，她才问：“你知道我会来？”

“不知道，只是习惯了。”

“什么？”

侯广岩站直身子，示意了下旁边站着的警察，警车门打开，他老老实实地坐了进去。

“喂，话不要说一半，习惯了是什么意思？”

侯广岩从车里看着她，逆着光的脸，看起来这么熟悉。从很久以前开始，云洁唯一会训斥小然然的理由就是她爱偷吃糖，见到一次就没收一次。于是在他自己都记不清的什么时候，他开始习惯在口袋里藏一颗糖，在云洁看不到的地方，一边贼兮兮扔给小丫头，一边努力解释这是路上捡来的不是昨天打架别人输给他的……

后来云洁躺在了冰冷的棺材里，后来在盛夏张狂的知了声中，他被父亲送上了出国念书的飞机。站在人来人往，却谁也不认识的机场上，他突然发现自己身上除了钱和衣服，只有外套口袋里的一颗棒棒糖。他把糖捏在手里，看着机场大玻璃外，天渐渐变黑，一切都是陌生的，唯有手掌中的温度，提醒着他，最美好的时光，都过去了。

后来他就习惯在口袋里一直放一颗糖，无论何时何地。

当然，这些，他都不会说。

“喂，别装死诶！”可可敲着车玻璃，嘟着嘴。

“你要我回答问题？”侯广岩瞟了眼不远处的人，抬头示意了下，“他很适合你。你姐姐应该会很高兴。”

可可回头，看到周大缯站在树荫下，用那只包着简陋纱布的手臂，指挥着现场几个部门来来去去的工作。

“我知道。”可可背对着侯广岩说。

银杏叶从天空不断飘落，身旁嘈杂而有序的警察们来来回回。侯广岩靠在后座上，闭上眼睛，不知道躺在手术台上的女孩会不会得到移植的心脏。不知道那个差点被杀的家伙，是不是会反思自己，不过有什么关系呢，这些，已经和自己没什么关系了。

空气里，都是百年古树独有的味道，风里，都是熟悉的沙沙声……

古吉走进一家咖啡店，二楼宽广的空间几乎坐满了人，原木的椅子和复古的沙发昭显着店主的品味。

她穿过坐客，走到尽头，直接上了三楼，走进唯一的蓝色木门内，俨然是另一番安静的模样。

巨大的书桌前坐着的老人只抬头看了她一眼：“怎么样了？”

古吉摇摇头：“又让他逃掉了。”

老人放下手上的报纸：“能确定是他吗？”

“我确定，侯广岩在第一次杀人前的确去找他做过心理咨询。”

“还是用催眠？”老人问。

古吉想了想：“不一定，我昨天去看守所和侯广岩聊过，不像有催眠遗痕。”

“嘶……这家伙，难道又出了什么新方法。”

古吉想了想：“老师，如果继续这样下去，只会让事情变得更糟糕，每次都是等他已经发出了危险的饵，我们才能花一大堆时间去找出他的实现对象是谁。”

老头想了想：“只能冒个险了，哦对了，你说的那个法医叫什么名字来着？”

“姓浔，叫浔可然。”古吉说。

## 33　偷吻

浔可然不费吹灰之力就踹开了大缯办公室的门。看到斜躺在沙发上的大缯，翘起的腿搁在沙发扶手上，呼噜震天响。

肚子上睡着的黑猫素素抖了抖耳朵，睁眼看着可可。

“大缯。”可可叫他。

呼噜继续震天。

可可过去一手捞起素素，摆在他脸上方：“挠。”可可说。

素素两个肉垫爪子扒住大缯的脸，呲拉一下。

“啊哟！”刑警队长跳了起来，看到眼前的一人一猫，一脸幸灾乐祸。

“干吗啊！”大缯嘟囔，“几点了几点了诶才十点，我四点才睡的……”

可可把素素放到门外，另一手把医药箱放下：“谁叫你不肯去医院！”

啊？大缯挠挠包着纱布的手臂：“用不着，让我睡会儿，晚上还要布控监视。”话都没说完又仰头躺下，突然觉得手被人拿起，“诶诶……”

“别动，”可可坐在沙发边沿，把大缯的手臂放在腿上，“你是让我换纱布，还是让我在你胸口用解剖刀开个 Y？”

大缯沉默一会儿，眼看着可可开始拆除他手臂上的纱布，一动不动。

主要是这人就坐在自己腰侧，距离有点近，而且一脸毫不设防……大缯另一个手悄无声息地向可可腰后下方伸去……

可可手里的纱布狠狠一抽紧。

“啊哟哟你这是谋杀。”

“你手放哪儿？”

“我掏裤子口袋不行啊！”男人表情还挺无辜。

可可眯起眼看了看他，扭身直接摸进大缯的裤子口袋，摸出一包烟，直接扔飞了出去。

大缯不是没来得及反应，而是根本没反应，心猿意马。

可可拆了纱布，查看了伤口，重新上药，拿出新的纱布，一路下来，两人都没说话。可可随意看他一眼，发现另一手枕在脑后的人居然迷迷糊糊地睡着了。她放轻动作，慢慢把纱布一圈一圈包裹上去。仔细看来，大缯长得并不差，线条分明的脸庞，高挺的鼻梁，但常常带着黑眼圈。如果不是做警察拼死拼活，大概会是个帅哥？不过无法想象这家伙穿着一身西装去谈生意，或者穿着文艺地去做老师的样子啊，可可抬头想象了下，简直是个搞笑角色啊。

轻哼唧的呼噜声又死而复生。可可忍不住笑了出来，然后愣愣地看了一会儿。

这个人从来没有做过什么很浪漫的事情，唯一的礼物，居然还是监视用具。第一次被吻，是在姐姐的墓碑前。这样一个奇葩，如果搁在别的女孩子身上，会不会已经被揍了几百回了呢？不对，就这种没命的查案子法，他怎么可能有空追女孩子啊，大概在他眼里，在某些时刻，嫌疑人肯定比女朋友优先吧？

说到案子，居然不相信人家。光凭这一点就该给你纱布里抹上芥末再包扎上去啊……虽然最后还是冲了进来。

每次都是。

……鬼使神差一样，可可弯下腰，嘴唇轻轻在大缯脸上点了一下。

迷糊的呼噜声戛然而止。

可可像突然发现自己做了贼一样弹起来，坐直身子。收紧腮帮，目不斜视地包着纱布。

“……喂，你刚才亲我了吧？”

可可手一抖，保持石化的表情：“……没有。”

“我看到了。”

“你闭着眼睛，用鼻孔看的吗？”

大缯黑色发亮的眼神盯着她不放："嗯……"只是盯着、盯着、盯着、盯……

可可直接发飙："我告诉你周大缯，立刻马上把刚才的事情给我忘了！"

"刚才什么事？"大缯循循善诱地问。

浔可然憋得脸都红了，嘟着嘴，一圈一圈一圈绕纱布。

大缯脸上的笑容不断扩大。

"我要当一个英雄，到时候你做医生，如果我受伤了你可以给我包扎。"很多年前，侯广岩对浔云洁这样说。

"下次就算你伤口烂掉化脓长出一朵花来，我也不管了。"很多年后，浔可然对周大缯说。

时光荏苒，我们都走上了不曾预料到的路。

浔可然狠狠抽紧了手上的纱布，任由躺着的人在一旁龇牙咧嘴地无声傻笑。

"喂，你脸红了。"

"闭嘴，不然给你胸口开个Y。"法医可可说。

# 第五季

# 心魔对错

## 01　法医的签名

法医科，可可和大缯推开门的时候，发现里面居然不止苏晓哲一个活着的生物。

“哟，小暴同学，”可可笑着对另一个人打招呼。

“不要叫我小暴！我姓包，包青天的包！”小暴同学自以为理智的分贝通常比常人都高八度，他是苏晓哲中医大学的舍友兄弟，现在却转行在报社当实习记者，不知是身体里缺乏什么元素呢，脾气好像一点就燃的爆竹，又姓包，所以常常被同学们戏称为小暴。

“看起来又要爆炸了啊，晓哲，拿个裹尸袋包住他吧。”可可边说着边穿上工作白外套。

“不不不，哎呀你别激动，”苏晓哲两头为难着，“浔姐，小暴这是常态，这种分贝还不会爆炸的，真的真的，哎你瞪我做啥？”

“哼哼，不愧是你的初吻对象，居然这么附和这女人啊。”小暴酸溜溜地说。

大缯眉毛抬了抬，“谁是初吻对象？”

“她她她！”小暴同学愤怒地指着可可，“这女人夺走了我们可爱的苏晓哲的初吻！”

刹那间房间温度似乎降低了几度，大缯不怒反笑地斜眼看向苏晓哲。

苏晓哲有种被不怀好意的狼盯上的错觉，四肢僵硬。

可可掏掏耳朵，“苏晓哲，去，把小暴绑起来塞进冰柜。”

“什么是冰柜？什么什么？晓哲你敢！噢噢噢噢我们一场兄弟你居然背

叛我听这女人的话，你有没有良心你……”

苏晓哲一言不发地把小暴同学拖出门，两人在门外手脚并用地乒呤乓啷乒呤乓啷，一边打架一边渐渐滚远。

房间里只剩下可可和大缯两个人。

可可转身从办公桌上拿出杯子，开始泡奶茶。

大缯坐在桌后，二郎腿跷上桌子，幽幽叹道：“初吻啊……”

可可倒水的手一哆嗦。

大缯的二郎腿在桌上换了个角度，不紧不慢地说：“浔可然同志，你没有什么要交代的么？”

可可用搅拌棒把奶茶搅匀，走到桌边，双手撑着桌面，居高临下地看着大缯：“周队长，我怕我说了你血压升高呢。”

大缯身子猛地向前倾：“血压升高也要听！”

可可抿嘴一笑，慢慢转身在沙发上坐下来，反而大缯开始急了，抓起椅子就坐到可可面前，一脸严肃地低吼：“坦白从宽，抗拒从严！”

可可悠哉悠哉地喝了口奶茶，嘴角泛着戏谑的笑容，“难道不是传说中的‘我越反抗你越兴奋’么？”

大缯觉得太阳穴不由自主地抽动了两下。

看着他临近爆发前的样子，可可的笑容不自觉地扩大了，然后突然发现大缯的脸越来越近，可可警觉地用杯子挡住他。

“停停停！不至于吧你，不就是个吻么，亲苏晓哲和亲丸丸差不到哪里去。”

“谁是丸丸？”大缯眼睛警觉地眯成了一条线。

“我爸养的狗！会打滚哟！”

“反正和亲丸丸差不多，那我也要来一个！”大缯开始摆出无赖嘴脸。

“那不行，丸丸是可爱的萨摩犬，你这样凶得和藏獒似的，我不要亲。”

看着大缯脸色发青，可可忍不住笑成一团，手里的可可奶茶都洒翻出来点点滴滴，大缯刚想发作，法医科的门又被撞开了，白翎一脸急吼吼的样子冒了出来。

“浔姐，局长在发火，他他他……”白翎卡住了，在他眼前展开的一幅画面是这样的，周队长正手脚并用地把女法医压在沙发上，而可可正要努力地推开他，衣服凌乱，沙发和地上还有不明液体在反光（奶茶杯子被小白自动忽略）……

小白转身，把门关上又出去了。

可可和大缯一阵迷茫，“他是不是误会了什么？”可可问。

大缯一脸流氓相，“没有，小白只是聪明地察觉了我接下来要做的事情。”

“滚！”可可抬膝一脚。

刚蹭上沙发边的刑警队长被狠狠踹了下来。

局长在发火，他一边接过大缯递来的烟，一手把一张白纸扔在桌上示意可可看。

大缯瞄了一眼可可拿起的纸，抬头写着“死亡鉴定书”，“什么事儿？”他转向局长。

“小塘村的谋杀案，七十岁的老太太报案说他儿子被儿媳妇杀了，刑警队在后院的菜地里找到一具尸体，后来查证是儿媳妇杀了她男人，埋尸在地里。”

局长说到这里就停了下来，转而看向可可，大缯疑惑地追问，“那有什么问题？”

“什么问题！”局长一把掐灭手里的烟，“问题是儿媳妇也认罪，事情现在已经进入检察院公诉的流程，这老太婆居然跳出来说他儿子没死！说她前天早上在村口见过她儿子！来！浔可然你来告诉我，你手上这份死亡确认书有什么问题！是你脑子的问题？还是我眼睛有问题？”

大缯也看向可可，这种根本性的错误一点也不像她的风格，虽然看起来孩子气、脾气有点犟，但是面对工作的时候，可可的态度是出了名的仔细。

房间里安静了一会儿，可可猛然抬起头对视着局长，“问题在于，这份东西不是我写的。”

局长一下懵住了，“可这……上面有你签字……”

可可放下死亡认定书，“等我 5 分钟！”转身就跑了出去，留下大缯和局长大眼瞪小眼。

“死丫头，搞什么鬼。”局长哼哼唧唧地又坐回软乎的沙发椅里，拿起大茶杯又放下，转了转椅子看向大缯，“你们俩的事儿怎么样了？”

大缯一口烟差点自己呛死自己，眨眨眼，“什么事儿？”

“少给我装孙子，你当我这个局长是吃素吃上来的么？”局长放下茶杯凑了凑前，“你们俩有戏没戏早点说，我还要准备红包嘞。”

大缯一脸镇定地拿起桌上的死亡证明，“局长，我觉得这么粗心的事情不太像浔法医的风格。”

局长瞪眼，“装！叫你小子给我装！哪天你要是打算请婚假的时候，我让你哭着回去，哼……”

正说着，可可抱着一沓报告纸又冲进了办公室，往桌上一扔，随手抽出三张就平放在一起，再加原先桌上那张死亡认定书也加进来，手指着四份签名。

局长抓起桌上的老花眼镜凑过来，大缯也掐灭烟凑过来。

“局长，我们都不是笔迹鉴证的专家，但我拿了这么多份我的签名来，您一眼就能看出，这一份小塘村的死亡鉴定书，不是我签的字，虽然写的是我的名字。”可可声音很冷静，但是大缯从她的侧面看见了她脸上少见的阴沉怒火。

局长死死盯着眼前的四份签名看了又看，然后放下鉴定书，一手摘下老花镜，一手提起办公桌上的电话机，“小张，你们三队长在办公室吗？叫他带着姓杨的三分钟之内到我的办公室报到。”

啪，电话挂断，局长一屁股坐在沙发椅上，低声地叹了口气，明知道可可正看着他，却闭着眼睛假装不知。

局长办公室气派非凡，光是局长办公桌对面的沙发就排成大半个圆圈，大缯本来想再点起一支烟，刚摸出打火机就被可可阴森森地盯上，只得放弃，转而坐到大圆圈的沙发上去跷二郎腿。

“姓杨的……是说杨竟成么？”大缯手里玩弄着香烟问道。

可可的目光再次转向局长，狡猾的老狐狸局长知道逃不过去，只得眼睛眯成一条缝地微微点了点头。

这简短的交流里显然有些什么猫腻，看局长什么都不打算说，可可于是转而看向大缯，被她盯得心底发毛的大缯只好稍稍露出一点信息，“杨竟成，本来是法院那里的新人，他家里想了办法把他调到刑警……”

局长突然咳嗽了一下，大缯没声音了。

可可突然想起这个名字，那个之前和薛阳打了一架，后来给记者透露自己情况的杨竟成。

办公室里突然陷入了一阵安静，还好没过几分钟，门就被敲开了。

“局长，您找我？哟，这不是法医科的小浔吗？你们队长也在哈……”三队长还是和平时一样嘻嘻哈哈，他是全局里出了名的好脾气，就连局长老夫人也常常在人多时夸他是“全刑警队唯一不会在家里摆臭架子的好男人”。他身后跟着一位看起来很白净的年轻人，看到浔可然的时候，不留痕迹地撇了撇嘴。

局长还没来得及吱声，可可猛然从桌上抄起张白纸一撕为二，给茫然不知所措的三队长还有杨竟成一人半张，“给你们笔，请坐到那边的沙发上，然后请两位在纸上写下这样一句话，‘我可能是白痴，然而我不是。’”两人傻愣地看着眼前的女法医，看她的表情似乎不是开玩笑，然后又看向半眯着眼睛的局长。

老狐狸局长依旧不吱声，这就代表着默许可可的要求。

待一脑门雾水的两人在纸上写下这句话之后，可可又抽起纸转身走到局长的办公桌边，将两句话上的‘可’、‘然’两字用红笔圈出来，并列放在小塘村的死亡鉴定书旁，局长再度拿起老花眼镜，大缯也再次凑近来。

死亡鉴定书上“浔可然”三个字整体向右倾斜，‘可’这个字中的口是个扁扁的圈，竖勾带个小弯曲，‘然’这个字的四点中后三点连笔，三张纸放在一起一对比，签名是谁写的一目了然。

局长摘下老花眼镜，背靠沙发椅又叹了口气。

三队长终于看出这个意思来，瞪着眼睛问杨竟成，“你冒充法医签名！”

杨竟成白白净净的脸上似乎更苍白了几分。他偷瞄了一眼法医，这个被大家传说成各种各样的女法医其实他根本还没见过，没想到第一次见面就被她摆了这么一道，想起之前打架的事情，更是心里暗烧了一把火。

“我问你话呢！”三队长对于自己带出来的人居然做这种事情，自己却毫不知情大为恼火，脸上常带的笑意也不见了，“你长了几个胆子？冒充人家法医的签名？”

年轻人咽了咽口水，终于将心里的火气化为了勇气，“田柄亮那案子事实清楚，犯人秋余供认不讳……”

“我问你为什么冒充签名！”三队长声音又高了几分。

“鉴证科都说没问题了，完全可以提交公诉流程，就差她法医一个签名，她又在休假……”杨竟成说着又瞄了女法医一眼，才不是他的错，谁叫她要休假，难道破案子还等她休假完？

可可冷冷地回望着杨竟成。

“法医科每天都有人在岗，你是因为我休假，还是因为不屑于见我？”

三队长两眼一扫面前的尴尬，明白了状况，“小浔啊，对不住对不住，是我没有教育好这小子，我回去一定狠狠收拾他，你放心，我保证这种事情绝对、绝对不可能再出现。”三队长正说着似乎打算从眼前尴尬的局面中撤退，而杨竟成则更直接地半转身打算离开办公室，局长在座位上挪动了下，还没来得及开口，房间里就冒出了浔可然阴冷的声音。

“站，住。”

闻声止步的两人回头看向法医，大缯站在不远处的窗边静观情形。

可可的目光落在三队长身上，“三队长，我一向佩服你在队里做事严谨，做人最讲理，这件事情我也把话说开了，你如果事先完全不知情，我不怪你，但接下来的事情你也别插手阻止我。”

三队长刚想开口说两句好话回护杨竟成，就瞄到大缯在窗边偷偷对他眨眼示意，脑子一转，估计冒充签名这事儿没准还有下文，于是硬把话头又掐灭在喉咙口。

可可跨几步走到杨竟成面前，眼前这个新进入警队的大男人光个子就高出法医一个头，两人面对面只差两步之遥，杨竟成低着眉目光却落在地板上，并不与可可对视，心里想着大不了罚工资，多大点屁事，拽什么拽。

“你知道你做了什么吗？”可可的口气听不出任何情绪。

办公室里安静了几秒，在所有人的静候下，杨竟成才迫不得已开口，“我下次不会再……”

“我问你知不知道自己做了什么？”可可打断他的话。

似乎是自己压迫的气势冲击到对方，可可开始从杨竟成眼中看出不耐烦与不可一世的神情。

“我说过了，鉴证的都说没问题，我们队里每人手头都有两个以上的案子，事实清楚，能早结案提交检察院的就早结早了，这是很正常的事情，这案子又没什么大不了！”杨竟成终于抬起头来对视着法医。

房间里一片寂静，杨竟成的话一出口，大缯几人就暗暗叹气，这回想在可可面前替他求情都已经不可能了。

可可双手环胸，缓缓地摇了摇头，然后她转身从桌上抄起报告纸，直摆在杨竟成眼前，“你看清楚你签的是什么？死亡确定书！这上面写些什么你看过没有？你几笔下去，写的是一条人命！……没什么大不了，是……”可可嘴巴泛起一丝冷笑，“如果没死者他娘跳出来说，我儿子还活着，是没什么大不了！”说完可可愤然转身，在半圆沙发上坐下，长腿搁在花玻璃茶几上，不再出声。

大缯瞄了她一眼，眼见可可被气得够呛，这事儿要是不处理好，她非闹翻天不可。

三队长与杨竟成面面相觑了一下，“局长，这……”

老狐狸局长终于叹了口气，点了点头，“今早上田老太太又来警局，想要撤销对她儿媳妇的诉讼，说昨天她又见着她儿子了，就早上在村口，还和儿子说了两句话，所以她儿媳秋余谋杀儿子田柄亮一案，属于误会。”

“误会个鸟！”杨竟成忍不住爆出一句粗口，招来三队长狠狠一记白眼。

三队长摸着下巴仔细回想了一下才开口，“这事儿不对啊局长，甭说秋余已经提交检院，提交之前所有的报告我都看过，没有什么问题，当然，签名这事儿不算……”三队长说着又看了看沙发那边，女法医的大半张脸都躲在报告纸后，根本不予任何反应。

大缯到此时才接上话头，“那正好，你们办案的人都在这儿，老三，报告你都往肚子里过一过，能不能给我们大概介绍下什么情况？”大缯说这话心里也是盘算好了的，第三队办这案子就算没出老太太这么一件事，也有杨竟成冒充可可签名这一茬，十有八九是不可能交回给第三队重新调查，自己的小队接手过来比较好，也顺便好安抚可可的情绪，否则她带着不满再和三队合作，可能让事态更糟糕。

“我想想……”三队长在空间够大的办公室里小转了一圈，“这事情本也是田老太太报的案，说她儿子田柄亮失踪，可能被儿媳妇秋余给杀了，任务派下来给我们第三队，我带着杨竟成去调查的，田柄亮家属于小塘村的老村民，好几辈儿都住在那。他家四口，田柄亮，田老太太，媳妇秋余，女儿田思书。我们去小塘村实地调查，当天就在田柄亮家后院玉米田里发现新挖掘过的空地，翻开土发现了一具已经开始腐烂的尸体。然后……对了，然后我们连夜审问了秋余，她承认是自己杀了丈夫田柄亮，埋尸在玉米地里。所以这个案子事实很清楚，嫌疑人供认不讳……”

“供认不讳……”大缯抬起头来，对三队长所说的话思索起来。

看到他一副有所怀疑的样子，杨竟成也加进来补充，“何止是供认不讳，秋余清清楚楚地交代了杀人所使用家里的剪刀，鉴证科从剪刀上验出了田柄亮的血迹，还有秋余的指纹，杀人过程，使用凶器，埋尸地点，事实都一清二楚。”

杨竟成越说越理直气壮，但三队长却越听越皱眉。

“老三，你听出问题来了吧？”局长不知什么时候也开始正襟危坐起来。

三队长点着头，“是，这事儿是我疏忽了，所有这些事实依据都是建立在我们发现的尸体是田柄亮的基础上，现在田老太太又来撤案，如果尸体不是田柄亮，那完全要另当别论。”

杨竟成愣住了。

尸体如果不是田柄亮，又会是谁的血迹留在剪刀上？想到这里，几个人忍不住又向法医所在的沙发上看去，报告纸依旧遮住可可的眼睛，却从后面传来她冰冷的声音。

“不用看我，三队你们组年少出英雄，我相信杨竟成同志可以很轻松地告诉大家那具尸体叫什么名字、身高多少、体重几分、性别男女、年龄大小，连签字也用不着我们法医科，要么我再送一沓空白的死亡确认报告纸到你们队去？”

办公室里气氛一时间冰冻了几分，杨竟成更是窘迫得暗自咬牙切齿。

老狐狸局长只得开口找台阶，“小浔啊，这冒充签名的事儿是杨竟成做得不对，我们待会就商量怎样处罚他，不过在此之前要先一致对外，把这个案子的事情搞清楚嘛。”

可可放下手中的报告纸，阴冷的眼神扫视了一圈儿人，最后还是落在杨竟成身上，局长发话，面子不能不给，不过冒充自己签名这种事情，在可可眼里是决不可能放过的。

“尸体呢？”可可冰刀一样的眼神刺着杨竟成。

杨竟成嘴巴张张合合几个回合才吐出字来，“……火……化了。”

“什么！”这下跳起来的却是三队长和大缯。

可可反而又半躺回了沙发上，脚尖在茶几上微微摇摆起来，“真好，这下彻底没我事情咯。”

局长站起身来摆摆手，示意大家稍安勿躁，他伸手从口袋里摸出支烟，三队长就立刻上前给点上火。局长缓缓吐出一口烟雾，眯着小眼睛下指示，“老三，你现在马上去检察院把这个案子卡住，先不要和检察院的兄弟说明白，就说案子有点小问题要核实嘛，然后把所有材料统统拿回来，记住，所有！案情报告，凶器，现场照片，口供录像，还有秋余！给你三小时，我就在这儿等你回来。”

三队点了点头就转身往门口走，杨竟成也顺势跟着想离开。

“杨竟成留下。”局长补充了一句。

杨竟成的脚步随着局长一句话戛然而止，三队长跨出办公室关上门之前，最后警告地看了他一眼。

## 02　利嘴与怒火

“小杨啊……”老狐狸局长又慢悠悠地坐回那张舒适的老板椅，“这个签名的事儿，你的确做得非常不好，也难怪小浔生气，我看了也很生气的嘛。”

啊啊，您哪生气我怎么没看出来，可可在肚子里腹诽。

局长两句话一放出来，杨竟成立刻会意，转身认真地说了一声对不起。警队里呆久了，一般学会的第一件事就是成为一个顺竿上爬顺竿下滚的人精，十个有九个如此。

老狐狸在沙发椅上闭着眼微微点点头表示赞许。

可可看这情势，心里火大：你们想一句对不起就完事儿？当我浔可然吃干粮长大的没火气是吧？她悠悠然从半圆沙发上站起身来，脸上突然浮现出微笑，让在场的人都松了口气，但开口说出的话却又让所有人都把这口气又憋了回去。

可可笑容灿烂地说，“我不接受你的道歉。”

杨竟成一脸的认真僵硬在脸上。

可可看也不看皱着眉的老狐狸局长，只盯着脸色窘迫的杨竟成。

“你说了半天也没回答我的问题，你知道你做了些什么？我来替你回答好了，你冒充我的名义在死亡确认书上签名，如果没有田老太太今儿跳出来，那么事情会这样发展，秋余很可能以谋杀田柄亮的罪名被定罪，然后坐牢，直到五年后十年后不知哪一天田柄亮突然活着回来了，或者其他什么事这个误会被人发现了，然后被媒体挖掘成新闻，‘弱女子被误判谋杀丈夫坐牢’这种标题上报纸上电视，法院检察院都会拿着这张死亡确认书来向我兴师问罪，公众舆论会指着我的脊梁骨骂我，我的法医职业资格可能被吊销，更甚之，秋余可能申请百万的国家赔偿，整个警局都会被老百姓茶余饭后说成‘瞧，那帮子吃皇粮不干正事的警察出了案子就知道乱抓人顶罪！’……所有这些可能发生在将来的事，就因为今天这张纸，就因为这个不是我签的名字！就因为这具我见都没有见过的尸体！就因为你那该死的‘早结早了’的办！案！方！针！”可可说到激动处，甩手就把报告纸往杨竟成脸上扔去。

报告纸轻轻在空中飘动着，最后落在杨竟成脚边的地板上。

局长“啊哼”一声。

可可半眯着斜眼向局长看去，“我说错什么了吗，领导？”

老狐狸局长心里咯噔一下，平时小浔说不上安静规矩，但从来都老老实实叫我局长，这突然改口叫“领导”，话里还颇有威胁的意味，这个……

局长不吱声了。

大缯依旧站在窗边没动静。

杨竟成站在可可面前低着头，脸上一阵一阵发热，他从未想过法医说的这些可能，他回想当时签名时自己脑袋里在想些什么？好像自己并没有做错什么呀？于是被骂得很惨的杨竟成还是忍不住开口，“死亡确认书上的描述是鉴证科的人写的，剪刀上血迹与尸体属于同一个人也是鉴证科写的，我当时也就是跑个腿送到你们法医科去签个字罢了。”

“不，你不是送到法医科签字，而是冒充了整个法医科来签字！”可可再度熊熊燃烧的怒火使她语声越来越急促，“你见过几具尸体？你把别人的心肺肾挖出来量过尺寸吗？你不拿法医这个职位当一回事？无知所以无畏？你怎么不想一想万一出了状况是谁来对这个签名负法律责任？你？还是我？……行，你可以不把法医放在眼里，难道你也没把警察这个工作放在眼里？我不管你有什么背景，别忘了你是个警察，你一举手一投足就能毁了一个没背景的普通人这辈子的清白。你签这名字的时候难道就没想到过，那具死得不明不白的尸体哪天晚上会来找你谈谈心么？”可可嘴边浮现出阴冷的笑意。

“可可！”大缯语调有些严厉地制止她，这种像是诅咒一样的说法让杨竟成脸上毫无血色。

仿佛一口怒气发泄得差不多之后，可可转过身又坐回半圆沙发，不再出言攻击杨竟成。

大缯看到杨竟成笔直地站在那里，手中的拳头紧握，像他这样有点背景进警队的年轻人，估计这些日子以来都没什么人敢像可可这样训斥他吧？更别说他本身就对可可没什么好感。他把手中的烟掐灭，顺势和局长对视一眼，也看出了局长的为难。要是搁在别人身上，这事儿教育杨竟成几句就算了，偏偏是浔可然，这位小圆脸看似可爱的女法医其实继承着父亲军人的英气，以及师傅常丰对法医学的骄傲，冒充她在法医文书上签字，对她来说是一种对法医职业刺骨的侮辱。

“可可，杨竟成他明白自己错在哪里了，你就直说吧，你想怎么处罚他？”大缯终于还是冒着可可的怒火开口当和事佬。

“哼，”可可像个孩子一样拿脚尖踢桌子腿，“我想把他关在冰柜里去呆一晚。”

“别瞎闹了，照我说，你也不想就因为他一时糊涂，冒充你签名这事儿，就毁了他的警察生涯吧？”大缯认识可可这一年来，已经很明白她的为人，常常是刀子嘴豆腐心，果然可可喉咙里发出不满的咕噜咕噜声，却没有否认大缯的说法。

他微微一笑，“所以这件事我们还是内部解决，你没有意见吧？行，那我再提议，不如作为惩戒，让杨竟成在你法医科免费打杂一个月如何？你不是一直抱怨缺人手做体力活么？而杨竟成你也正好切身体会下法医这门工作有多辛苦，下次做这种荒唐事之前脑子更清楚一点。”

可可眼中精光一闪，“很好，今天下午就来法医科报到，我正好想清洁整个验尸房呢！不过我把话说在前头，如果你不能老老实实完成一个月的法医‘实践工作’，我依旧保留把这事儿上报给内务处的权利，不用这样可怜兮兮地看着我，也甭考虑你的背景够不够硬，你要想和我拼背景，明早儿你起床开门发现军队坦克堵在门口时可别哭。”说完可可也不拖泥带水，转头就离开了。

局长挥挥手，脸色有些发白的杨竟成也离开了。

大缯给局长的烟上个火，微微一笑，“这丫头就一张利嘴，领导您别和她一般见识，什么坦克也搬出来了，呵呵。”

局长悠悠吐一口烟，“她说这个是为了提醒我别偏着杨竞成。”

“唔？”

局长点点头，“你们都不知道，几年前小浔她爸为了阻止她正式当上法医，曾经冲进我办公室和我‘谈话’，被我打了一下午的太极，最后也没答应拒绝她的职位。谁想到第二天一大早，我开门就看到一整个连的军人整整齐齐地站在我家门口马路上晒太阳练操，把我们家老太婆给吓得哟。”

大缯哭笑不得地愣在那里，他知道可可的父亲是军队里的领导，也知道他当年不同意可可当法医，不过还真没想到有过这么一出，“然后呢？你答应退？”

“退个头，”局长掐灭烟，“我花多大的劲儿才从常丰那里把这个法医抢到手？省里也想要常丰亲手教出来的这徒弟，发现被我暗度陈仓了，喊了两次叫我去开会，然后批评我处理部门合作不当，差点没掐死我这把老骨头。对了，你知道我第一次见到这丫头是啥情形么？我一进常丰家的门，这丫头从厨房间里冒出来，那时我俩谁都不认识谁，她单单瞄两眼我走路的姿势，就问我以前左小腿是不是折过？嘿！这丫头把我给愣的！那时候我就决定我要这个人才，天王老子来了我也不退，至少我在这个局长的座上，有她做法医，我心底安生。这话你可不准说出去啊，还有！我告诉你啊大缯，你要娶这丫头我没意见，但是你如果不让她继续当这个职位，我把你给折两半信不信？”

大缯不顾局长吹胡子瞪眼的表情，哈哈大笑起来。

# 03　徘徊的女孩

徐婉莉打开会议室的大门，眼前的一幕让她愣住了，会议室偌大的圆桌上铺满了各种白色的报告纸、彩色放大的照片，以及杂乱摊开的书籍。

可可从混乱的资料中抬起头来看看她，“辛苦了，谢谢你的奶茶，很好喝。”

小徐一脸崩溃的样子，之前她送奶茶进来时，这大圆桌可是干干净净的，这才过去十几分钟吧，就成这扑扑满的形势。

仿佛从她脸上扭曲的神情看出来她的想法，可可指着一整桌的资料对徐婉莉微微一笑，“放心，离开的时候我会让它恢复成我来之前的样子。”

可可第一次见到徐婉莉还是在那起震惊社会的路边侵犯女性的案子，穿着高跟鞋一脸主宰神情的小徐兴冲冲对可可说，“别打我们队长的主意！”之后她又碰巧撞见嫌疑犯企图掐死可可，于是在这么一个偶然的机会下，她救了可可一命。命运或者说缘分，这种事情可可本来不太在意。但不得不说，最近小徐对她的态度十分稀罕地亲近起来，有时中午她会突然冲进法医科找可可一起吃午饭，有时买了新的饰品又跑来问可可好不好看。

徐婉莉性情率真，一开始可可还不习惯她突来的热情，后来渐渐却被她活蹦乱跳的样子给感染到了一块去，两人性子一冷一热，外表一个可爱一个清爽，并肩走在公安大楼的食堂里时，常常招来各个分队的警员不断“骚扰”，不是邀请晚上一起去唱歌，就是请客吃午饭吃晚饭吃烧烤吃火锅，以前可可一个人时，冷冷的气息把这些趋之若鹜的男人赶得远远的，现在和热情活泼的小徐一起，反而温和了许多。不过她心里清楚，小徐对她突然的热情并不是没有来由的，而且起因也多半和大缯有关，她并不开口问，照着徐婉莉八卦的性子，总有忍不住开口提出问题的时候。

在面对冲突之前，可可安静地享受这份简单的友谊。

“这都是些什么呀……咦！好恶心！”小徐凑到可可身边，突然被眼前的照片给吓到了。

可可从她手上拿走照片，“小塘村案子的资料，三队刚从检察院抢回来的东西，这里是……”一边自言自语，一边走到圆桌旁的大黑板前，黑板上有可可密密麻麻写的案情分析。

小塘村凶杀。

死者：田柄亮，丈夫

报案人：田老太太，婆婆

嫌疑人：秋余？媳妇

现场：小塘村田柄亮家门厅

埋尸地点：田柄亮家后院玉米地

死因：锐器刺破心脏

尸体描述：从玉米地里发掘出时，面部朝下，双手交叉胸前，上身穿咖啡色针织衫，下身灰色尼龙裤，黑色皮鞋。尸体已开始腐烂，腹部出现尸绿，蛆虫生长长度约0.1-0.2厘米，判断距离死亡时间48小时以上。

嫌疑人描述：秋余，被害人妻子，案发3号夜里，因琐事与丈夫争吵，冲动杀人，用剪刀从背后刺入被害人胸口，致其倒地死亡，然后将被害人拖进后院玉米地里埋葬。

写到这里，可可手里拿着马克笔停住了，她保持手停在黑板上的姿势却一动不动，身后的婉莉看到好奇地问怎么了，过了好几秒，可可才回过头来，在杂乱无章的桌上翻找起来，过一会她找到一张尸体背部伤口的放大照片，照片上尸体背面有个放大的近似扁菱形伤口，上下对称。

放下这张照片，可可从口袋里摸出手机拨通苏晓哲的电话，“晓哲同学，杨竞成有没有乖乖打扫办公室？很好，现在有事需要你……嗯，很简单的事……请你帮我弄一大块猪肉来，要生的，嗯……理由嘛……我饿了嘛。”说完就挂掉了电话。

一旁婉莉目瞪口呆地看着她，“可可，你要干吗呀？”

“呵呵，”可可笑着又坐回桌边，把脸趴到了桌上，“唉……只有照片，居然火化了，火化了……留几块骨头也好的呀……呜……火化了。”

看到可可趴在桌上一动不动，而眼前满大桌的杂乱资料，婉莉终于忍不住动手整理起来，“别嘟囔啦，周队长他们不是去小塘村帮你找资料了么？”

“嗯？……对哦！”可可像想到什么似的猛然跳起来，“啊啊啊忘记和他说了！”

她再次拿出手机拨通大缯的电话，“嗯，是我，你到小塘村了么？正好正好，骨头！骨头！我要骨头啦！就是火化之后骨灰，还还还有，跑一趟田柄亮的家，我需要他平时用的梳子、剃须刀、还有最近穿的衣服两件，对！都要都要！如果小塘村最近还有什么失踪人口记录，也一样要那人用过的梳子衣服之类的，嗯嗯！”

挂了电话，可可长呼一口气，这下至少可以先确认这个田柄亮到底是死是活了。

市公安局正面前是一条崭新的八车道大路，而两边则设计成了景观河流过的小花园。三月明媚的阳光落在树叶上，景观河边的长椅上，坐着下棋的老人，卖烧烤的小摊贩，奔跑的小孩子，还有跟在孩子身后、手里捧着饭碗哄孩子吃饭的爷爷奶奶。每到黄昏时分，相约一起跳舞的中年人则在小花园里摆上一台录音机，伴随着响亮的舞曲，吃过晚饭的人们优雅地转着舞圈，散发出夕阳下生活的气息。

公安局的侧门虽不及正门大气磅礴，却也门卫森然。一个十几岁的女孩出现在门卫不远处，一会站立不动，一会又踢着脚下的石子走几步，但徘徊了二十几分钟都没有离开的意思。门口站岗的武警战士早就注意到她，女孩背着一个灰色书包，看起来像是逃学的初中生。当女孩第四次站定在那儿盯住公安大楼时，战士对着肩上的对讲机说了几句。不一会儿，两位保安就出现在门口，他们径直向着门口不远处的女孩走去。当两人距离女孩还有十几步的时候，女孩突然转身跑起来，灰色的大书包随着她有气无力的步伐上下抖动着，没几步就被保安抓住。

一个保安叔叔一脸得意的神情抓住眼前又瘦又小的女孩，“你叫什么名字？老在这转来转去干什么？”

另一个保安则温柔些，“诶诶老王你吓到人家小姑娘了，”他说着蹲了下来，直视着眼前的女孩，“小朋友你的学生证带了吗？你来找什么人吗？”

女孩两手紧紧攥着书包的肩带，一声不吭。

两位保安叔叔对视一眼，觉得还是带着这孩子回保安科问问清楚情况比较好，但女孩紧攥着书包死赖在原地不肯动，扭动着挣扎，一时之间两位保安竟也拿她没办法。

“哦哦，大白天的强掳儿童啊……”

身后出现的声音让两位保安吓一跳，他们转身看去，穿着白大褂，手持一把羊肉串的女法医正冲着他俩笑。

“哦，浔法医啊……你怎么又买这些不干净的小吃啦？你老买这些羊肉串，所以那些附近的烧烤小摊清都清不干净啊，我上次和你说的嘛……”

“我知道我知道，”可可挥舞着一爪子的羊肉串，“不干净嘛不干净，放心，我下次一定不买了，对了，你们这是哪一出好戏啊？”

明知道浔法医是“虚心接受，坚决不改”，保安叔叔也是无能为力，“这个女孩在门口老转悠，看起来很奇怪，我们想问问她来找谁，她转身就跑，现在也不肯和我们说话，带她去保安科问一下情况她也不肯去，唉……我也不知要怎么办了。”

可可耸耸肩，转身打算离开，背后的女孩突然开口了，“法医是警察吗？”

三人一齐向女孩看去，她的眼神疑惑却也带着桀骜不驯的气息，大胆与浔可然对视了几秒，可可突然对眼前这个大胆的女孩有兴趣起来。

“走，姐姐带你去吃烤鸡腿好不好？”说完可可就转身向小花园走回去，而趁着两位保安目瞪口呆之际，女孩迅速地跟着可可跑了。

老王与搭档大眼瞪小眼了一会，“怎么办？”

“……什么怎么办？跑了就算了呗。”

保安叔叔很失落地往侧门走了回去，“明天一定要再对小花园的烧烤摊清理一次。”

“呼！呼……”

“好烫好烫……”

“呼！呼……”

“哈，这个不烫了，给你吧。”

女孩盯着可可递过来的羊肉串迟疑了一会，还是接了过去。

“呼……呼……法医啊，算是警察吧，不过法医多数都在调查证据，而不是像一般警察那样出去抓坏人。你找警察干吗，你想报案？”

女孩低头啃着羊肉，一时间不说话了。

可可看着她倔强的侧脸，忍不住笑了，“吃完这些我就要回办公室了，如果你什么都不说的话，我可帮不了你，到时候，你岂不是就白来了？”

女孩听到可可的话，吃羊肉的动作停了下来，过了一会，她低声地说，“杀人凶手，都关在警察局里吗？”

可可眼神里闪过一丝警觉，“要看什么人，正在审理中的嫌疑人在看守所，已经定罪的罪犯都在监狱里，你要找的人经过法庭审理了吗？”

女孩摇摇头，可可忍不住看了眼她的书包，“你读几年级？”

“高二。”女孩抬头看着可可，眼神中带着一丝骄傲。

高中生？这个身材瘦小的样子，让人以为还是初中生呢，职业习惯让可可不由自主想到了那些受家庭虐待的孩子。

“警察说……”女孩皱着眉突然开始说，“我妈妈……杀了我爸爸。”

可可手上的动作停了下来，家庭凶案近几年发生率高了许多，但无论是妈妈杀了爸爸，还是爸爸杀了妈妈，最后留下的受伤的，都是没准备好面对这种残酷的孩子。

可可忍不住伸出干净的那只手，轻轻摸了下女孩的脑袋，“警察说的，你不信吗？”

女孩摇摇头，“我不知道。”

可可突然埋怨自己，她怎么会理解，妈妈为什么要杀爸爸这种事情？她背上那个灰色的书包，可可近看才发现，是个被磨旧到看不出原来颜色的书包，所以看起来灰灰的。

看到可可盯着自己的书包，女孩突然来了精神，“这个书包是我考上重点高中的时候爸爸给我买的，看起来有点旧哦，但是很好用，所以我一点不想换新书包，等到我考上清华北大……"

也许是想说“考上了清华北大，爸爸再给我买新书包吧”之类的话吧，女孩的话突然停住了，可可抿嘴想了一会，把吃剩的羊肉串木棒都装进塑料袋扔进垃圾桶，转身对女孩说，“走，我带你去找找看你妈妈在哪里。”

“不……”女孩突然摇头向后退了两步，“我不去了，妈妈要是知道我逃学来看她，会凶我的。”

“凶你？为什么？”

女孩低下头有点不好意思地笑了，“因为爸爸说，要考上清华北大，就必须每天都努力念书。”

可可愣住了，看到女孩打算离开，她忍不住开口问道，“你叫什么名字？”

女孩扭头对着可可淡淡一笑，“我叫田思书，谢谢姐姐的羊肉串，很好吃。”

田思书……田……她的父亲叫田柄亮，可可猛然抬起头来，女孩的身影已经跑远。

# 04 凶器不是凶器

苏晓哲，徐婉莉等人对着面前这一大块生猪肉茫然无措着。

可可将医用手套戴上，从洗手池走到桌旁，看都不看周围人奇怪的神色，直接从桌上找到装着凶器剪刀的物证袋。

“浔……浔姐你干吗啊，这是凶器诶。”苏晓哲忍不住叫了起来。

可可看都不看他，“我知道。”

在可可将剪刀拿出来在对着猪肉比划了两下后，晓哲再次忍不住提醒道，“浔姐，这凶器还没过法庭审讯，污染物证不太好吧？”

可可看了晓哲一眼，嘴角露出鬼魅一笑，“如果我说这不是凶器呢？”

话音一落，还不等旁人反应过来，可可高高举起剪刀，猛然刺进那一大块生猪肉。

可可把左手的手套脱下来，拿起桌边的一张尸体伤口的放大照，和猪肉上形成的创口对比起来。

苏晓哲围着猪肉团团转，嘴里不断嘟囔，食堂师傅还要我把猪肉还回去啊怎么办怎么办……

猪肉上剪刀刺进的创口呈不规则菱形，右上有个小尖角，左下也有个小尖角，而照片上尸体背部的伤口呈左右几乎对称的扁菱形。

“诶？不一样？”凑过脑袋来的婉莉也发现了其中的区别。

“嗯……”可可开始在被婉莉收拾得整整齐齐的资料中翻找起来，“剪刀剪刀……啊在这里，剪刀的物证检验，有秋余的指纹，田柄亮的血迹，那就是符合尸体的血迹……嗯……就算有血迹，这把剪刀也不是造成尸体上这个伤口的凶器。”

苏晓哲也被吸引了过来，“这么说秋余坦白的凶器其实不是凶器？她为什么要撒谎？”

徐婉莉抬头看着天花板思考道，“秋余撒谎，要么她根本不知道凶器在哪里，要么就是故意说这剪刀是凶器，不管是哪一种，她都是为了包庇真凶才对。”

可可若有所思地低着头。

苏晓哲说，“她如果不知道凶器在哪儿，会这么巧供出一把有指纹有田柄亮，而不是尸体血迹的剪刀？我觉得她是故意的，故意准备好了一把只有自己指纹的剪刀，如果不是浔姐仔细，连物证科都没发现有什么问题嘛。”

“或者，”可可皱着眉，“秋余是被逼供的。”

“诶诶诶诶？”

苏晓哲等人都发出惊讶的声音。

同为司法工作的一员，可可当然不愿事实的确如此，但是警方认为事实清楚证据确凿，而独缺嫌疑人的口供时，往往会采用许多审讯手段，心理脆弱的人并不一定能承受住这些，为了摆脱这种痛苦的审讯，甚至愿意“警察需要什么口供我就说什么口供”，这样得到的口供往往很危险，因为它的背后往往是一个大大的“冤”字。

“苏晓哲，给三队长打电话，我要见秋余。”

可可的话音还没落，办公室门口突然发出巨大的“砰”一声。

大家走出会议室，原来是大缯带队回来了，可可看到大缯脸上神情阴怒，就没开口，没想到还未学会察言观色的徐婉莉已经径直走了过去，“队长！和你说了很多次了，咱们办公室的门经不起你这样踢的呀！再踢真的要散架了啦！”

大缯恶狠狠地瞪过来一眼，“老子高兴，你管我！”

婉莉被大缯凶狠的咆哮给吓到了，愣在原地，眼眶一下子就红了起来。

可可忍不住皱起眉，冷冷的声音穿过整个办公室，“周大缯，有气不要撒在自己人头上，凶女孩子算什么好汉？”

大缯这才看到站在会议室门口的可可，皱着眉哼了一声，走回自己办公

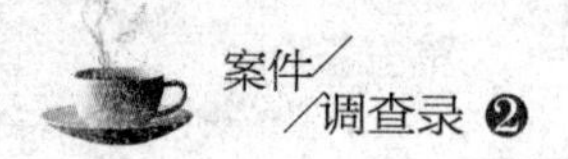


室关上门。

薛阳看到队长走进办公室关上门，连忙走到快要哭出声的徐婉莉身边安慰起来，“小徐你别哭啊，队长不是凶你，不不不……不是你的错，是我们在小塘村遇到点麻烦，队长心情不好。”

徐婉莉还没开口，两颗大大的泪珠已经落了下来。

“遇到什么？”可可走了过来。

“哦，浔姐，你要的物证都用物证袋包起来了，还有那个那个……骨灰盒，王爱国直接送到你们法医科去了。”可可转身看了一眼晓哲，后者立马意会，匆匆走了出去。

“遇到什么？”可可重复问了一遍，白翎和薛阳等人对视了一眼，忍不住叹了口气，“有小塘村派出所的所长陪着，一开始都还挺顺利，我们直接去了田柄亮的家，他女儿田思书在学校里，但是田老太太在家，我们重新调查了当时挖掘出尸体的玉米地，还有拿到田柄亮的梳子啊什么的，然后跟着老太太一起去田柄亮的墓地……”

薛阳突然插进来，“对了说到田老太太我就觉得奇怪，她坚持说儿子还活着，却不太乐意我们调查死的究竟是谁。”

白翎也点了点头，“哦，然后问题就出在墓地里，我们刚要取走那个田柄亮墓地里的骨灰盒时，不知从哪里冒出一群当地村民，闹着要我们把骨灰盒放回去，说田柄亮家历代是小塘村的长孙长系，他家的墓地也位居整个小村墓地之首，这墓才下去头七天都不到，如果重新挖出来带走，一定会破坏他们小塘村的风水，会发生大灾难。”

薛阳也开始叹气，“唉，一群不讲理的汉子，周队长和小塘村派出所长解释了很久他们都不理解，又说我们是阶级敌人派来破坏小塘村的，又说我们是来破坏证据然后就可以不查这个案子了，后来派出所长发火了，揪着领头的那个吼了他几句，那个领头的就大喊大叫‘警察打人啦警察要打死人啦活不成啦要打死我啦’，然后拿锄头之类的农具对着我们乱挥……”

可可点点头表示理解他的心情，直截了当地问道，“大缯做了什么？”

如果他什么都没做，说明他的情绪还在可控制内，回来就不会不分青红皂白凶婉莉。

薛阳突然低下头不说话了，白翎皱着眉道，“队长对着天空开了一枪，震住了那些农民，抓住领头的那个，以妨碍公务逮捕，趁他们还被吓得发愣时，我们迅速带着人和骨灰撤回来了。”

原来如此，可可微微点了点头，她并不在现场，不知道当时的情况有多紧张，大缯鸣枪的目的，肯定是为了阻止事态的进一步恶化，但这枪一开，他就必须要向上面写详细的报告，如果写出来的理由不够充分，还要补充检讨，警察开枪这种事一向可大可小，内务部还要详细调查，这一枪开出去，大缯心底的压力可想而知会很大。

几千年来，民众恐惧一切权力，有枪的警察也成了其中之一，因为内心的恐惧，他们对警察的情感也变得复杂起来。有些人无论发生什么，都倾向于警察做错了这种观点。所以身为一名警察，即使你面对这种“和他讲理他得寸进尺，对他管束他哇哇大喊你欺负他”的人，也得忍心忍气，争取以最少争端的方式来解决问题。

当然，这样的人在泱泱人群中只占少数。

门轻轻被推开，大缯停下手里擦枪的动作，抬眼看了看进门的可可。

“干吗？”他没好气地说。

可可将茶杯轻放在他的办公桌上，“秋余交代的那把剪刀，不是凶器，不符合尸体身上唯一的伤口形状。”

大缯停下了擦枪的动作，眉目一转，“她在包庇谁？”

可可摇摇头表示不知道，“这不是规矩么，我给你证据，你调查相关人之间的关系背景。”

大缯想了一会，然后放下手里的枪，提起桌上的电话就拨上了，“喂小王，你把东西送到法医科没？嗯，先别停下，你去之前关押秋余的看守所一趟，查查这些天来有谁来看过她，对，从被抓起来到现在的记录都要。”

刚放下话筒，大缯就察觉脖子上一凉，可可不知什么时候如鬼魅一般已经站在他椅子后，一双凉凉的小手正按在他的肩上，不急不缓地给他按摩着。

肩上温软的双手让大缯烦躁的心情一下子开朗不少，不过他努力绷紧脸，因为他深知，像可可这种脸皮薄的小丫头，现在他如果得意一笑肯定把她给气跑。

“晚上一起吃饭吧。”可可轻轻的声音从身后传来。

“嗯……那吃完饭还有什么节目不？”一不小心狼尾巴又出来了。

可可低下头凑到大缯耳边，轻悠悠呼出的气息让大缯说不出的紧张起来。

“有啊……”可可轻吐完两字，双手就在他肩头猛然一紧。

“嗷！”大缯捂着刹那间疼痛不已的肩膀，哭笑不得。

可可转身在办公桌对面的椅子上坐下，大缯揉着肩膀沉默地看着她，一时之间，小小的办公室里蔓延出一种奇怪的安静气氛。过了许久，刑警队长才找到开口的勇气。

“可可，你之前说，有话和我说……”

可可疑惑地看着他，“我什么时候说过？”

“嗨！”一向沉稳的大缯急了，“你你你之前说，等那个人头的案子结了，有话和我说，你不记得了？”

可可眨眨眼，猛然想起那个晚上，大缯送她到家后，转身要离去之前，自己说过的话，然后脑海里又想起那个坐在姐姐墓碑旁的黎明，自己曾暗暗对着姐姐和牧雪许诺，要说出的心意……

并不是为了忘记而前进，而是为了更用力地活下去。

看着眼前的丫头低头沉默着，一脸让人捉摸不透的神情，大缯突然又手足无措起来，他顺手拿起桌上可可给自己泡的茶喝了一口。

“噗……”这什么东西这么苦！毒药啊？”大缯一口茶下去差点吐出来。

法医忍俊不禁道，“苦丁茶，给你败火用，看看你几岁的人了，这几天上火都发痘痘了……诶诶队长大人，那可是我亲手泡的啊，你敢倒掉试试看，我那儿有的是无色无味的败火药，下次给你试试效果？”

“不不不，”大缯连连摇手，“我喝我喝，法医科里出来的无色无味药，这听着就让人冰凉冰凉地败火啊……”

## 05 苍茫恨意

风吹起办公室的透明窗帘，午后的阳光碎碎地洒进木地板，浔可然刚吃完午饭归来，办公室里慵懒的三月气息让她不由自主地打了个哈欠。

打开电脑，转身从柜子里取出袋装的可可奶茶，热水冲下，一股暖暖的香甜从马克杯中升起。

想到前几天提起关于想要和周大缯说的话，可可一直都没想到要怎样开口，想来自己也算不小了，却对感情的事情一无经验，以前一心考虑法医学上的事情，也习惯了男人听到她的职业时那种古怪的面色。不久前古吉曾想和可可好好谈一谈她的心态，被她半开玩笑地拒绝了。她很清楚自己在做些什么，想些什么，即使知道自己一直放不开对姐姐的愧疚，所以宁可在感情上封闭自己，但知道又如何，多少人明知道是错的想法依旧抱着不肯放？

人生在世，有多少人能心无执念？

执念……好比自己，还有……那个男人……

叮咚！

电脑音箱里发出邮件的提示音，端着杯子的浔可然顺手点了两下鼠标，电脑右边连接着的打印机就发出吱吱的工作声，几张密密麻麻的报告纸被打印机吐了出来，她拿起最底下一张，抬头写着“DNA 多态性对比报告”。

右手刚把杯子放回桌上，还没来得及细看，只听得办公室的门被“砰”的一声踢开。

“可可，有尸体，我们去现场。”周大缯像一阵劲风刮进办公室。

女法医皱着眉指了指沙发脚下的工作箱，大缯立刻会意把沉沉的箱子背上肩，继续杵在门口。

猛喝一大口奶茶后，可可右手抓起打印机里所有的报告纸，左手抓起淡黄色风衣，关上办公室的门，离开了三月暖暖的午后悠闲气息。

大缯和他的小队一共开着两辆警车，白翎、薛阳以及王爱国一看到队长身后出现的女法医，立即识相地统统挤到另一辆警车上，另外两个警员本想上大缯的车，没来得及吭声就被小白一把抓走。

“活腻歪了么？破坏大队长的二人时光？”小白义正辞严地吓唬不明真相的同事，顺便把队长和女法医的八卦“一不小心”地散布开了。

警车在国道上一路狂奔，可可坐在副驾驶的位子上，盯着手里的报告纸出神，车窗里吹进的风飘起她的刘海，让开车的大缯分心起来。

“可可……”大缯轻轻叫了声。

可可没反应。

冷不丁地，大缯伸只手捏了一把可可的脸蛋。

“干吗！”可可拍开他的手后怒目而视，刑警队长不禁赔罪一笑，“看你没精神，提提神嘛。”

“去……”可可放下报告纸揉着眼睛，“我就是有种不好的预感，待会看到的东西不会好到哪里去。”

大缯沉默了一会，没有正面回应她的话，“你手里拿着什么纸？”

“我正在想这个呢，小塘村采集来的物证对比报告，DNA 对比结果，骨灰上采集的基因与梳子上头发的基因、刮胡刀上的断胡须，还有衣服纤维中找到的毛发属于同一个人，梳子是田柄亮用的，刮胡刀是田柄亮用的，衣服是田柄亮穿的，这个骨灰啊……”

“那么被火化的那个真的是田柄亮？骨灰不是他的意外可能性有多少？”

可可点点头，然后又摇摇头，“就是怕意外才让你拿好几件回来，梳子、刮胡刀、衣服这任一件都可能采集到不是田柄亮的毛发，但三件都采集到同一个人，不是田柄亮的几率太小了……小到不可能。”

把车速微微降低些，大缯双眉不自主地皱了起来，“这么说……田老太太在撒谎，她不可能又见到她儿子还和他交谈过。”

可可把报告纸折叠起来，“大概老太太知道秋余是冤枉的，所以找个自以为是的理由希望把她放出来。”

可可话音还没落，大缯口袋里的手机就开始震动起来，“我大缯，说……嗯，叫什么名字？张尚，嗯，我记住了，小王你带人……什么时候？哦……”

放下手机大缯嘴角露出不经意的笑容，“你猜秋余在看守所里唯一的访客是谁？”

“张尚？谁啊？”可可疑惑地问。

大缯语气中带着几分得意，“在小塘村带头闹得最凶的，不准我们带走骨灰盒，然后被我以妨碍公务罪抓回来拘留的那男人，就叫张尚。”

可可与大缯对视一眼，两人都带有一种果然如此的神情。

所谓家庭内的悲剧，大多不止是家庭内部的人参与而已啊。

两辆警车在国道边停了下来，可可下车顺着其他先到现场的警员示意，走下杂草丛生的斜坡。

耳边传来隐隐的狗吠声，充满躁动与压抑的声音。沿着斜坡一路走下去，首先看到的是先到现场的片区警员，正与一个身穿运动装的男人交谈，男人手里牵着一只体型颇大的狗，可可依稀记得这种浑身雪白的大狗似乎是以温顺出名的犬种，此时却烦躁地在主人脚下不断想挣脱链子跑开。

周围片警已经拦起警戒线，这片杂草丛虽说有些荒凉，但靠近人来人往的国道，况且道上停着的四五辆闪烁着红蓝警灯的车，早就将附近镇子里的群众给吸引了过来，连国道上都堵满了好奇观望的私家车。

大草地上，三三两两的警员正在相互交流发现的情况，但仿佛约定好一般，谁也不靠近正中间白布遮住的东西，于是可可就看到这么一种奇怪的情形，以那块白布为中心，方圆五米内一人没有，五米之外却形成了警员圈，警戒圈，以及其外围观人群几层圈子。

大缯跟在可可身后，他也注意到了这种奇怪的状况，原本就沉重的心情就更抬不起头来，他向身后的白翎招招手，让他直接去找那个牵着大狗的目击证人，若是让白翎看到那块白布下面的东西，还不知道要吐成什么丢人样子。

可可在白布前蹲下，从口袋里摸出消毒手套戴上，然后轻轻地掀起盖在草地上的白布。

首先映入眼帘的，是一双赤裸的、发青的小脚，她停顿了一会，才将白布整个掀开，不远处围观的人群中似乎发出了什么惊乍声，可可统统都没注意到，眼前的人，吸引了她此时此刻全部的注意力。

小小的身躯，穿着纯白色的寿衣，衣角还绣有飘逸的孩童与仙鹤图案，平静的脸庞好像只是睡着了，右手里还拽着一个绒布做的恐龙玩偶，稚嫩的嘴唇因为死后脱水而皱起来，可可轻触孩子的嘴角，一点细微的白沫痕迹出现在手套上。

大缯走近后也被这个特殊的受害者给吓到了，他忍不住问，“多大的孩子？”

“从颅骨形态和牙齿上看，不超过 18 个月。”可可一边回答，手上的动作却一刻也不停。

“可可，你捏他的手和大腿干什么？”大缯问。

可可没回答，双手一会捏住孩子的上臂，一会又捏捏大腿，两块地方都显得异常僵硬。

过一会，大缯忍不住又开口问，“……被冻死的？”

等了好一会儿，可可才停下手里的动作，她轻轻把白布重新盖好，叹了一口气，起身站直。

“嘴角白沫痕迹，上臂肱二头肌、大腿股四头肌明显痉挛……应该是急性农药中毒，具体什么农药要回去检验。”

“不是冻死的？那脚青成那样……”

可可摇摇头，“春天早晚寒冷，孩子被扔在这儿起码有大半夜，气温低，死后血液凝滞，脚青是正常的……”说到这里，可可又愣住了，大缯看出她有些话没说，就盯着她看。

“大缯……这是谋杀，”可可眼神看向远方，话却低沉地传进身边人的耳朵里，“孩子的脚很干净，他是死后被人抱到这里摆好的，有人给他下毒，等他没了气息，把他嘴边呕吐的痕迹、身体的排泄物都擦干净，穿上准备好的白色寿衣，抱到这里放下，等着被国道上来来往往的人发现……”

“听起来，仇很深啊。”大缯看着不远处围观的人群，“杀死孩子，是为了折磨大人。”

白翎和同事打好招呼，一边拿出小记事本一边和眼前的男人开始交谈。

“你好，我是市刑警队的，我知道你之前也许已经说过一遍情况了，但是麻烦你再和我讲一遍好么，你是怎么发现尸体的？”

男人一手用力拉住脚下躁动不安的大狗，一双英眉情不自禁地皱了起来，“我带阿博，就是我的狗出来散步，是早上……7 点不到一些，沿着这国道，”男人指了指国道南边的方向，“那边是我家的小别墅，就从那边慢跑过来的，然后快到这里时，阿博开始变得奇怪，起初突然不肯走了，一直愣着，然后我扯着它走到这里，突然开始狂吠，发狂一样地挣脱了我牵的链子冲下坡，我于是跟下来，看到他正冲着……那个……孩子，不断狂吠，却又不敢接近，然后我就用手机报警……”

白翎瞄了一眼脚下的阿博，这会它站着不动，眼睛看向远处大缯与可可所在的地方，尾巴低迷地沉着，一动不动。

“你跟着你的狗冲下坡的时候，有看到周围有什么人？或者国道上停着什么车吗？”

男子想了一会，摇了摇头，“大清早的，我们一路慢跑过来都没看到什么人，车子倒是有的，但都是飞速从国道上开过的那种，也记不清是什么车，不过我下草地的时候，肯定周围没人，所以……瘆人得慌。”

白翎离开前想摸一下大白狗表示友好，没想到阿博龇牙咧嘴露出一副凶相，主人厉声喝止了它，“对不起，阿博平时不这样，我估计是因为看到那个……孩子，它平时很喜欢和小孩一起玩……”

白翎点点头，转身向队长所在的方向走去。

大缯指挥着负责摄像的王爱国，将现场的样子，地面上的草痕，离国道的距离等等都拍摄进录像里，白翎走向前在他耳边低语了几句，他微微点头，两人一同转身看向法医。

可可正蹲在孩子面前，他幼小的脸庞像是睡着了一样。并不是没有处理过孩子的尸体，但是相较于成年人，这样大小的孩子被谋杀的确是非常罕见，

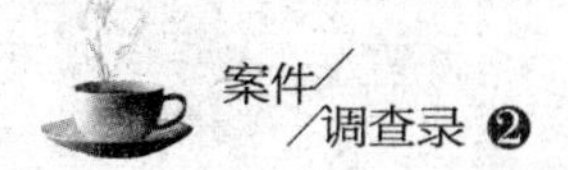


孩子死亡大多是意外，或者由于父母的疏于监护导致，看看眼前这一幕，还不及自己胳臂长的孩子被穿上纯白的寿衣，摆在这个天地苍茫的草地上，可可隐隐察觉到一种阴暗的恨意，缠绕在纯白的脸庞上。

“可可，运尸车到了。”大缯的声音从耳边响起。

两位身穿蓝衣的工作员带着尸袋走了过来，可可对他们摆摆手，“尸袋大小不适合这么年幼的。”

工作人员对视一眼，递给可可一块平时盖在尸体身上的蓝布。

可可想了想，接过蓝布，将地上的孩子轻手轻脚地浑身包裹起来，她拒绝了运尸工作员的帮助。

被包裹起来的孩子只比热水瓶大一些，可可两手从他身下抄起，将孩子整个抱起来，缓缓向运尸车走去。

虽然整个尸体都被蓝布包裹起来，但可可抱住孩子的动作，却在不断提示着周围的人眼前这位受害人的年幼与无辜。一路缓缓走去，周围的鉴证科工作员，民警，围观者，都瞬间安静下来，只有那只叫做阿博的大白狗，突然仰天长啸，悲戚的哀叫划破空旷的国道两边，连主人轻抚它的脑袋也无法令它安静下来。

一步，一步，踩着脚下青绿的杂草，想象着之前的某一刻，凶手也是这样把孩子僵硬的身子抱在手里，放在那片草地上，可可心中就燃起一种无以名状的情绪，她把孩子抱在怀中幽幽低语道，“无论出于什么理由，利用你来宣泄仇恨的人，都无可原谅。”

## 06 家

“浔……浔姐，我们这……算是私奔不成？”小暴一边高速开着车一边嘀咕道。

“叫我老师。我记得你有来上过我的课吧？一日为师，一辈子都要叫我老师！”坐在副驾驶位子上的浔可然正从随身小包里翻出相机查看电源，“另外，我就是要找个小盆友私奔，也是苏晓哲排在第一个。”

“啊！你果然看中晓哲！”不知为什么，小暴突然变得怒气冲冲。

浔可然冷冷地斜瞄了他一眼，“我对年纪比我小的没兴趣，不过你好像对苏晓哲很感兴趣啊……”

可可话还没说完，小暴打方向盘的手猛地一抖，“浔浔浔老师，不带你这样损人的……”

“好好开你的车，你要是撞上什么树干啊之类的，我一定丢下你自己去小塘村。”可可笑着说。

“可是你也不告诉我为什么要去小塘村……”

“谁让你出现在犯罪现场还叫我名字来着？”半小时前，可可正打算和运尸车一起随着那个孩子的尸体回警局时，围观人群中突然有人叫自己的名字，可可回头发觉小暴同学正努力挥手引起法医的注意，对记者倍感头痛的同时，可可突然想到小塘村顺着国道走不远。

从前一天见到田柄亮的女儿田思书开始，可可脑海里就一直有种怀疑，但显然，和村民闹僵的刑警队再出现在小塘村的话，侦查一定还会受阻，而作为记者如果出现在那么一个小村子，也许反而能方便套话。想到这里，可可和同事交代几句，边转身笑吟吟地向小暴同学走去。

“可是我明明是追着弃婴的案子来的……”小暴嘀嘀咕咕着，“浔……老师，你起码告诉我，这个小塘村是个什么情况吧？”

可可歪着脑袋想了一下，大致和小暴讲了一下情况，“我和你说的这些，在我亲笔签名同意之前，你若擅自发表到报纸媒体上……”一种让小暴汗毛竖起的笑容再次出现在法医脸上，“我会让你从此在媒体界消失哦。”

小暴抖了一下开车的爪子，“浔老师您放心，绝对不说……那，那您现在去小塘村是为了……”

可可停下手上的动作，有点犹豫地看着前方的道路，“我也没想好，只是想去看看，总之……先从田柄亮他家的家庭情况打听起来吧，你不是实习记者么？发挥你打探信息本事的时候到啦！”

“……噢噢噢噢来了来了，我的机会来啦！”听到可可的话，小暴突然又兴奋地咆哮起来。

“哦，你说老田家啊？可作孽了，留下一个十几岁的娃娃，还有七十几的老娘，你说这日子以后咋办啊？”

“你是谁啊？……记者？喔打听老田吧？我们哥儿几个老交情了，打小都是这个村长大的，老田的木工是出了名的好！喝酒也最爽快！唉可惜这人都没了，还说啥呀！”

“田师傅手艺好着呢！城里那啥啥家具公司都来他的作坊定做红木家什呢！”

“啊哟那个叫秋余的婆娘啊，是他们什么远房亲戚介绍的亲事，我就说嘛，那女人看起来瘦瘦小小，贼眉鼠眼的，一看就不是好人，你瞧，出事儿了吧？”

“你不提还好，说到这个警察我就生气，不好好调查清楚，非要来挖咱村的坟头，啥证据证据的，那都是骗人的，他们就不想想俺们的风水要坏掉的呀，这回头要是今年收成不好，我非告他们不可！记者同志，你到时候可要帮俺们说话啊！”

“唉，就可怜了孩子，那娃今年好像高二来着？你说，正要高考呢，这是娃多大一事儿啊！偏偏这个时候，爹娘一个没了，一个进去了，作孽哦……”

“秋余？俺们挺要好的，出事儿前几天还一起嗑瓜子来着，唉……我偷偷和你说啊，秋余这婆娘也命苦，田师傅手艺是好，但是一喝酒啊，那个出手叫没轻没重哦！你没瞧见，我好几次看到秋余走路都一崴一崴的，别说这胳臂上那些个伤哦……”

可可确认性地问了一句，“田柄亮酒后殴打秋余？”

女人打量了两眼可可，眼神有点警惕，“哎这可不是我说的啊，我啥也没说，不知道……”

说完还不等可可开口，就猛然关上了家门，把可可和小暴关在门外。

小暴有点尴尬地看着可可，后者皱着眉想了一会后，猛然抬手用力砸起刚关上的门。

门吱吱呀打开一条缝，刚才说话的女人从门缝里紧张地打量着可可，小暴机灵地用手挡住门硬是将打开程度推大一点，可可抬手将警官证举到女人面前，“警察，如果你老老实实回答我的问题，现在你所说的事不会有别人知道，但你要是不配合，我会招来一大堆警察搜索你家，把你带到警察局问话，弄得全村都知道你喜欢说东说西！明白没？”

这个成天和牛羊农田打交道的妇人自然经不起这么吓唬，她紧张地咽了下口水，点了点头。

“田柄亮有酒后打秋余的习惯？”

妇人点点头，“虽然秋余从来不说，但是俺看得出来，俺们一起嗑瓜子，还有牵牛的时候，俺都看到她手上的青块块，还有腿上，俺家男人虽然没田师傅能赚钱，但起码不打人……这，这事儿可不是我一个人知道，有一次田师傅打得太狠了，他们家发出撕心裂肺的哭喊，连村支书都跑过去看了，这，我可没骗人啊。”

“那他女儿呢？”

“啥？”

“他也打田思书吗？”

“那没有！田师傅可喜欢那女娃了，逢人就夸他家娃读书多用功，多有出息，将来一定读叫北啥啥华的学校。有时候那女娃会来帮俺们几个娘们洗菜，也没见着身上有啥伤啊的。”

“他打秋余的时候，女儿在家吗？”

“这……这俺也不知道啊。”

可可思索了一会，点了点头，“行了，只要你说的都是实话，我不会再来找你麻烦，放心吧。”

说完和小暴转身继续往前走。

“浔姐，我们去村支书家里？”

“你反应倒挺快呵呵，但是我还想去下田柄亮家见见田思书，这样吧，我们分工合作，你以记者的身份去套村支书的话，看刚才那女人说的是不是事实，我去田柄亮家找他女儿问问话，我们就在田柄亮家门口会合吧。”

田老太太开门的时候看到一个陌生的女人站在那儿。

“你好，我找田思书。”

“你是……”

可可拿出警官证，“我是刑警队的，我想和田思书谈一谈。”

老太太的神色突然紧张起来，“不……不是……那啥……我孙女不在家，她，她在学校读书。”

可可看着眼前神色与之前大不一样的老太太，更发自内心肯定了这其中有猫腻，“老太太，学校告诉过我田思书今天在家休息，所以我才找过来。”

“不在……她出去和小朋友玩了，不在家。”

可可无可奈何地轻叹一口气，“那行，我就坐在这门口等到她回来吧。”

说完可可就后退两步，在田家的石阶上坐了下来。

身侧的门悄然关上了，可可坐在石阶上，面对挂着对联的大红木门思考，发现的尸体肯定是田柄亮，这点已经由 DNA 确认了，那老太太为什么要有所隐瞒？因为田柄亮打秋余？所以即使她杀了自己的儿子，也想替她说好话，把她保出来？还是为了孩子？因为她一个老太太照顾正要高考的孩子肯定力不从心，如果没有秋余这个娘，孩子明年高考十有八九要遭殃……

正在胡思乱想，大门突然打开了，田思书小小的身影出现在门口，“奶奶说，有警察找我，原来是你呀。”

可可忍不住微笑起来，“你还记得我。”

“我当然记得，喜欢羊肉串的法医姐姐。”田思书轻快地走到可可身边，和她并肩坐在石阶上，“你想和我说啥？”

“作业做好了？”

“嗯，”田思书点点头，“老师布置的我早就做完了，还把做错的题目都列出来订正了一遍，还有老师推荐的那本专题练习，做了两套。”

可可笑着摸摸她的脑袋，“这么用功，明年清华北大打算考哪个？”

“哪个？北大清华不是一个学校么？”

可可愣在那里，有点尴尬地说道，“北京大学和清华大学是两所大学，各有长处，但都是中国最好的高等学府，田思书，喜欢学习是好事，但读书不是全部，你该多了解其他事情，比如你想读大学什么专业，哪个大学这个专业最为有名……”

“爸爸……没有告诉过我这些……”田思书抓抓脑袋。

可可借机将话题一转，“爸爸教过你些什么？”

“很多啊，我读小学之前就会写字，就是爸爸教的，还有教我读书以后可以有大出息，可以做律师做医生，或者做村支书那样的村官。”

“有教过你怎样……打架么？”

田思书眨眨眼，然后缓缓地摇了摇头，“爸爸从没……教过……”

“田思书……你知道，妈妈身上经常受伤吗？”

空气仿佛静止了，可可觉得一时间什么声音都没了，田思书的沉默，带着那样悲哀的默认。

可可深吸一口气，“你看，田思书，事情是这样的，如果妈妈杀了爸爸，是因为爸爸动手打人，那么妈妈有一半就是无辜的，在法院审判的时候可以判得更轻一点，这样……”

“妈妈没有一半是无辜的。”田思书说。

可可愣住了，什么意思？妈妈是活该？

“妈妈完全是无辜的……完全。”田思书的眼神很坚定。

“……你是说，爸爸不是被妈妈……？”

刚才还很坚定的神情转眼又成了犹豫，“……我不知道，爸爸被谁……”

可可突然觉得自己很残忍，让这个还未成年的孩子思考是谁杀死了自己父亲，她拉住站起身的田思书，“我们不说这个，你会上网吗？”

“会，学校教过。”

“给我你的邮箱地址，我给你一些大学的资料，你可以从现在就开始考虑起来，你想攻读什么专业方向，做律师要考政法学校，做医生就要读5年制的医科大学，还有其他很多专业方向可以考虑，好么？”

田思书又微笑地点了点头，那份对未来的憧憬简直就画在她脸上。

风吹起玉米田，长长的绿叶发出相互摩擦的沙沙声，黄昏的温度从玉米杆中摇晃洒下，可可依旧坐在石阶上，微风吹起她至肩的黑发，轻轻擦动着衣服。

一抹身影缓缓出现。

“小暴同学，和村支书谈心要谈两个小时么？”

“不……唔……”小暴支支吾吾道，“嗯，那个女人好像没说谎，村支书也承认田柄亮喝醉酒打人，但是只打秋余，其他人都没碰过，连和村上其他男人打架的事情也没有过，还有，他经营的木工作坊生意好像挺不错，所以村里的委员会都挺喜欢他……”

“你迷路了？”可可直截了当地问道。

小暴脸色一下子窘起来，“我，我知道我们的车在哪里！反正，我这不是找到了嘛，浔可然你有没有问到田思书……”

嘘！

可可发出一个静音的手势，让小暴张嘴结舌地卡在那里。

叮铃……叮铃铃……

两声清脆的铃铛声之后……“哇啊！”小暴发出一声大叫，一只黑猫正在他脚下转着圈。

可可快步走过去，一把抓起黑猫，“素素，我告诉过你不要乱跑。”

“你……你的猫？”小暴惊魂未定。

可可嘴角坏坏一笑，把黑猫素素的由来用一种恐怖故事般的语气说了一遍……

小暴觉得浑身发寒时，素素以猫特有的神速从可可怀里挣脱了出来，向玉米田里蹿了进去。

“咦，你别跑啊……”可可和小暴追了过去，在一米多高的玉米田里，可可和小暴顺着素素脖子上的铃铛音，弯弯绕绕追逐着黑猫。

“浔……老师，给你的猫挂铃铛真是明智的选择。”小暴边说边拨开烦扰的玉米叶子。

“实在是它太神出鬼没了，常常在早上我起床时发现它正和我面对面，把我吓得不轻，所以想在她身上挂铃铛，但是每次挂上脖子的铃铛第二天保准不知所踪，后来是托了一位……朋友，才弄到这个铃铛。”

“朋友？……啊！在那里！”小暴叫出声的同时可可也看到了眼前的那块空地。

那是整个玉米田里一块奇怪的空地，可可一踏上去就察觉到不同。

“诶……我怎么觉得这块土的颜色不一样呢……”小暴嘀咕道。

“嗯，是不一样，这里的土最近被翻开过，这边……”可可说着走到素素旁的一块土上，“小暴同学帮忙，把这块土挖开来。”

挖开泥土没几下，就露出一块白色的布，可可止住小暴动作，从大衣口袋里摸出消毒手套，将白布轻轻从土里拽出来，白色的土布打开，里面是一把锈迹斑斑的细锥。

看到可可盯着眼前的细锥出神，小暴好奇地凑过来，“浔可然，这是什么啊？”

可可神色凝重，回头看了看玉米地的南面，田柄亮家的房子在黄昏中拉出长长的影子。

“我们大概找到了……真正的凶器。”

# 07　秋余

周大缯扔下电话，杀气腾腾地冲出办公室，一路彪悍向前，一直走到法医科办公室，抬脚“砰”地踢开办公室房门!

“浔可然你个小兔崽子！”踢开门的大缯一声吼完，然后猛然发现办公室里站着的男人并不是可可。

眼前高大的男人看起来已过半百，眉宇之间一股英气逼人，一双锐利的眼睛直射向大缯。

“你找浔可然？”低沉的声音透出一股威严。

大缯脑子里转了两个圈，猛然察觉眼前这人的眉毛和嘴角……怎么和可可有点像……

“咦？大缯你在这里……老爸？你怎么来了？”可可的声音从大缯身后传来。

老爸……老……爸……大缯觉得头皮一阵发麻，刚才自己进门时吼什么来着……

刑警队长还处于震惊中，那边威严的男人已然变成一副讨好相。

“小然然啊，爸爸给你带了海鲜货来，还有西洋参，还有你喜欢吃的……”浔爸爸一看到女儿走进来，脸上的威严全都一扫而光。

可可微微皱着眉，“爸，法医科不是食堂仓库，我不能把这些东西堆这儿，你拿回去啦。”

浔爸爸名叫浔威震，人如其名，早年在军队里是出了名的豪爽汉子，爱大口喝酒，爱比武练操，最大兴趣是降服草原上带来的烈马，当年他娶了可可母亲这位小家碧玉类型的南方女子时，队里的兄弟都目瞪口呆，后来大家才渐渐看出来，浔夫人看似温婉如玉，却有着坚韧的性格，每当浔威震在随军出发支援救灾、支持建设时，夫人一个人安静地领着一双女儿，把所有担心都藏在心底。

“可可啊……你都三个星期没回过家了。”

可可歪着脑袋想了一会，的确是有些日子没回去吃饭了，“这周末不忙我就回去住。”转头她又发现了愣在那里的大缯，“周队长，有事？”

“呃……有……不，不……没事……”大缯难得一见地开始支支吾吾。

浔威震的眼神再度锐利地射过去，“这位就是传说中的周队长啊……”语气深邃。

“爸！你特地找来就是为了塞一堆西洋参给我？”浔可然立即转移了父亲的注意力。

“哦小然然啊……爸爸其实是听说，你前一阵遇到了很棘手的案子？”

可可立刻想到那个黄昏，充满福尔马林气味的地下室……她歪着脑袋，“有么？我怎么不记得了？”

“不要瞒着你爹，你肩上的伤口怎样了？”不知什么时候，浔威震已然一副父亲的威严相。

“……结疤了。”可可低头收拾着文件，避开父亲的视线。

“然然……放弃法医吧。”浔威震语气低沉。

大缯在一旁心底一惊，但在他反应过来之前，可可早就做出回答。

“不要。”

浔爸爸发出郁闷的哼声。

可可抬首，露出狡猾的笑容，“我突然觉得周末可能会很忙……”

“好好好，当我没说过，行了吧！哼。”浔威震说完转头又去盯着大缯，那股深邃的视线令大缯心底抖了两下，不过他好歹也是出生入死过的男人，心底翻腾但面子上很是平静。

可可正低头整理桌上的资料，她很疑惑心底这股微妙的心虚是什么，似乎父亲和大缯同时出现让她有股说不出的……不安。

砰砰！

办公室门被敲开，徐婉莉站在门口，好奇地看着里面沉默站着的几个人。“可可……你是不是说要见秋余啊？她的律师带着她来了，在审讯二室。”

可可微笑起来，“谢谢，麻烦你再帮个忙，把他们带到会议室去好么？”仿佛突然找到了理由，可可开始打发老爹，“爸，我要去工作啦，你自己随意，队长你陪我去见一下秋余好么……”

浔威震像个孩子一般皱起鼻子，“然然你对爹这么冷淡！”

可可走到门口又转头，对老爹甜甜一笑，“抽屉里有糖，要吃自己拿，乖……还有，走时把那些海鲜西洋参都带走，否则我统统扔掉……”

看着女儿和刑警队长的身影一同消失在走廊深处，浔威震摸着下巴开始思索，“周大缯……”

可可和大缯走进会议室的时候，律师和秋余正在低声交谈。一如可可在资料里看到的照片一样，秋余瘦瘦小小，脸色有些苍白，散乱的长发随意被束起，耳边一缕发丝落下，似乎习惯低着头，就连可可大缯他们进门，也只是抬眼看了一下，又迅速把视线落了下去。

跟着大缯进门的白翎发出“咦……”的声音。

律师主动走上前来和大缯握手，“你们好，我是秋余的律师，我叫刘晦明，呃……对了，我们见过面，昨天早上在国道的空地上……”

“你就是带着那只阿博的人啊……”白翎插话进来，“队长，昨天早上发现弃婴的那位目击证人，带着一只雪橇犬的那位。”

大缯点点头，“真巧，不过今天我们来谈的不是那个案子，你是秋余的律师？我们有些事情要问你的当事人。”

刘晦明带着金丝眼镜，似乎是个很温和的人，但是凭着大缯阅人无数的经验来看，他更像是个外冷内热的人，眼神中充满坚韧的神采。

“首先，我始终相信我的当事人是无辜的，现在我相信警方也有同样的想法，我很少听说嫌疑人被警察从检察院手里抢回来的情况，除非你们有着确定的证据反驳现有证词。”

大缯和白翎对视一眼，然后对着律师点点头，“我们有证据相信，秋余是代人认罪，虽然她对犯罪过程供认不讳，但是有几个疑点我们还需要调查清楚，防止冤案错案的发生。刘律师……你的当事人现在可以回答问题么？”

刘晦明点点头，秋余则抬眼看了一下大缯，又迅速低头看着地板。

“秋余，你认识张尚么？”

即使她低着头，大缯他们也看得出，秋余的眉皱了起来，但是她没有回答这个问题。刘晦明在一旁看着，眼神中有些疑惑。

大缯继续，“你在看守所里这些天，除了律师，唯一来看过你的人就是张尚，而且不止一次，一个同村的男人，非亲非故，为什么会对你这么在意？你也许还不知道，前几天张尚因为阻挠我们办案，已经被拘留了。”

秋余抬起头看着大缯，微微张嘴，却还是什么也没说。

“秋余，我们查看过从你家到埋尸地的距离，即使是你常常干农活力气比一般女人大，也没法独自把人高马大的田柄亮拖过去这么远，你和张尚有没有私情我们就算不提，你也不该替他顶罪。”

这次秋余终于开口，“我没有替任何人顶罪……”

刘晦明坐回秋余身旁的椅子，“秋余，这些警察看来是真的相信你无辜，如果你还在为谁隐瞒真相，我建议你好好想清楚，想想你的孩子，等你进了监狱，谁照顾你女儿？”

秋余的脑袋再次低了下去，声音也随之低沉，但说的话却坚定不移，“我没有替谁顶罪。”

刘晦明微微皱起眉，轻声地叹了口气。

可可从刚才开始就一直盯着眼前的女子，在刘晦明他们不再问话之后，她走上前去，在秋余前方蹲下，轻轻地抬起秋余的胳臂，撩起她的袖子检查。

胳臂上颜色各异的暗色瘢痕，昭示着身体的主人曾长期受到的暴力对待。

在场的其他人都发出微微的惊叹声，连秋余的律师刘晦明也少见地皱起眉。

可可与秋余四目对视上，低声问她，“田柄亮经常打你，对么？”

秋余的视线也随着眼前法医的目光一同落在胳臂上的淤青上，她沉吟良久，点点头。

“你有去医院看伤的记录么？”

秋余愣了一会，再次微微点头。

“那田思书呢？田柄亮也打女儿么？”

椅子上的人颤抖了一下，声音明显响亮起来，“他从来不碰小妹！从来没有！”

小妹是习俗里对闺女的一种爱称，秋余这股突然的激动，显然是可可触碰到了情感的某个要点上。大缯与其他几人对视了一下，“秋余，闺女是你们家唯一的希望了，你想清楚，你要是坐了牢，明年她高考的时候，就不能陪在她身边了。”大缯想要用这种激将法，让秋余说出隐瞒的事实。

没想到秋余居然又低下头去，重新开始沉默。

白翎翻开当时秋余的供述，指着一段话给大缯看。

大缯转而问，“你看，当时你说是夫妻吵架，你一时愤怒所以杀了丈夫？事实应该是田柄亮打你，所以你反抗杀了他吧？”

秋余没有回应，但是在场的人都觉得这样说八九不离十。

虽然犹豫了一会，但是可可还是坚持问出了那个问题，“秋余，虽然这里都是警察，但是我希望你告诉我的是实话，你身上的伤……有没有是被捕之后出现的？”

可可的问题一出现，所有人都愣住了，白翎更是瞪大了眼睛，似乎不相信自己的耳朵。

看到秋余眼中一时变得疑惑，迷茫地看向律师，刘晦明直言，“法医在问你，有没有被警察武力逼供？”

恍然大悟的秋余连忙摇头，可可这才松了口气。她轻轻握住秋余有些干枯的双手，“我还有最后一个问题，请你回答我。”

秋余抬眼与可可对视着，“秋余，田思书告诉我，爸爸打妈妈的时候……她在场，是吗？”

“不……”秋余眼中一下子湿润起来，“不……她说谎！……你们别信，她不在，真的！”嘶哑的哭声与之前安静的样子形成鲜明的反差，让大缯和刘晦明陷入了沉思。

可可刚跨出会议室，就被大缯给叫住。

“可可，你什么时候和田思书接触过？”大缯挡在可可离开的方向，问道。

可可深呼一口气，“昨天下午，我从弃婴案的现场直接去的小塘村，见了田思书一面，和她随意聊了聊，还有……在不远处的玉米地里，发现了可能是凶器的细锥，晓哲在物证科一起检验。”

大缯一双硬气的眉瞬间皱了起来，“难怪你昨天下午不开手机……你和我的车一起去的国道，不可能一个人开车去小塘村，和谁？”

可可对大缯敏锐的刑侦思维感到头疼……“一个朋友而已，接下来你打算怎么办？现在看来和秋余似乎有私情的张尚最可疑，而且如果是他，至少一个人拖动田柄亮的尸体没问题，不像秋余……”

“可可，我在问你昨天和、谁、在一起？”刑警队长的语调有些怪异。

一股诡异的气息弥漫开来，可可不知为什么突然觉得眼前的大缯很可怕……

正巧秋余的律师出现在视线里，可可抓住机会拦住了刘晦明，顺便转移大缯咄咄逼人的问题，“刘律师，你给秋余安排过身体检查吗？”

刘晦明冷静的视线在浔可然与周大缯脸上扫过一遍，“我猜到也许有家庭暴力的状况，也向她提出过建议，但是她不同意我就无法安排。”

可可沉思了一下，从口袋里掏出便签条，写出一个电话号码递给刘晦明，“这家妇科医院的家暴伤痕检验很有经验，你带她去找鉴定中心的徐主任，就说是我介绍的，家暴的证据……如果秋余上法庭，会对她很有利。”

刘晦明接过了便签纸，却带着一丝犹豫，“事实是，我无法强迫我的当事人去……”

“那就说服她！”可可有些激动地打断他的话，“说服你的当事人，带她做真正有利于她的事情……”

律师与可可四目对视良久，才开口道，“是不是我错觉？为什么我觉得你知道一些事情？”

可可闭上眼睛摇了摇头，“不用这样看我，我没有任何证据证明什么，而且，”再度睁开眼睛时，可可的视线却看向一旁的大缯，“而且，我真的希望我猜错了……”

# 08　残忍的预感

“晓哲，把这六件东西送去二医大的毒理分析室，上次我带你去过的地方，我刚才和他们打过电话联系了。”

苏晓哲接过密封严谨的物证袋，里面装着一点粘稠的液体，“浔姐，这是什么啊？”

可可将透明手套扔进垃圾桶，“昨天发现的弃婴，抽取的血液、胃液和尿液，每件两份标本。”

“那个孩子是被毒死的吗？”苏晓哲虽然还没见过尸体，但是昨天就已经听说了那位幼小的受害人。

可可摇摇头，“检验没结束之前，不可以妄下断论，但我怀疑是。好啦，快出发吧，打车过去还要二十分钟呢，完成任务之后就可以回家了，明天下午……”说着可可犹豫了一下，拿起办公台上的计划册，“不……明天早上八点来，立刻进行解剖。”

锁好门，可可顺着长长的走廊缓缓前进。法医科和物证科分别占据着整个楼层的东西两侧，中间连接着玻璃窗长廊，阳光好时，一整走廊的窗户落下无数跳跃的阳光。有时忙里偷闲，可可会找个躺椅来放在走廊上，躺在吹着暖风的长廊上看书。此时，初春的夕阳在长廊上画出暖黄色的方格，走几步停几步，暖暖的风吹起法医白色的长风衣，在窗边止步，玻璃外是飒飒作响的梧桐树，与黄昏特有的喧嚣，大楼十几米外的马路上，下班的公交车，放学的小朋友，买菜的阿姨，赶着去聚会的年轻男女……多少人每天经过这里，有谁想过这么近在咫尺的地方，停着无数人的结局。有的在停尸房里，也有的在审讯室里。

甩甩头，白色风衣大步继续向前，可可把这种偶尔一闪而过的伤感归结为难得一次的准点下班所带来的不正常附加状况……

口袋里手机突然震动起来，可可接起电话，很意外地听到小暴的声音，更意外的是……小暴的声音听起来很柔和！

“浔老师，我能不能和你商量个事儿啊？”

可可没由来地产生一种不祥预感，“说。”

“你先别生气听我说完，我把小塘村和主编谈了下，他说这题材真不错，家庭暴力的一家之主被逆来顺受的妻子一刀捅死，这话题多符合社会矛盾与现实的……”

“你不能报道。”可可一口枪毙了小暴的话题。

“我，我是说，改用化名的方式呢？”

“化名？我以为你们是新闻报纸，难道是我误会，其实你们是小说故事会？”

“不……那个，至少，我用化名先……写个事情经过？”

“包同学。”可可的声音严肃起来，“你想过那个孩子没？她也许正要一个人面对高考，你的报道如果被她看到，或者被村里其他知道案子的人看到传出去，所有人都会认定你写的是她家的事，从而断定事实就是她的母亲杀了父亲，你让她以后如何一个人生存？我再退一步告诉你，秋余还没被判刑之前，没有人能擅自判定她就是凶手，你不能，我也不能。”

电话那头一阵沉默，小暴十分少有的冷静，“浔可然，你是不是知道什么背后的故事？”

可可在无人的长廊上猛然停下脚步。

知道又如何，猜到又如何，证实了又如何，会有美好的结果吗？

没有人看到长廊中间，法医对着手机久久沉默着，垂下的左手握紧又松开。

“浔可然？”小暴轻声打探着沉默的电话这头。

“小暴，叫我老师……你觉得现在这个故事很残忍吗？现实，也许远比现在我们所知道的更残忍……总之，在我允许之前，不准把你所知的小塘村以任何形式报道，以上。”

挂断电话，可可站在一无他人的楼梯口伫立，黄昏暖暖的阳光照在白色风衣的背后，把她的身影在楼梯上拉得很长很长，停尸房的人没有选择，自己还有得选择吗？

精神恍惚的可可并没有听见身后有人叫自己的名字，肩膀被拍时才吓一大跳。

“嗨，可可，你下班了？”徐婉莉活泼的脸出现在面前。

“嗯……”

“可可你好没精神啊，你应该高兴嘛，队长让白翎和薛阳去审讯张尚，那人已经招了哦！”

“招了……什么？”

“当然是杀死田柄亮的事情咯！他说他看到秋余一直挨打，就在田家用剪刀捅死田柄亮，然后把人拖进玉米地里埋了，这样就能说通了，秋余一个人怎么弄得动一个大男人。”

“张尚多高？”可可突然问了句。

“呃……目测大约180吧，怎么了？”

可可摇摇头，“不是他，”但她什么也没说，“我累了，先回去了。”

目送着法医走远的身影，婉莉皱起眉。

“然然，你在画什么？”

“兔子。”

“啊……你干吗在作业本子上画图啊！”

“画画也可以当作业交的嘛！老师说有个人就是靠画金鱼考进清华大学哦！”

“怎么可能嘛，清华大学那么厉害，怎么会画画金鱼就能进去，你是笨蛋啊？”

“真的啊！姐姐才是笨蛋呢！我要在你的本子上画满金鱼！”

“啊啊啊还给我，你这丫头怎么这样嘛！不行不行，还给姐姐啦，还进清华呢！我让你进监狱哦！”

刷……

可可猛坐起身，不断地喘着气，发现自己半坐在床上，身上盖着的薄毯子已然滑落到地上。

是梦啊……

不对！这照在薄毯子上的亮光……是来自卧室的门缝！可可租住的房子是典型的一室户，一间客厅和一间卧室，卧室的房门传来亮光，说明客厅里的灯开着。

谁！？

猛然绷紧的脑袋已然开始指挥行动，可可摸出枕头下的解剖刀，悄无声息地走近门边，突然觉得现在所面对的很像是恐怖片中的场景，按照一般的规则，接下来打开门该面对的是什么面目狰狞、身穿血衣的女鬼吧？可可无声地苦笑一下，女鬼并不可怕，令人心颤的反而是活着的人……不论是谁半夜偷进她家，都不是什么善辈，与其在黑暗的门后紧张地等待，不如主动打开门，就算是小偷强盗，也可以奋力一搏，握住解剖刀的右手攥紧了下。

砰！

推开门一看，可可猛地愣在原地。

客厅里，大缯正蹲在地上往猫盘里倒牛奶，看到突然出现的可可也不由愣了下，“哦，吵醒你了？”

本来在牛奶周围转悠的黑猫素素，仿佛察觉到什么，迅速地逃窜进了旁边的厕所。

大缯有点不好意思地摸摸头，“抱歉吵醒你哈，你的猫饿了，冰箱里的牛奶也过期了，我刚买了新的……”

“滚……”可可压低的声音传来。

大缯有些诧异地看着她，虽然小丫头常常出言不逊，但从来没有开口骂过人，尤其是对自己。

“滚出去。”可可愤怒的眼神令大缯突然手足无措起来。

我是笨蛋么？可可在心底骂自己，明明知道这个刑警队长对自己防盗锁熟视无睹，明明应该想到小偷哪会开着灯偷东西，明明应该早点做出决定，为什么总是迟疑……

大缯的身影非但没有滚，反而更加走近一步，“可可，你在出冷汗？”他伸手摸向可可的脸庞，却被丫头一巴掌打开。

看到眼前丫头如此生气，大缯只能赔笑着道歉，“是我不好，想不要吵醒你，结果却吓到你了。”

“你非法闯入！”可可愤怒地指着刑警队长的鼻子，“要是搁在美国，我现在一枪崩了你都不用判刑！”

“是是是，您说的是……”大缯像对付一只炸毛的猫一样安抚着眼前的人，一边伸手想去抱住她，又被丫头狠狠一掌拍开。刑警队长百折不挠的精神值得学习，他再三伸出手去，终于把愤怒得想掐死他的丫头环在了怀里。

“可可，小徐说你下班的时候精神恍惚，所以我刚换了班就过来……啊哟！你轻点……”

这头还在说，那头无法从刑警队长怀抱里逃脱的人已脱离愤怒，一口咬在大缯脖子上。

忍着脖子上的痛，暗自祈祷法医不要对准了动脉下口，大缯苦笑着轻抚她的背，“好了好了，是我不好……可可，你真的在出冷汗，做噩梦了？”

过了十几秒，愤怒的法医才放开嘴里的肉，幽幽地叹了口气……

说什么呢，说自己梦到小时候的事情？还是说梦到了多年前就过世的姐姐和自己吵闹？……可可不知道该说什么，反而是大缯，听到可可的叹息之后，轻抚着她的背，“可可……田柄亮的案子，你有证据了是吧？”

大缯的疑问句，语气却是肯定的。

“算不上证据……唔……坏蛋，放开我先！”从大缯的怀里挣脱出来，可可狠狠地吐出一口气，才把刚才的愤怒给清空。“只是一个猜测，还没有过硬的证据可以上法庭……”

“可可，我们想到的应该是一样的。”大缯双眉皱起，“但是你似乎不想说出来，这可不像我认识的浔可然，不是一直都是以受害人的角度考虑事情的么？”

可可倒了杯水，还没放到嘴边就露出一抹苦笑，“如果，受害人不想别人抓住凶手呢？”

“怎么可能……”大缯皱着眉在沙发上坐下。

“为什么不？每个人都有心中最爱的人，在有些人心中，即使被最爱的人所杀，也不愿他受到惩罚。我又怎么知道，是不是每个死去的人都希望凶手被抓住？我不过是凭着自己的臆断，不过是在为自己的所作所为找一个光明正大的理由，我不过是……”

大缯温暖的怀抱打断了她的话，他将可可乱糟糟的脑袋按在肩上，轻拍着她的背，“凭着你的直觉做选择，就够了，你的工作，就是为了抓出凶手，这里不需要什么理由。”

可可的脑袋趴在大缯宽阔的肩上，一股皮夹克带着淡淡烟草的味道从鼻子里钻进，奇异地带来一种让人安心的感觉。为什么要犹豫？浔可然，你不是法官，你不是谁的上帝，你没有权利决定谁是否有罪……

你唯一的权利就是追寻真相。

“大缯……”可可埋首在皮夹克里，声音听起来闷闷的。

“嗯？”

“梦见……姐姐了……”

穿着皮夹克的男人没有一时没有出声，轻抚可可脑袋的动作却更轻柔。

“嗯……”

# 09　胃中的塑料纸

晨。

微凉的风自法医科所在的走廊间飘进飘出，可可打开验尸房的门，一股不同于走廊风的凉意迎面而来。验尸房里，苏晓哲和另一个男人浑身穿着防护服，严阵以待地站在两边。

“杨竟成，”可可扫视了一下那个站得靠后的男人，“等下的解剖对普通人来说狠了一点，言之在先，我不强迫你站在这里。”

杨竟成沉默了一会，并没有动。

可可微微挑了下眉，比起“杨竟成很勇敢所以完全不怕见证解剖”这种解释，她更倾向于相信这家伙是对解剖有多“狠”纯粹无知，所以无所谓离不离开。我可是给你下台阶的机会了，等下吐着逃出去别怪我，可可暗想着，然后对晓哲点点头。

一具只有成人一半大小的蓝色尸袋被晓哲从冰库里取出，移放在验尸台上，可可带上乳白色的消毒手套与防护面罩。和苏晓哲一同站在验尸台的左边，杨竟成帮忙将右边摆着的摄像机打开。

镜头中，蓝色尸袋上的拉链被打开，惨白的身体渐渐出现在画面中。

“无名幼童，男，年龄不超过 18 个月，身长 59 厘米，营养状况良好，生长正常，体貌特征，短发，前牙已初成型，身上无明显外伤。”可可一边轻轻抬起幼童的手，一边简述尸表情况。

“晓哲，把背部这些尸斑都拍照。”可可一边说着，一边仔细查看幼童每一只手指甲，因为曾经被清洗过，所以指甲中没有显著地留有什么痕迹。

“变态。”她低声咒骂着。

一旁的晓哲和杨竟成疑惑地看向她。

“在这孩子去世以后，能这样冷静地把身体洗干净，去除他毒发时满嘴的白沫，把指甲剪整齐，洗掉他四处抓挠留在指甲里的残痕，然后给他穿好准备的白色寿衣，在孩子疼得满地打滚撕心裂肺的时候，带着这种冷静情绪，这家伙，也许就站在一旁静静地看着也说不定。”

可可的几句话，让身旁两人皱着眉，一时无言。

在经过一系列尸表面检查之后，可可一边在水池中清洁解剖刀，一边叮嘱苏晓哲与杨竟成，“等下我做解剖的时候，你们都离验尸台稍远一点，现在化验报告还没出来，不能肯定他中的是什么毒，如果不是经由消化系统，而是通过皮肤接触中毒，那不小心碰到尸体内部都很危险。”

“浔姐，”晓哲戴着口罩说话的声音听来嗡嗡的，“尸体现象很有特征性啊，尸斑呈显著紫红色，瞳缩明显，指甲与嘴唇青紫，还有这里的肌肉……僵硬得不正常，这些不都是教科书上写得很明白是急性农药中毒的症状么？”

“是没错，但是农药中毒也不全是喝进去的，也有人处于高浓度农药环境中，由皮肤吸收急性中毒的案例，何况是个这么小的孩子，成人致死量的一半就够他完结的了。”可可说完不经意地看了一眼杨竟成，脸色已经开始发青了啊。

一旁的摄影机依旧发出轻微的电子滋滋声，画面中法医手起刀落，苍白的身子被打开，当她结扎起胃的两端，再将幼小的胃取出时，杨竟成终于忍不住背过身去，晓哲虽皱紧眉但依旧注视着可可的动作。

当胃被剪开，一股刺鼻气味窜了出来，两人猝不及防地后退开几步。

“大蒜味……”可可喃喃道，“苏晓哲，有机磷农药会让胃发出大蒜气味的是哪一种？”

“哪……哪一种……是……农药……”被突袭的晓哲瞬间石化。

“敌敌畏？”杨竟成在一旁凑起热闹来。

可可苦笑，“敌敌畏在消化道里发出的不是大蒜味，不过很接近，大蒜味一般都是由化学物质对硫磷产生，在所有有机磷农药的毒性排行中，敌敌畏属于第二等级，高度毒性，而对硫磷，属于最高等级……剧毒类。”说完意味深长地看了苏晓哲一眼，言下之意，居然让杨竟成抢了先，晓哲同学，等着罚抄书吧。

欲哭无泪的苏晓哲盯着解剖台，突然发出一声喊，“等！……等一下，我看到胃内容里有暗红色的东西。”

“暗红色？你看到的内脏哪个不是暗红的……”可可本以为苏晓哲是为了转移注意力所以胡说，没想到仔细一查，真的在胃内容里发现奇怪的东西，她用镊子将这东西轻轻从中取出来，放在检验盘上。

“这是……什么？塑料……纸？”晓哲惊惑地问道。

揉成一团的塑料纸被慢慢展开，可可思考了一会，取来滴灌，将清水慢慢地滴在上面，塑料纸上附带的粘物被一点一点清洁后，露出原本的颜色，暗红的纸片呈长条形，约成人一手指大小，边缘显示出平整的剪切，像是从一张大块的塑料布上被剪下来。

“这上面有字！”连杨竟成都凑过来盯着。

可可将塑料纸轻轻拉展开，对着白炽灯观察，半透明的塑料上清晰可辨一行字迹：江源啤酒厂。

“给，杨竟成你的凉茶，我的果汁，还有浔姐你的热可可。”苏晓哲将饮料一一放在餐桌上，正值午饭时间，公安大楼的食堂里一派热闹气氛。

“真的不吃？”可可指着散发香味的菜盘问杨竟成。

杨竟成摇头，努力摆出无谓的笑容，但看起来很是扭曲。对于刚领教过什么叫做解剖的他来说，现在没有胃口是再正常不过的事情，于是只点了凉茶，默默坐在桌边。

“浔姐，你怎么看？那个江源啤酒厂。”苏晓哲问。

可可搅拌着面前的热可可，一股淡淡的香味在鼻尖飘散开来。

苏晓哲看可可不出声，便自言自语起来：“从胃内容里看，孩子去世之前食物还是很充足，没有任何营养不良的现象，胃内的东西大多是白粥、米糊之类的，这些比较容易混杂农药，但是加入这么个塑料纸，就算它很小，也显得很奇怪啊，把塑料纸混在白粥里……”

“说明这个凶手是一个人……”杨竟成一脸严肃地说，“也不对，应该说是……”

“他亲手照顾孩子。”可可接下他的话。

“啊对！就这个意思！如果是有不知道情况的人也一起在照顾这个孩子，就算没发现农药混在吃的里，也肯定会察觉粥里混有塑料纸这种不正常的事儿。”杨竟成一认真起来，忍不住声音都抬高了些，说完又发觉自己好像太激动了，不好意思地缩了缩。

江源啤酒厂……

“浔姐？”苏晓哲试探性地叫了一声。

“嗯……我在想江源啤酒厂，这几个字……不是巧合，是故意。”

“怎么会有这种故意？”

“你记得塑料纸四边都是被裁剪下来，而裁剪的大小又恰恰包含江源啤酒厂这五个字，这就是故意的证明。我们发现尸体到现在，很多事情都很不寻常，谋杀一个连话都未必会说的孩子，还为什么要给孩子穿上寿衣？为什么要放在国道的那个无人的地方，还有，为什么要在食物中混进这张塑料纸。这些事情……对我们来说也许都没有意义，但是对凶手来说有，对被害人来说，不一定。”

“被害人？那个孩子？”苏晓哲像是被触动了神经一般，“那么小的孩子，有什么深仇大恨非要撒气在他身上！”

可可愣了一下，继而微微一笑，“别激动，我说的受害人不只是死者，你说的没错，有什么深仇大恨也不会是对这么小的孩子，但是这么小的孩子离开了，家里大人受到的创伤，会是一辈子的印记。”

苏晓哲张嘴又不知该说些什么，咬咬牙开始扒饭，恶狠狠地。

可可也有一口没一口地吃饭，杨竟成带着一种复杂的眼神看着他们，“你们……就不觉得难受？”

苏晓哲抬眼看了看他，“难受！难受得要命！但是不吃饭就没有力气，没有力气就不能继续工作，我们不工作，连这孩子是谁都没法知道！”

杨竟成眼神继而一转，“你不说我还差点忘了，都在说这是谋杀，是为了发泄仇恨，但是我们连这孩子是谁都不知道，这仇恨要怎么……”

勺子轻落在桌面上，发出哐哐的声音，两人向发出声音的可可看去。

“这孩子是谁，不是已经表达在他的肚子里了么？”

当三人都沉默之际，晓哲突然指了指可可身后，等她转过身去，却只见食堂中人来人往。

“怎么了？”

“啊……不，刚才周队长站在那里，我以为他找你呢，你还没回头他突然就转身走了。”苏晓哲挠着脑袋。

可可转头看向窗外，一阵沉默。

午间阳光明媚。

下午时分，可可和晓哲坐在办公室里写报告，淡淡的可可香味依旧飘荡在办公室里。

“浔姐，胃液和血液的检验报告邮件过来了……这个，胃液里含有剧毒类对硫磷农药成分，浓度为成人致死量的一点五倍，血液中的成分偏低，肠道中极少。可判断为自消化系统进入人体，导致急性有机磷农药成分中毒，并在食物进入肠道之前就停止了血液流动。”

可可从打印机里取出报告纸，对着一项项血液指标仔细查看起来，身后笔记本旁的苏晓哲突然叫道，“浔姐，徐婉莉有……信息给你。”

“信息？”

“呃……是邮件。上头说，周队长要徐婉莉转告你，小塘村的案子请做好准备，明天必须结案。这个……小塘村的案子不是没有尸体吗？那我们准备什么啊？”苏晓哲莫名地挠挠头。

可可深吸一口气，盯着办公桌上压在一堆书最下方的文件夹愣了一会……“告诉他，明白了。”

“哦……”苏晓哲一边回复邮件一边疑惑，周队长的消息干吗要徐婉莉再通过我来传达？

## 10　谁的行为，造就谁的终点

轰隆作响的公交车停在一望无际的田野边，女孩蹦跳下车，将手中沉甸甸的书包背上肩，一步步踏上这段熟悉的回家路。这几年来，她每周日晚上走上半小时的田野路，再乘一小时的车去城郊的学校，每周五晚上赶回来，练就了一双和同班同学不一样的脚，粗糙而有力。

路过飒飒作响的玉米田地，和不知何处冒出来的野狗相伴一小段路，再和突突突冒着黑烟的拖拉机擦身而过，自己家的三层小楼渐渐出现在视线中，再走近一些，小楼旁停着一辆没有见过的车子。

白翎和薛阳分别从两边走下车，“田思书吗？我们是警察。你母亲秋余想见见你。”

田思书愣了一会，“好……但是我要先和奶奶说一声。”说罢指指家门。

“不用，田老太太早些的时候我们已经接走了，她告诉我们你大概这个时间回来，所以我们才等在这里。”白翎打开后车门，田思书站在原地呆立了一会，慢慢地进了车门。

从警车的后座看到的景色，和公交车最后一排看到的不太一样。汽车马达发出低鸣，波浪般摇曳的玉米田地越来越远，田思书自后玻璃向外看，第一次觉得，伴随自己从小长大的这片玉米地，在淡红的夕阳光下，会是这样美丽。

会议室的门吱呀一声打开，秋余只微微抬头瞟了一眼，就惊得跳了起来，“小妹！你你怎么来了！”

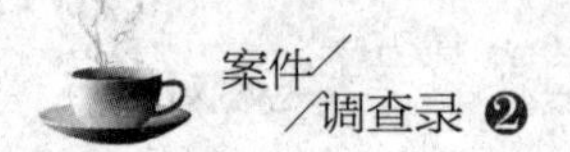


田思书三步并作两步扑进母亲怀里，一言不发。

大缯点点头，白翎他们就把门关上，另一边三队长也找个位子做了下来，杨竟成则打开了三脚架上的摄影机。

“好了，现在人都到齐了，”大缯边说边扫视了一眼整个会议室，坐在北侧位上的自己和薛阳等人，外围的三队长和杨竟成，中间包围着几个位子，分别是秋余，站在母亲身旁的田思书，她俩身后的田老太太，以及稍远一点坐着的张尚。秋余的另一侧站着她的律师刘晦明。

大缯旁边的角落里，浔可然低头看着自己膝盖上摆着的各种文件，对大缯投来的视线熟视无睹。

秋余的律师扶了下眼镜，首先开口，“周队长，今天这算什么？亲友见面会？这架势可有点夸张啊。”

“今天是对田柄亮谋杀案的再度审讯。”大缯合上面前的文件，眼神扫向秋余。

秋余紧张地拍着自己的胸口，“你们要审也是审我，和其他人无关，让他们都回去吧！”

“在我看来，这些人都是相关人员，我把你们请到一起，就是为了解释整个案件过程中的疑点。先是秋余，你承认谋杀你丈夫吗？”

“我承认，都承认。”

“田老太太，听到没有？你儿媳妇承认杀死了你儿子，那你那天早上来撤案的时候，看到的又是谁呢？”

田老太太满是皱纹的脸上像是要哭出来了一般，她看看秋余，又看看自己孙女，连连摇头，“俺不记得了……真的，不记得了……”

白翎忍不住插进话来，“别不记得了老太太，我们这里对报案人说了些什么，都是有详细记录的！”

老太太低下头去看着地板，抓着座椅把手的手微微颤抖着。

刘晦明微微眯起眼，视线在老太太和田思书身上扫过，似乎察觉了什么。

白翎皱着眉问，“老太太，凶手杀了你儿子，你一手带大的孩子，想想你的儿子，你还想包庇她？”

“俺没有包庇……就是，就是儿媳妇杀的，就是……”

“行，那我们先当秋余杀了田柄亮，然后呢？谁把尸体拖进玉米地埋起来的？”大缯接着问道。

一阵沉默之后，张尚低声道，“我。”

所有人的视线都转向了张尚，“秋余夜里打电话给我，说她和她家爷们打架，不小心把他捅死了，问我该怎么办，我跺跺脚……说，埋了吧，这样谁也不晓得了，然后……我就偷偷摸摸奔到她家，田……她爷们，躺……躺在地板上，我俩就把他拖着到旁边地里，找个空地儿，挖坑埋……埋了……”

“秋余为什么打电话给你，不打给别人？”白翎顺着问了下去。

张尚支支吾吾说不出个整句，还不断斜眼望一望秋余的表情，而旁边的田老太太则怒目注视着眼前这男人，从鼻子里发出冷冷的一哼。白翎和大缯对视了一眼，秋余和张尚有私情这情况一目了然。

秋余和张尚的证词一致，使得审讯进入了尴尬的沉默中。过了几分钟，律师站了起来，“周队长，我无意冒犯，但是看起来，现在这情形一目了然，我的当事人也已经认罪，不论你们警方有什么猜测，如果没有新的证据，我想没有再继续问下去的必要了。”刘晦明说着看了看他的当事人，又看了一眼秋余身旁的田思书。

“啪。”文件夹合上发出的声音自浔可然手上传来，她抬眼看着田思书，长叹一口气。“你要证据，我有。”

可可走到中间方桌上，摊开文件夹中的照片，“尸体火化了，不代表一切证据都已不存在。我倒是有个理论想好好验证一下，资料上说，死者田柄亮身高 177，背部靠近心脏位置被锐器刺中一记。我们来现场模拟……杨竟成，你身高 178，来演死者。”可可的视线幽幽地飘来，让杨竟成后脊梁一阵发冷，想想尸体被火化的事情……他只好咽了下口水，乖乖地走了过来，站在法医身旁。

可可站在杨竟成身后，转头去看秋余，“你一刀捅死田柄亮的时候，他是什么动作姿势？”

“他……就，就是这样站着。”

“没有弯腰？”

“没有，就是站直的……直的。”

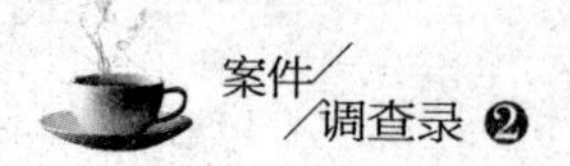



可可示意秋余起身站到杨竟成身后，“模拟当时的动作给我看。”她说。

秋余接过可可给的笔，当做凶器，微微颤抖的手慢慢地举高，笔尖朝下，“刺中”了杨竟成靠近心脏的背部位置。

大缯注意到，秋余一直在颤抖，做“刺入”这个动作的时候，连眼神都不敢看向杨竟成的背部，而是半闭上眼，是事后想起当时的情形感到内疚？还是自始至终，秋余都是一个没有胆量去“凶杀”的人？

“秋余，保持你的姿势别动。”可可说着抓起桌上一打照片中的一张，“知道这是什么？这张照片是你丈夫背上致命伤口的放大图。”

只看了一眼，秋余就不由自主地把头扭开。

“请你看着，”可可再次把照片举到秋余面前，“这张伤口，刺创面呈扁菱形，左右对称，如果是凶器是自斜上方刺入，伤口应该显出上部肌肉血管的创口，举个例子，在平面上画一个扁菱形，按照这个形状刺破纸，然后把纸上方往外下方往里倾斜，此时看到的就是‘自斜上方刺入的伤口形状’，”可可边说边在白纸上比划着，“这时候拍下照片，看到的应该是上方的肌肉组织，而这张照片上显示，创口被拍摄到的是，下方的内部肌肉！”环视了一下安静的整个房间，可可放下举在秋余面前的照片，“凶器刺入田柄亮后背的时候，是以自下而上的角度进入，动手的这个人，比田柄亮矮很多，比秋余你，也矮一些，张尚一米八，更是不可能。”

房间里一片寂静。

“那……那是我……是我记错了，对！是我记错了啊，老田那时候弯着腰……”

“弯着腰？”可可冷笑道，“还有什么？躺在地上？还有吗？秋余，你到底还要说多少谎，来替你的孩子掩盖事实！”

秋余瞪大了眼睛看着浔可然，欲言又止的样子与可可皱着眉的坚定形成鲜明对比，突然她猛地扑上去抓住可可的衣领，“不是她！是我！是我杀了老田！是我是我是我！是我！你不能这样，你不能……”

秋余如此的激动，以至于身边的人花了好大力才将她从可可身上剥离下来，但她还在不断地叫嚷，撕心裂肺的声音仿佛将要断弦的琴声。

大缯站到可可身边，她摇摇头表示并无大碍，然后转眼看向田思书。大缯皱着眉挥手，让白翎他们把失控的秋余带走。秋余看出了身边这几个高大警察的意思，奋力挣扎着，不断挥舞双手去抓白翎的脸，挥打杨竞成的胸口。“你们不能把她带走！我要和我女儿在一起！谁也不准！不准……”

“秋余，我给你最后一次机会，再不停止下来，我会让你这辈子都再也见不到你女儿。”大缯低沉的声音像一道魔咒，让秋余骤然冷静下来。

“安静地坐下，你就可以陪着你女儿一起。”大缯的语气散发出强势的魄力，让人根本无法怀疑他真的能做到。

田思书低着头，视线落在地板上一动不动，仿佛刚才发生的一切不是在她眼前，当事人也不是她的母亲一般。

“这就是你要的？”房间里又变得安静下来，可可的声音又如幽灵一般钻了出来，“田思书，这就是你想要的结果吗？让你的母亲代替你顶罪，然后你就可以去参加高考，去读大学？你以为……”

可可站定在还没成年的女孩面前，“你以为……你真的可以问心无愧，从此安安心心地读书，忘记这一切，过完这一辈子吗？我告诉你田思书……你忘不掉，你这辈子都忘不掉你是怎样把那一刀扎进爸爸的身体里，就算……假如，你真的可以忘记，真的可以当什么都没发生过，然后去读你的书，那……你的心，就已经变成黑的了，有那样黑色的心的人，迟早……”

大缯注意到，田思书僵硬的双手中，指甲紧紧地嵌入了肉里，她的内心在渐渐决堤……

可可转身抽出桌上一张照片，“看看这张，田思书，这是你父亲的手掌，这些擦痕在发现尸体的时候被鉴证科拍了下来，这些擦痕你不陌生吧？这是只有几十年的老木工才会有的伤，我见过很多大人，工作的，或不工作的，他们宁可把钱用来买酒买女人搓麻将，也不肯用在孩子身上。你以为，是谁在供养你读高中，考大学？”

秋余坐在田思书旁的椅子上，双手紧紧地攥住女儿的手，看向可可的眼中不断地掉出大滴大滴的泪，她摇着头哀求可可不要再说下去，可可看了她一眼，深深地叹了口气，感到太阳穴一阵酸痛，“……田思书……我怀疑过自己，我是法医，我的职业是为死者说话，我甚至怀疑过自己是不是不该说出这些，怀疑田柄亮是不是根本就不希望别人知道你做的事……但是你抬起头来，看看你周围，你妈妈为了你顶罪，张尚他到现在为止都没表示过异议，说明他也知道究竟是谁杀了田柄亮，他跟你非亲非故，却把自己都给搭了进去也一句怨言也没有……而你奶奶为了你，去告诉警察说，自己明明已经没了的儿子还活着，你考虑过他们的心情没有？这些人花着多少心血在为你所犯下的罪在掩盖，弥补，甚至不惜赔上自己的余生，你配么？田思书，你……”

“我不配！”田思书几乎尖叫般吼了出来。

可可被震住了，眼前这张绝望的表情，几天前还那样笑着问自己，北大清华的图书馆很大很大吗？

“我……从来……从来都没有，想要任何人替我……”

秋余的声音哽在喉咙里，“小妹……”

田思书转头看她，“妈，我不配……我不要你替我……不要替我挨打，我不要……”

“你在说什么……”

“都是我，我知道……爹每天每天打你，都是因为我读书不用功，我学得不够好，我分数不够高……我不够，我不配，我做得不好……”

秋余的脸上第一次出现了惊讶的表情，“不……不是！你在说什么啊傻瓜，不是你，你爹……你……不是因为你，和你没有关系……”

“有！怎么会没有关系！每次我分数比上次低了，爹打你都打得特别狠……我做不到啊……”

“做不……到？”

“我向他求情，我求他不要打你，他只是那样没有表情地看着我，我就知道是因为我，因为我做得不够好，所以他打你，你也让我回房间去看英语……他应该打我，是我……分数低……是我的错！……我做不到看着英语书，耳朵里听到皮带抽在你身上的声音，我做不到……你让我……背单词，我不行……我只是希望，能……停下来……抽在你身上的鞭子能停下来……都是我的错……读不好书是我的错，杀了爸爸，也是……我的错……”

秋余猛然将田思书拉进怀里，用力地将孩子抱紧，“不是你……不要，不要说了……”

房间里十几个人都沉默不语，没人知道现在该说什么，田老太太和秋余将孩子环在中间，任由眼泪毫无节制地流。

摄影机正在录像的小灯羸弱地闪烁着。

“你后悔吗？田思书……”白翎低声地问。

女孩压抑着绝望的眼神却瞪着可可，“我不知道……但至少我妈……再也不用挨打！”

可可突然觉得房间里的气压低到自己喘不过气来，哪里错了，哪一个点错了，让这个女孩走到了现在这一步？是不是自己，也在田思书悲剧的一出戏里，画了无奈的一笔？

刘晦明走进大缯的办公室，扫视了一眼房间里的几位，“根据秋余的要求，我会担任田思书的辩护律师……现在我最想了解的是，”他转向可可，“浔法医，你刚才说，伤口的切入点是自下而上，所以据此判断凶手身高比较矮，所以你们认为是田思书，而不是秋余或者张尚杀了田柄亮，这点推论，你会上庭作证？”

可可思考了一下，摇了摇头，“我不会，因为尸体我并没有做过真实的鉴证，所以不会提交没有百分百肯定的证据。”

“那你刚才是在忽悠人？”刘晦明皱着眉问道。

“我们更倾向于，刚才法医所说的，是一种审讯策略，用来获得案情的真实口供。”大缯低沉的声音显得有些沙哑。

“你们是该庆幸刚才不是在法庭上，否则我不会让你们骗到这份口供。”

“你对他们洗清你的当事人秋余的罪名，有什么不满吗？”说这话的是坐在办公室沙发上的另一个人，她缓缓起身的时候，刘晦明才注意到她的存在。

“你是？”

“你好，我叫古吉，省厅的犯罪心理专家。刚才审讯的过程我在隔壁看到了，根据背景资料，我会开出一份证明，说明田柄亮对妻子秋余长期的家庭暴力，对田思书的身心成长起到了极坏的负面作用，也可以说，是教坏了孩子在情绪失控的时候，使用暴力来宣泄的原因。不知道律师对这个证明，是不是也不太欢迎呢？”古吉招牌式的笑容，淡淡地停留在脸上。

可可一言不发，转身离开了办公室。

刘晦明微微眯起眼，“我打赌，这是浔法医的主意。”

古吉再度微笑起来，“聪明的律师，我期待你做出聪明的决定。”

“她为什么不……”

“她有她的立场，”大缯低叹一声，“两位在我办公室里慢聊，我先出去。”

太阳下山了，夕阳的暖意抵不过初秋的风，冷冷的气息从窗户直钻可可趴在窗台的脖子里。

“她不会判很重。”大缯又不知不觉地站在一旁，“秋余和古吉的证明一出来，加上法庭会考虑她未成年，综合因素来说，不会判很重……这孩子，比我们想得都坚强。”

看看身旁的人没反应，大缯摇摇头点起一支烟，“浔可然同志，我知道你难过，你做了应该做的……”

“我知道，你好啰嗦……”可可把脑袋埋在臂弯里，闷闷的声音传来。

大缯气结。

结束一个案子，应该是一种释怀的事情，可可长叹一口气，像是要把肺里的空气都排干净一样，站直了身子，眼神看向远方，话却是对身旁的人说，“周大缯，你总有一天是死在吸烟过量上。”

大缯再度气结，把烟随手在窗台上掐灭，伸手就去捏她的脸。

“干什么干什么！公安大楼里你敢为非作歹……呜！”

徐婉莉出现在转角的时候，看到的就是这么一幅“队长要流氓进行时”的画面……

“队……”她不知道要不要打扰上司的犯罪行为……呃……会不会被扣奖金？还是……嗯……要么，后退回去当做自己没出现过？一边想一边后退了一步。

可惜穿着紫色衣服的徐婉莉一动，就被可可的眼角给扫视到了。

抬手一拳，可可把流氓推开三步远。

“哦，小徐啊……有事？”大缯眯起眼意味深长地看了看徐婉莉。

呜……完蛋了，肯定要被扣奖金……徐婉莉内心一边哀鸣，一边配合大缯一脸的淡定，“队长，我在失踪人口数据库里找到了符合那个弃婴的身份信息。”

可可瞪了眼身旁的人，本来想乘机离开，但徐婉莉的话却让她止住了脚步。

“年龄，身高，还有脸的特征都符合，”徐婉莉一边说一边将一份报告纸递交给大缯，“孩子的父亲名叫常江，私营一家啤酒厂，家里还颇有钱。”

“江源啤酒厂。”可可根本不加思考就吐出这几个字。

“诶？可可，你怎么知道的呀？”婉莉和大缯充满惊异的眼神投来。

秋风从脖子后吹进来，凉意的气息才刚刚开始……

## 11　静静的墓碑

口哨声自远处悠悠飘来，刑警队长周大缯迈着得意洋洋的步子走进自己办公室。当看到自己的座椅被一团黑猫占着时，一颗火热的心顿时被凉拌。

转头，沙发上坐着法医，还有一叠高高的漫画书。

嘿嘿一笑，大缯凑近过去，“可可啊……”

法医嫌恶地推开他，“没空。”她说，“这些看完还要还给婉莉呢。”

受到小小打击的大缯随手翻开叠成堆的漫画书，顿时血压升高三个阶段。

“浔可然！”大缯指着漫画的某一页，“这是什么？”

“男人。”法医简洁明了地回答道。

“那这又是什么！？”

“男人，TOO。”

“那为什么抱在一起！”大缯咆哮道。

“嗯，我正在研究呢，好像是相爱了吧。”法医挖挖耳朵，好吵。

忍耐了再忍耐，大缯的血压还是没降下来，“没收！黄色书刊！统统没收！”

法医眼皮都不抬，“素素。”

听到饲主的召唤，蜷缩在真皮椅上的黑猫素素抖了抖耳朵，站起来伸了个大大的猫懒腰，然后举起爪子。

滋啦……六道长长的猫爪痕自上而下地出现在大缯的真皮椅背上。

（这触感真不错，喵……）

大缯傻眼，扭头对办公室门外咆哮：“徐婉莉！”

“诶，来了，怎么了……啊可可你怎么在这里看嘛，我上次都说了，队长很土的，接受不了这么有爱的漫画……呃，队长你在啊……”

大缯觉得自己的血压又上升了一个阶段，“把你该死的黄色书刊都拿走，再敢拿给可……再敢借给任何人，给老子写检讨去！”

徐婉莉一脸温柔地笑，“队长你需要珍菊降压片么？”

可可一脸揶揄地笑，“他这血压降压片不够用的，我看直接一刀下去放点血比较有效。”

大缯危险地眯起眼，可可挑起左眉，神情挑衅。素素像是看得懂饲主的神情一般，轻轻跃上大书桌，白色的报告纸上又留下三道抓痕。

“老大！”白翎突然露出一张脸在门口，“你的车位被人占了！我刚才看到一辆全新的SUV停在你的车位上！全新的！帅呆了！”

小白意料中的暴跳如雷的画面并没有出现，大缯悠悠然地站起身，叮铃两声，一串崭新钥匙出现在他手上。

“老大……你买的？那辆猎豹是你新买的？”白翎的声音不由自主地大了起来。

大缯抖抖车钥匙，得意之情不言而喻。

好奇的可可把猫从桌上抱在怀里，“SUV是什么？一种车型？”

“一种很帅的车型！”白翎兴奋地说。

“182匹马力，255扭矩，170公里时速，”大缯微微摇摆着手上的钥匙，“全时四驱系统……”

“是四个轮子的？”可可一脸不解地看着兴奋的两男人，“那和其他车子有什么区别？不都是轮子滚啊滚么？”

大缯一脸无可救药的表情看着她，“可可，都是四个轮子，但是开起来感觉完全不可比，尤其是超速的时候。”

可可微微抬起眉，“超速罚单还没吃够啊队长大人？”

大缯双手拍在方向盘上，“说，去哪儿！我让你好好领教下SUV的力量……”

“去墓地。”可可眼皮都不抬地说。

“去墓地干什么？这大艳阳天的，去哪里玩不好？”

“咦？我以为你会想陪我去探望姐姐呢。不想去就算了吧……”

“去！当然去！”大缯突然来了劲。

阳光下的墓地散发着与夜晚完全不同的气息，大缯跟在可可身后，穿过一块块冰冷的石碑群。

可可将淡黄的菊花放在石碑上，然后站立到石碑正面，碑上端镶嵌着浔云洁黑白的头像。

“那个……这是我们队长，叫，叫周大缯。”

“可可，你别舌头打架行么，老子听着都紧张。”

浔可然扭头看他，神情扭曲地迸出一句，“一边玩儿去。”

大缯咧嘴笑了，不顾边上人恶狠狠的视线，在石碑前蹲了下来，“浔云洁同志，我周大缯严肃保证你妹妹的人身安全，保证随传随到，任打任骂……”说着把手中的烟插在石碑前的香炉里。“认真落实早上买早饭，晚上压被角……啊哟！我这儿严肃着呢，你别踹我行么？”

可可嘟着嘴，一声不响。

初秋半黄的叶子打起一个圈，从石碑前飘过。

唠唠叨叨几句后，大缯站起身看看脸色微红的可可，轻轻一笑，“我去买点香来点着，你等我会儿吧。”说着转身就离开了，留下可可独自面对熟悉的石碑。

沙沙沙……

可可转头，发现那个女子安静地站在身后，依旧是那样淡然的微笑。

那个天地间只有两个人的凌晨……

“牧雪！”可可脱口而出。

“可可小朋友，我正好看到你们进墓地的大门，别来无恙？”牧雪穿着长长的风衣，纯棉的衣角被阴冷的风肆意吹起，上次见面时齐肩的发长了许多，面色依旧带着淡淡的笑容，不知为什么在阳光下看来有些苍白。“刚才离开的那位，是你的……？”

可可稍稍平静点的脸色突然又发烫起来。

牧雪理解地点点头，一贯温和的笑容变得有些落寞，“真幸福呢，像和你姐姐保证的那样。”

可可犹豫地看着她，“你呢？如果我没猜错，前些日子闹得很厉害的打黑战斗，在法庭上公布黑帮老大杀人名单的那个无名律师，是你吧？”

牧雪将看向远处的视线转回来，“你是套我话？”

“我是担心你的安全，如果你的计划本来就是如此，那更应该想好后路，会不会有人对你不利。”

“太多了……”牧雪摇着头，“为了一击致命，我把帮派的所有大宗贿赂人员账簿全部公布出来，咬牙切齿想要将我一起拖下地狱的人不计其数，那又如何？我做到了……”

“不要说得好像你已经没有其他事情了！”可可突然抬高声音，她开始明白内心暗藏着一股怒气是从何而来，“不要说得好像一切都结束了，你忘了你保证过？保证会把你爱的那个人带到这里来，一起见你爸爸？别弄得你好像已经没有什么人生的意义了一样，你还有很多事情要做的吧？”

第一次，牧雪的笑容消失了。她愣着和可可四目相对，许久，只有远处打扫墓园的人，刷刷的扫地声。

可可指着大缯插在香炉里的烟，“是你告诉我不要逃避，我面对了，而你自己呢？却打算就这样放弃？”

牧雪随着她的手指低下视线，冷风吹散开她的长发，除了疲惫，那张一直带着淡淡笑意的脸上毫无表情。

好像突然想起什么，可可在口袋里突然摸索起来，牧雪抬起头，看到她笑着伸出的手里，有一只珍宝珠。

“你动作真慢。”可可笑吟吟地看着走近的大缯，脸上一边鼓了起来，是布丁味的珍宝珠。

“那女人是谁？”大缯将手中的香都点起来插进香炉，“少吃点糖，蛀牙。”

可可看着牧雪远远的背影，没有作声。

冷风吹起地面上一片又一片落叶，原地打着圈，不愿离去的落叶。

大缯祭拜完眼前的墓碑，一把抓起身旁人的手，“走，带你去见见我兄弟。”

“兄弟？”

穿过又一排排冰冷的石碑，跨过别人的故事结局，大缯牵着可可，停留在一个扩大的合葬墓碑前。

“你兄弟……一家？”

石碑上刻着三个名字，一眼看去就知道是个三口的小家庭。

“这是我兄弟，当年和我一起入伍，退下来之后我报了刑警，他申请做了缉毒警，四年前隔壁市一起利用流浪儿的特大贩毒案你知道么？”

可可摇摇头，但是从大缯的语气里，她察觉到了一丝悲戚。

“那起案子就是他起的头，因为他对于隔壁市的贩毒集团来说是个生面孔，所以在上一个卧底失去联络之后，被紧急派去做卧底。”说到这里，大缯突然停顿了下，背靠着旁边的石栏坐在地上，“那几天什么事儿都发生得太快太乱了，我现在想起来还是会头疼，真的一跳一跳地疼……我们是过命的交情，但是查案子忙得很久都没联络。那天半夜他突然打来电话，说他现在只能相信我，他的卧底身份被人怀疑了，他只求我一件事，让我把他的妻子和三岁的儿子保护起来。我让他撤出来，他不肯，他说他见到一个被毒贩控制的小团伙，十二个孩子，最大的不过十五岁，不运毒就被毒贩饿着往死里打。为了这十二个孩子，他现在不能撤。我知道他在走钢丝，我的手机有录音功能，挂了电话我就直奔局长那里，把电话录音给他听，然后带着人直接去了他家，但是我晚了一步，他妻子和儿子都不在家里……”

可可站在石碑前，静静地听着大缯沙哑的声音。

“四天后他突然出现在总局，手里拿着整个毒贩网络的证据，就捏在手里，那时办公室里就他、我和局长三人，他对局长说，‘我手里的是可以干掉整个毒贩集团的资料，但是我手机里有早上收到的消息，如果我敢把这东西交给你们，我老婆和我三岁的儿子就没希望了……’”

可可皱眉，“那十二个孩子呢？不能作为证人来证明毒贩的罪行吗？”

大缯摇摇头。“那些孩子能不能活到上庭那天也说不准，就算上了庭，那些孩子多多少少都沾毒，他们没有父母，本身不清白也影响证词的可信度，万一审判没有一网打尽，这些孩子没有一个会有好结果……局长说‘我不要求你给我，因为我到现在也不能保证你老婆儿子的安全，我这个局长没用，你自己决定吧。'”

“他给了？”可可瞪大了眼睛问。

大缯没做声，从口袋里摸出一支烟想点上，一阵阴风吹过，打火机灭了，再点火时突然手抖了一下，打火机落在地上。

可可走过去，站在他的上风处，蹲下身捡起打火机，然后用双手替他挡住风，烟终于一明一暗地点着了。

狠狠地吐出一口烟，大缯点点头，“他把资料给出去的时候手在抖，他说，为了那十二个孩子……我都不忍心看。第二天全面的抓捕就开始了，第三天……”

可可觉得心底猛然一紧。

大缯又猛抽了一口烟，“人直接被扔在警局门口，然后抛尸的车风一样地开走了，整个总局门口都被戒严了一整天，没人敢走过去，我拦着不让他出门，他说，‘让开，否则我们交情到此为止……’一大一小，两个人，娃娃才三岁……身上什么也没穿，脑袋上各开了一个洞，就这样……被扔在市局门口，他俩结婚那天，我还一口一个嫂子地叫过她，娃娃办满月酒的时候，我和他一边喝一边唱歌，后来都是警队的兄弟一起送回去的，第二天一起被局长一顿臭骂……”大缯说几句抽一口烟，飘渺的烟里可可突然看不清他的神情。

缅怀他的兄弟，无可厚非，但在可可心中，墓碑上的女子与那个三岁的孩子，最后又该是什么样的心情？枪口对着脑袋的最后一刻，对自己的丈夫和父亲，会不会，还依旧深爱如许？

“他在灵堂里对着一大一小俩棺材守了一夜，而且不让任何人陪着，我就坐在门口看了他一夜，局长下令几个兄弟每时每刻都有人盯在他身边，但老婆儿子在这里下葬之后，他像重新鼓起劲一样，充满了精神面对毒贩的案子，花了整整一个半月，把这个存在了十几年的毒贩网络给整锅端了，局里上上下下都高兴，连省厅都向上面申请要大加奖赏，我累坏了，加上他看起来挺正常，没有半点颓废的样子，所以我回去休息了一晚……”

可可张嘴想说什么，犹豫再三，还是没说出口。

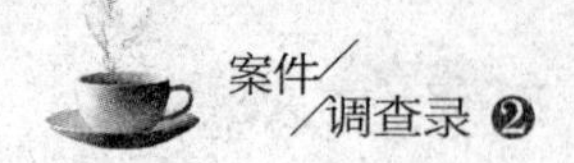


“早上接到电话的时候，局长叫我到墓地来，到了之后看到墓地里里外外几十个警察，局长就站在那儿……”大缯指指石栏旁边的小路，“他就躺在这儿……面对自己老婆和儿子的墓碑，朝自己脑袋开了一枪。那一瞬，我突然有种解脱的感觉，我知道肯定会出这事儿……我真他妈的……”

一阵沉默，墓碑静静地呆着，像在听面前的人诉说，又像是什么都没有。

“浔可然，你过来。”大缯站起身说道。

可可从墓碑的身后绕过来，走到他身边，冷不防被他握住手。

“兄弟，我周大缯敬重你，但是我绝不会重蹈你的覆辙，老子就算成为全天下的恶人，也不会牺牲自己的家人。我当不了你那样的英雄，我为你不值，那十二个孩子，那些勋章，有谁记得你？我混蛋，这两年都没来看过你们，今儿我带人来了，我……”突然停住的话，可可扭头去看，大缯眼眶里是湿的。

那是一道深刻的疤痕，留在墓碑上，更留在活着的人的心底。

可可把点燃的香放进满是灰的香炉，大缯乘机抽几下鼻子，面色看起来平静了一些。可可拉着他的手，将他带到石碑的背后，说，“有一件事你说错了，做过的事，会有人记得……”

墓碑背后有一长串石刻的名字，鲜红的颜料描在上面，大缯自上往下数了一遍，正好十二个。最下方刻着两个字：谨记。

可可握紧了他的手，“会有人记得……”

# 12 谁的孩子

阴冷的风一阵又一阵吹过，水泥台阶一如既往地沉重，白翎走在前，身后跟着一对男女，还没在法医科大门前站定，门就自内打开了，可可淡淡的眼神在三人身上扫过。

“这是常江，和他妻子秦敏悦。”白翎侧着身简单介绍了一下。

可可微微点头，她早就知道这两人的身份，徐婉莉不久前在内部系统的“儿童失踪”档案里找到他们，常江是江源啤酒厂的经营者，而幼童胃中发现的那张纸上，就有五个字——江源啤酒厂。

“做好心理准备，然后进来吧。”可可转身走进房间，中间床上盖着一块白布，从轮廓上可以看到白布之下小小的身躯。掀开白布露出幼童头颅部分之后，只看了一眼，秦敏悦脚下一软就往地上坐去，旁边白翎立刻扶住她，而另一侧的常江闭上眼睛，微微点了点头。

不大不小的房间里，四个成年人一句话也没说，空气中只剩下秦敏悦低声的呻吟，常江扶着她往门外走去，可可则重新盖上白布，把幼童推回冰柜。等她一同走出房间，关上身后的门，就听得白翎在和常江轻声交谈之后的事情，眼光一扫，可可微微皱起眉，走廊另一头徐婉莉正带着另一对男女走近。

“可可这是……”徐婉莉似乎察觉了什么微妙的情况。

“直说吧。”可可微微仰头示意问她身后的人是有什么事？

“哦，这两位是邱先生和妻子，我在儿童诱拐登记系统里找到他们……他们看到那个孩子的照片，坚持说是他们的儿子。”

场面一下子僵住了，两对夫妻都认为可可身后房间里那个孩子是自己的？

“不可能！”四人中最先说话的是秦敏悦，“你们弄错了，我刚看过，那是我的儿子，你们肯定弄错了……”

另一对夫妻也不甘示弱，相互对视了一眼，然后要求见见孩子，说他们肯定不会弄错。

白翎和婉莉显然对眼前这一幕也有点愣，不由都看向法医。

“不要吵了，”可可的眸子依旧淡淡地，“到左边那个房间门口排队，做DNA检测吧。”

两对夫妻没有再多说什么，其实并不想真的争执吧？若里面那个不是自己儿子，岂不是表示还有一丝生还的希望？看着十几米外的四人，徐婉莉向可可凑过来，“抱歉啊，我不知道会正好碰到这一对，我给他们打电话，这边的孩子失踪两个月了，夫妻俩都快绝望了，所以想来确认一下。”

“这些人，自己孩子也会认错？”白翎有些不解。

可可摇摇头，“认错很正常，本来心情就不冷静，再说人死亡之后面容会有所变化，身前所有维持脸部表情的肌肉都松弛，和平时看起来有所不同，别说这么小的孩子，我还遇到过共同生活了几十年的人认错爱人的尸体。”说完她就离开两人身边，走进四人排队等待的房间，拿取检验DNA的小套装。

等她拿好东西刚走到门口，差点撞到迎面而来的秦敏悦。

“警察……不，那，法医对吧，你好，我和你说，我保证里面的孩子是我儿子，真的……”

“我信你，但是我们还是按照规矩来，这样我也好给另一对夫妻一个交代，对么？”可可说着就想离开，却被秦敏悦一把抓住，可可低头瞄了眼被死死抓住的手臂，微微眯起眼看着她。

“那能不能……就检测我一个人的？我是说，这么麻烦，我丈夫现在有点回不过神来……”

她说话时，可可往走廊里瞄了一眼，常江垂头坐在椅子上，看样子是受打击不小，但是不对啊，刚才你秦敏悦不是也脚软得不行么……眼神一来回间，可可就明白了什么。但是还没等她想好怎么回答，秦敏悦伸过来的手里就攥着几张红色的纸币往可可白色大衣口袋里塞，惊了一下，可可猛然甩开她的手往后退，同时声音不大不小地叫了一句，“白翎！”

本来就在不远处的白翎和徐婉莉立刻走了过来，秦敏悦手脚慌乱地缩回去，但是看向可可的眼神却变得有些诡异。

“浔姐，有事？”白翎莫名地看着这两人。

可可淡淡的眸子迎向眼前的人，话却是对身侧的白翎说，“请四位都准备好做检验，如果哪位放弃请他自己签个字交你手里。”说完看了秦敏悦一眼，就回了房间。

最后四人一个不漏地用检验棉签在嘴里刮了下，在可可的协助下做好了DNA 标本。

看着他们离开的背影，可可抱起标本盒子，抓起口袋里的手机，向走廊另一边走去。

“徐老师，有事要麻烦你……DNA 对比，加急的，对，交给医大去做太慢了……我现在就过来。”

四季轮换，现在夜幕降临的时间再次提早了，披着昏暗的天色，可可走进小饭店的时候，大缯已经在点菜，头也不抬地对服务员说，“饮料再加一杯热可可。”

放下包，看着服务员一道道往桌上放菜，可可忍不住揶揄，“八戒，几日不见胃口又见长啊。”

大缯瞪了一眼，“丫头你找抽的本事也见长，回去就收拾你。”

可可微笑，“听说白天去常江他们家的人是你和白翎？”

“怎么了？”大缯一边往杯子里倒啤酒一边问。

“这家人……你感觉怎样？”

“你不问我还不想说这事儿，这个常江看来和普通做生意的男人差不多，倒是那个秦敏悦，我进门把事情简单地问了下，她就指着我鼻子大骂我是骗子，然后又说你们警察弄错了，搞得我一肚子火，所以下午他们来认尸我都懒得去陪。”

可可又笑，“难怪派白翎来，我以为你在查其他什么案子呢。”

“有案子查倒好了，下午在局里开会，一开一个下午，上头个个老狐狸，讲话讲了一下午，临下班前半小时就散会，连个晚饭都不让我们蹭。”

“回过头来说这家人，秦敏悦反应是骂人，常江呢？”可可把话题又转了回来。

“常江啊……冷静一些，一开始很震惊，瞪着眼要吃人一样，我明白他那种人的想法，有钱，大概觉得不过是拐了孩子来勒索，准备好出钱了，发觉事情并不是想的那样，而是走到了另一条绝境……认尸的事儿反而不是我提的，是常江提出来，看他当时的表情，觉得就一个词，冷静。”

可可把筷子咬在嘴里，看向天花板，“今天下午认尸的时候，我总觉得有点不对劲，后来回想起来，几乎所有夫妇一起认尸的情形，两人都是相互搀扶，或者依靠在一起，今儿下午的时候，常江和秦敏悦一起走进验尸房，很自然地站在了白布的左右两侧，后来秦敏悦脚软的时候还是白翎上去扶住的……”

大缯把一大口红烧肉塞进嘴里，“你是说这两人貌合神离？”

可可眨眨眼，“啊哟八戒，几日不见水准见长啊，居然会说貌合神离这种文绉绉的词了，为师好生安慰。”

大缯一爪子直接伸过来捏她的脸，被可可笑着躲开了。

“总之，这家子人不太正常。”大缯冷冷道。

可可点着头，突然伸手把大缯捏着烟的手往下按到桌上，烟即刻被按灭了……

大缯窝在沙发上看着手里一份文档，这份东西是薛阳刚调出来的资料，关于常江和秦敏悦。

常江是江源啤酒厂的经营人，做生意十多年才有今日的财富地位，秦敏悦是第二任夫人，第一次婚姻没有孩子，离异后前妻就出国了。

秦敏悦出身有点背景，家境殷实，和常江婚后一年生下孩子常童，现就职于丈夫啤酒厂的组织部。

这下两人的人际关系都可以从啤酒厂查起来，说来虽然听说了昨天下午两对夫妇一起认尸的事情，但是鉴于孩子胃里的塑料纸，大缯和可可都认为这个幼童是常童的可能性比较高。

拍拍皮鞋，大缯走出办公室，“婉莉，几个臭小子呢？”

徐婉莉漂亮的大眼睛从电脑屏幕后露出来，环视了一下空荡荡的办公室，“呃……刚才还都在…”

大缯挑了挑眉，“造反了是吧？”摸出手机就开始打电话，刚拨通，白翎手机铃声就在门口响了起来。

大缯三步并作两步走过去，抓住了正躲在门口抽烟偷懒的白翎。

“老大我错了，我就抽个烟而已……”白翎被揪着领子装可怜道。

大缯把他拖到办公桌前，示意他穿上外套，“我们去常家。”

正说着，大缯的手机就响了。

可可把照片都摊平在验尸台上，这是她的习惯，验尸台上顶灯光源充足，台面宽阔，所以常常被她用来铺开资料做分析，这习惯不知让苏晓哲欲哭无泪了多少回，每次从可可手里接过照片之类的资料都要哆嗦一下，不是刚从验尸台上拿来的吧……

照片还没看上几秒钟，门外的走廊里传来一阵轻微的脚步声，由远及近，停在验尸房门口，几秒钟后又向远处走去，过了半分钟不到居然又走了回来。可可微微皱眉，是谁在门外徘徊？悄无声息地走过去，猛然把门一开，只见杨竞成一脸被惊吓的表情站在门口，手还半举着准备敲门的动作。

作为冒充法医签名的惩罚，杨竞成在法医科打杂了半个多月，自从田思书那个案子结束后，可可根本没心情继续抓着他当劳动力不放。现在突然出现在门口，可可一时反应不过来。

“有事？”她侧着头问。

“那个，我们队长……要我来多和你学习学习……”杨竞成说话舌头有点打结。

这明显不是什么大实话，可可更加不明白杨竞成到底想说什么。正好房间里的电话响起，她做了个稍等的手势，就回头去接电话。

“喂，徐老师，嗯，嗯，好的，辛苦了，我现在马上过来拿。”挂了电话可可就和杨竟成打招呼，“我要去趟鉴证科取报告，你没有急事的话下次再说吧。”

杨竟成愣了一下，突然道，“我帮你去拿报告！”说完愣头愣脑地跑了，留下可可一个人在验尸房里呆住，然后无奈地笑，这个杨竟成，莫非是当劳动力当习惯了？

不到十分钟，杨竟成一路小跑又出现在法医科，可可接过他从鉴证科拿来的对比报告打开，微微叹口气，忍不住摇摇头。

杨竟成一下子愣住了，以为自己拿错了报告。

可可示意他稍安勿躁，提起电话拨通大缯的号码，“是我，DNA 对比出来了，两对夫妻，四个人，只有一个人和孩子的 DNA 有血缘关系，秦敏悦。”

# 13　第一个线头

几个人集合在刑警办公室的会议室，这里的大圆桌是集体讨论最常用的地方，刚才被通知开会，其中几人已经坐在位子上看徐婉莉事先准备好的资料，王爱国和薛阳都埋头于文件，白翎根据资料在旁边的黑板上写下案情的要点。可可则坐在圆桌的另一边，双手不停在口袋里摸来摸去，最后终于在牛仔裤的口袋里摸到一颗珍宝珠。

大缯和徐婉莉进门的时候愣了一下，因为可可身旁坐的不是别人，居然是杨竟成。大缯走过去拍拍他的肩，“小杨，你们三队长刚才还和我抱怨人手不足，怎么，你倒挺清闲？”

言下之意，这里不是你呆的地方。

杨竟成张嘴想说什么，却被身旁的可可抢了先，“解剖的时候他就站在旁边看。”可可抬头看着大缯，“况且缺人手的可不止三队吧？”

可可一发话，大缯也愣了愣，随即不再多说。

“大家在桌上看到的资料是小徐今天早上汇总的几部分，首先是常江家报案的简述，白翎。”

大缯说完，大家就顺势看向白翎。他手里拿着报告纸站在大白板旁，“常江与秦敏悦的儿子常童，于上周三失踪，半年前孩子满一岁，夫妻俩请了一位保姆，专门在白天带孩子，名叫顾芸芸，山西人，周三上午两人都出门上班，孩子照例归顾芸芸照顾，这里还有儿童拐卖分科调查的报告补充，上午十一点的时候，还有人在小区花园里见到过顾芸芸带着常童出现。然后就是……下班时间，秦敏悦先到家，发现孩子和保姆都不在，等常江到家时已经较晚，孩子和保姆依旧没有出现，保姆的手机也关机不开，这时两人报警。”

王爱国在一边举起了手，“顾芸芸找到没有？”

大缯答道，“没，这个案子一开始就被怀疑是保姆拐带走孩子，所以之前的调查方向一直是以顾芸芸为主，儿童拐卖组怀疑她逃回老家了，这条线还在查，不过现在常童一出现，情况就比预想的复杂得多。”

“可怜的娃，妈妈是妈妈，爸爸却不是爸爸。”王爱国坐在大圆桌边，翻看着手上的报告纸。

可可发出一声微不可闻的叹息。

徐婉莉带着一点怀疑的表情看向她，“可可，你真的确定？那你说秦敏悦会不会知道自己孩子的父亲是谁？”

可可从档案夹里找出两张半透明的像X光片一样的检验片，上面横竖了许多小横点。“这是孩子身上提取的，这是母亲的，”说着对准房间日光灯，将两片重叠，周围的人都可以清晰地看出两者几近重合，然后可可将母亲那张换掉，拿出另一张和孩子的放在一起。这回连“一提科学就头疼”的大缯也看得出，两者区别之大。

“这还是初步的对比，用肉眼就能看出，我交给医学院做数据对比，一周可以出报告，能用精确的数字告诉你，孩子和父亲是否有亲子关系，我赌，报告上会写非血亲关系，”可可说着把嘴里的糖从左边过渡到右边。

“所以，这个案子的嫌疑人也增加了……”大缯的钢笔轻轻敲击着圆桌面。

“老大，你是说……常江会因为孩子不是自己的就弄死他？”薛阳瞪大了眼睛。

“太残忍了，那孩子才多大啊。”婉莉皱着眉。

“那么小的孩子，所以不论是谁弄的，都没有人性。”杨竟成握紧的拳压在桌面上，太阳穴上跳跃着隐隐怒意。

可可扫了他一眼，又迅速地把视线收回去。

会议室里一阵沉默着，大家心中都清楚，杀死这么小的孩子太残忍，但并不是没有可能。

最后还是大缯站了起来，踱步到白板前，拿起黑色记号笔在板上画起来。“根据现在我们掌握的情况，我们分组行动，白翎你和薛阳联系儿童拐卖组，看他们对追查顾芸芸有什么进展，杨竞成你跟着我去常江家套他们的话，夫妻两人要分开谈，而且不能把孩子的鉴定抖出去，看看他们俩是不是都心知肚明，小徐你和王爱国负责调查背景，常江的生意，秦敏悦的工作，查这两人是不是做过什么特损德的事情，所以招人报复。”

众人都点着头记下了自己负责的事务，可可歪着头想了一下，打断大缯的话题，“你说如果是为了报复，为什么不直接一点，而要打击报复在孩子身上？”

“会不会是保姆顾芸芸报复？”

“还有种可能，像常江这种做生意的人呢，人际关系都复杂着呐，歹毒一点的生意对手也可能咯？”

“生意和孩子……牵强！”

“不能排除这种吧……”

“好了别吵……”大缯发话截断了杨竞成与白翎的争论，“我们现在掌握的东西还不足以判断动机，这样，小徐你和王爱国在搜索这家人背景资料的时候多留意和孩子有关的事件。大家都动起来吧，可可你跟我过来。”

会议简单地开，也简单地散。大缯等可可走进自己的办公室，在她身后关上了门。

“那个杨竞成，你叫他来的？”他直截了当地问道。

可可抬眼看着他，微微露出疑惑的眼神。

大缯摇着头，“你要把他招来也得和我说一声，回头三队长过来问为什么把他的人抢走了，我得打招呼啊。”

可可眼珠一转，“三队长答应让他在法医科当一个月劳动力，现在还没满月呢。”

大缯一想也是，转而想起其他问题，“可可，那个孩子身上一点线索也没有？你不打算再检查了？”

可可抬眉一笑，“你觉得我会就这样截止？”

“你不是解剖都做过了么？”

“解剖平时都是最后彻底的检查，但是在被怀疑是中毒死亡的时候，检验身体内部是第一步，用来确认是什么毒，是不是导致死亡的原因，或者只是间接死因，比如说毒性只会让人昏昏沉沉，但是昏沉的后果导致坠楼或者意外伤亡，像有种带毒水果分泌物叫做……”可可刚说在兴头上，一听到科学问题就头疼的大缯立马让她打住。

“别吐科学泡泡，你直说你还会继续检查就行了。”大缯一脸领导腔，引起了法医的不满，可可嘟起嘴，像个憋着泡泡不能吐的金鱼。看得大缯忍俊不禁，伸手就向她的脸捏去。离圆鼓鼓的脸蛋只有几厘米之遥时，却被躲开了。

“我最后一次警告你哦周大缯，你以后再敢在办公室里动手……”可可边说边缓缓向后退。

大缯威胁性地眯起眼，再敢在办公室里动手怎么着？

可可跐溜一下就消失在办公室门外。

嗨！什么时候学会溜得这么快！大缯正瞪着办公室门苦笑，白翎的脑袋又出现在面前，脸上闪着兴奋的神色，“队长，儿童拐卖组电话来消息说找到保姆顾芸芸了，果然是逃回了山西老家，那边的警队兄弟找到她了！”

大缯也来了精神，“好！你和薛阳马上跟着儿童拐卖组一起去把人带回来！”

白翎说着转头要走，大缯突然又叫住他，“悠着点！这人好歹是拐卖组找到的，让着他们点，常童失踪的案子也好让他们写报告结了，接下来的就转给我们来！”

“是！”白翎这一个字的音前半段还在办公室门口，后半段已经是从几步外传来，可见其动作迅速程度。

“姓名？”

“顾芸芸。”

“年龄？”

“二……二……”

“二什么二啊？”手握笔记录的警员很无奈地说道。这是拐卖组的王警官，站在他身旁双手环胸的则是白翎和薛阳。根据周队的指示，两人低调地陪在一旁，并不直接参与审讯，但不开口并不代表无所事事。在薛阳的眼里，顾芸芸坐在椅子上的一举一动都如录像一般被记在脑海里，眼前这个保姆穿着大红色的套头毛衣，但颜色却显得脏暗，显然很久没换洗过。她的双手虽然握在一起好像随意放在膝盖上，不断叠换的双腿却昭示出了她的紧张，一会左小腿在右小腿前，一会又反过来，不自觉中，已经交换了三四回。

“顾芸芸，你到底几岁？你的雇主常江可是说你有三十二？”王警官继续问道。

“我们那中介教的，写年龄大一点，人家会觉得带娃更可靠，我……二十七。”顾芸芸声音越来越小。

王警官摇摇头，记录在报告纸上。

“常童是你带走的吗？”

这个问题一出来，顾芸芸急忙摇头，“不是！我没有拐孩子！”

“那你逃什么？”

“我……我怕主家报复，这孩子不见了，他们还不要了我的命？”

“你把出事儿那天的事情解释清楚！不要撒谎，我们这里都是有证人的！”王警官压低声音，显得颇有威胁性。

顾芸芸连忙摇头，然后把事情说了个明白。原来常家发现孩子不见的那天上午，顾芸芸和往常一样在上午 11 点多带常童下楼去小区花园里玩耍，过了一会，隔壁小吃店的老板娘来找她，说她的老乡，一个叫向平的妇人找她去唠嗑，顾芸芸看孩子玩得正欢，心想小吃店就小区门口转弯，于是心存侥幸就放下孩子一个人在花园里就去了。结果到了小吃店却没找着向平，小吃店里里外外她去过多次都熟悉，转了好几圈，依旧没见到人，心里一边疑惑着一边走回花园，这个时候，常童已经不见了。

她吓坏了，在花园里大喊孩子的名字，抓住几个在附近的大人就问有没有看到这么大小的一个男孩，白白净净的……也不知道过了多久，她终于明白孩子是被抱走了，下一秒她所想到的，就是主人家一定杀了她，不，也许是把她告上法庭，让她一辈子都呆在监狱里……想到这些，她连常家也没回去，直接就跑了，一个人也没地方可去，就买了个火车票回了老家，以为这么远就不会被抓到。

“你觉得她说的都是实话？”大缯的声音从电话那头传来。

白翎站在派出所门口的空地上对着手机道，“我觉得不像假话，当然需要验证，如果说的实话，那个小吃店老板娘就很可疑，还有老乡也是。”

大缯在电话那头沉默了一会，“你们现在出发，大概多久能回来？”

“路程大概七八个小时，不过拐卖组的老王还在和派出所办手续移交，不知道是不是要耽误一会。”

“行，把顾芸芸带回来，我们还要详细询问，和小吃店那俩人一起问。”

白翎答应下来，按下挂断键，对着手机屏幕发愣了一下，又找到通讯录里另一个名字，按下了拨通键。

白翎从门外走进来，薛阳看了看他道，“队长说什么？”

“没什么，就说人马上带回去，要好好问一问。”

“就这样？”薛阳一脸问号，“就这几句话你打这么久电话？”

白翎清了清喉咙，没有回答。

正好王警官拉着顾芸芸走出来，三人和派出所的兄弟打完招呼之后，就带着人上了车。

一路上顾芸芸神情委顿，一副赶赴刑场的表情，令薛阳忍不住猜想她说的是不是实话。白翎一边开着车，一边明显思绪游离出去了，对薛阳的话有一句没一句地回答。

车刚到公安大楼门口，白翎一个跃步就跳下了车，“我有事先走开会，你把人带给周队吧！”说着指指车后座的顾芸芸。薛阳还没来得及叫住他，就见他已经跑开好几步远了。无奈下，薛阳赔着笑脸，和儿童拐卖组的警官一起带着顾芸芸上了楼。

“队长，人带来了。”薛阳踏进刑警队就找到大缯。

大缯刚从审讯一室走出来，关上身后的门，手一指，示意将顾芸芸带去审讯二室，然后想了两秒钟，又突然叫住薛阳。

“带回来，”大缯说，“直接到一室来，我们就热锅炒热饭，看看这两拨人要怎么对峙。”

原来审讯一室里呆着的，就是顾芸芸口中所说的老板娘于枫秋，与她的老乡向平。接到白翎的电话汇报之后，大缯立即带人找到了证词中提到的两个女人，从找到她们到审讯室里问话，两人都坚持说顾芸芸所说都是假话，根本没有叫她去唠嗑这事儿。

大缯一手抓着审讯一室门把手，对着坐在位子上的两个女人微笑道："你们都说顾芸芸说的是假话对么？嗯，那我们就来看看谁说的是真话！"说着身子一侧开，顾芸芸从他身后走出来。

顾芸芸第一眼和审讯室里的两人对上，于枫秋与向平大概没想到会有这么一出，显然三人都猛然愣住了，随即顾芸芸一阵旋风一般向审讯桌前的两人扑去，带着哭腔说道："姐！平姐！老板娘！你们可得给我作证啊！我我……"

老板娘于枫秋吓得往后一缩身子，这动作在敏感的顾芸芸眼里，显然代表着远离的意思。

"老板娘……你……"

"这位老板娘说法可和你相反啊，"大缯在她身后不紧不慢地说道，"她说你都是在胡说八道。"

顾芸芸一愣，瞪大了眼睛盯着于枫秋，声音变得尖利起来，"你说什么？你怎么可以这样胡说！明明是你！是你把我骗走！是你……对，对了！就是你，是你抓走了童童对不对？是你杀了他，所以栽赃给我！"

于枫秋被顾芸芸说的话吓得站了起来，连连后退，"你你别胡说！我……我怎么可能……"一边连语气都变了调，一边连连看向平。

向平也眼神不定地看看两人，嘴巴一张一合，就是什么也说不出来。

"好了，都坐下！"大缯一句话威严地压住了三人剑拔弩张的气氛。当三人都僵硬地坐在桌子两侧后，大缯站在中间，"我提问题，你们都给我答案，是或不是。只有说实话，你们才能离开这里，懂么？"

三人陆续点了点头。

"出事当天上午，于枫秋，你有没有去小花园找顾芸芸？"大缯问。

顾芸芸大声说了句"是"，于枫秋看了看其他人，咽了咽口水，缓缓地点了点头。

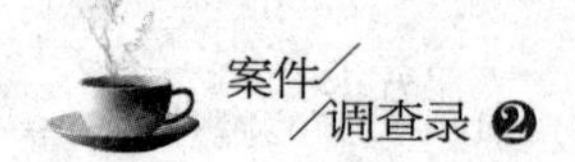


“你告诉顾芸芸，向平找她？”大缯问。

于枫秋轻声地说了句，“对。”

霎时间顾芸芸呼出一口气，人瘫软一般靠在椅背上。

顾芸芸的嫌疑算是解开了一大半，大缯把视线集中在左侧这两个女人身上，“向平，你有没有让于枫秋去找她？”

于枫秋不安的眼神立刻看向身侧的向平，见她一直不吭声，紧张地抓住她的袖管，“你倒是说话呀！说呀！”

向平缓缓摇动着脑袋，但是当她对上大缯严厉的视线时，又被吓住了，好半天才嗫嗫嚅嚅地道，“俺就知道……俺就说这不是好事儿……”

砰！大缯不轻不重地敲了下桌子，把眼前三个女人吓得一身冷汗。

“话说清楚一点！你知道什么？”

“俺，俺真的啥也不知道！”向平支支吾吾地说。

“你不知道什么？”大缯紧追不舍。

“俺不知道啊，那个孩子是谁带走的！”

大缯微微眯起眼，“那你知道些什么？”

“那个，就是，俺，俺……”

大缯一脸严肃，“向平，你想呆监狱吗？你如果现在不说，天色也不早了，今晚就在看守所过吧？”

向平是个老实的农村女子，哪里见过穿着警服、一脸凶相的男人对自己这样吼？被吓得快哭出来了，连连摆手道：“俺不知道她是坏人啊，俺就是拿了 200 元钱，还，还给了老板娘 50 嘞！”言下之意，要是呆监狱，身旁的老板娘也该一起呆着。

老板娘一听差点跳起来，“你给我钱，我怎么知道是为什么，你，你叫我去叫顾芸芸来，我就帮你叫来了，其他的可别赖在我身上！”

“好啊！你们两个原来是一起骗我的！警察！你都听到了，这都不是我的错，是这两个人故意把我支开，孩子的事可不是我的错！你要替我和主家说啊！你要替我……”连一旁的顾芸芸也开始大声叫嚷的时候，大缯挥挥手让三个吵嚷的女人都住口。

“没有我提问，谁再啰嗦就直接关到看守所里去！”大缯低吼道，“向平，你把话一句句说清楚，是具体几点钟，谁给你钱，让你做什么？”

接着大缯提的问题，向平这才把话说清楚，“上午十一点，大概不到，有个女人，很时髦的女人来找俺，俺正坐在门口洗菜，她问我是不是和常家的保姆很熟悉，俺点头，然后、然后她就给了俺200元，说让我帮个忙，她想和常家那个娃说说话，让我想办法把保姆单独叫走。”

“那个女人长什么样？”

“呃……时髦，特时髦，那啥，眼珠，哦不，就是那个眼皮上头啊是紫色的，还有，穿着那啥裤子，也不是裤子，是袜子，就是老长老长的袜子。”

“裤袜？”大缯皱着眉问。

“啊对！就是裤袜，是粉红的，腿老长，那种带毛儿的靴子，那啥，还有带着个大墨镜，闪啊闪得俺眼花，根本见不到眼睛。”

“这么说，是有个时尚女郎给了在小马路边洗菜的向平200元钱让她把顾芸芸从孩子身边支开，而觉得麻烦的向平又分给老板娘50元让她去叫顾芸芸，同时对顾芸芸说‘我帮你看孩子你先去吧’，结果孩子就一个人呆在了小花园，然后孩子就失踪了？”

“对。”大缯和可可两人一边聊着一边往法医科走去。

“你信她说的么？”可可手里抱着一沓尸检报告，步子时快时慢地走着。弄得大缯不得不走几步就停下来等等她，而这种不规律的行步速度则昭示着可可脑袋里正在飞速地思考。

“你觉得有什么可疑的地方？”大缯站定问身后两步的可可。

“说不上来，这个女人如果真的存在，你猜她会是什么角色？”可可止住脚步。

“你问我？最简单，常江的情人。”大缯毫不犹豫地回答道。

可可挑挑眉，嗯，很简单却很有道理，像常江这样经常在外做生意的人，有个情人根本不是什么意料之外的事，而情人对常江的孩子有兴趣，也是意料之外却情理之中。“那第二个问题，这个情人怎么知道坐在路边洗菜的向平和顾芸芸相熟？”

大缯也往前走了两步，这条法医科长长的走廊好像没有尽头一般，“说明这个情人起码了解顾芸芸，知道她是孩子身边寸步不离的保姆，也见过她和向平在一起闲聊什么的。”

“那顾芸芸也应该见过她。”可可说。但大缯却摇摇头，“她说没印象有这么个人。”

可可往前走几步又猛回头，“也许情人为了实施计划，事先派私人侦探调查了孩子身边的情况。”

大缯一愣，随即点头，“说法行得通，待验证。晚饭想吃什么？”

可可微笑，把手中的厚厚一沓报告扬了扬，然后加大步子，一把推开验尸房的门，然后两人瞬间就愣住了。

验尸房里灯光明亮，有两个人斜着身子靠在书桌旁。苏晓哲愤怒地瞪着对面的白翎，后者嘴角带着些淤青。

四人对视了三秒钟以上，没有人动弹。苏晓哲一阵风一般刮过门口的可可与大缯身边，冲了出去。

大缯皱着眉，“白翎，你们刚才在打架？”

白翎一言不发从地上爬起身，低着头侧着身打算从两人身边走过，没想到可可侧开一步，堵在他面前。

白翎抬头看了看可可，她眯起眼低声道：“你们两人怎么回事我管不着，但你如果欺负我的学生……相信我，我有一百种方法让你从人间消失，一根头发都不留下。”说完甩袖离去。

大缯看了看白翎低头不语的样子摇了摇头，转身去追可可。

只剩下白翎一个人，默默地站在验尸房门口。

法医科长长的走廊充满阴冷的风，好似没有尽头。

# 14　第三个女人

“那个女人长什么样？”

“嗯……时髦，特时髦，那啥，眼珠，哦不，就是那个眼皮上头啊是紫色滴，还有，穿着那啥裤子，也不是裤子，是袜子，就是老长老长的袜子。啊对！就是裤袜，是粉红滴，腿老长，那种带毛儿的靴子，那啥，还有带着个大墨镜，闪啊闪得俺眼花，根本见不到眼睛。”

咔哒一声，白翎按下小型录音机上的按键，“对这样描述的女人，你们有印象吗？”

他和大缯并排坐在常江家客厅的大沙发上，对面沙发坐着紧锁眉头的秦敏悦，另一侧站着双手环胸的常江。

秦敏悦首先开口问，“这个女人和童童的事情，有什么关系？还有，说话的这个是谁？”

大缯抬手打断她的问句，“常太太，案情还在调查中，恕我们现在不能把很多细节告诉你们，如果有任何确定的事情我们会第一时间通知，请你好好想想，一个这样打扮的时髦女人和你们所认识的任何人有相似吗？”

秦敏悦迟疑道：“听起来有点像我们公司里的财务小贝，她也喜欢穿粉红色的长筒袜，出门就戴上墨镜，不过那个小姑娘很单纯，和我们家也没有什么工作以外的关联，应该不会和童童有什么……”

秦敏悦还没说完，就发觉对面两个警察的眼神都看向站在窗边的常江，她也随着视线看去，常江背对窗外的光线，神情看来阴暗，一双浓眉狠狠地纠结在一起，看到三人都看着自己，他缓缓吐出一口气道，“小贝她……不是会做这种事的女人。”

空气中一下子凝结了。

白翎的焦点不断在秦敏悦和常江之间换来换去，房间里此刻这种静默如同海啸前的极度宁静一般，昭示着某种翻天覆地的变化。

几秒钟后，秦敏悦嘴角扯出一丝苦笑，“常……江，你真的……”话还没说完，她猛然跳起来向站在不远处的常江冲过去，抬手就抽了一个耳光，当她撕扯着常江的衣服想再动手打他时，白翎果断上前，从背后架住秦敏悦的双肩，努力克制这个情绪失控奋力扑腾的女人。

“你个畜生！你果然背叛我，你个混蛋，你居然真的养个狐狸精骚货……”秦敏悦猛力扑腾着向常江冲去，白翎辛苦地抓住她。

“我说每个月账上怎么一直少钱你都不管管！你个王八蛋！你养的狐狸精杀了我的儿子！我要你们一起偿命！给我偿命！杀了你！杀了你们两个狗男女！还给我儿子，还给我……”

常江显然也被吓了一跳，他被秦敏悦一开始那一下子给打倒在地上，在大缯的拉扶下重新站了起来，衬衫纽扣也被扯下一颗，身上衣物凌乱，被狠狠扇到的半边脸也慢慢红肿起来。这般狼狈的情况让他最后一点点内疚也消失殆尽，他整了整衣服，对怒目而视的秦敏悦冷笑道：“有句话你还真是说对了，那还真他娘是你的儿子！”

挣扎着向他扑去的秦敏悦突然停住了动作，“你什么意思？”

“什么意思？怎么？你真当我常江是傻子？你以为我会不知道？自从那个警察打电话来问我是什么血型，我立刻就想到了，一查果然！哼，童童根本不是我的孩子，我养狐狸精，你……”

“等等，”大缯急忙打断他的话，“警察打电话来是怎么回事？”

常江扫视了大缯一眼，没好气地说：“就是我们验 DNA 的第二天，你们一个姓杨的警察打电话来问我情况，最后问了一句我是什么血型，我的 DNA 都留在你们那里检查了，还问我做什么？我拿童童平时的玩具去一检验，果然，我的血型和童童匹配，但是 DNA 不匹配！”

杨竟成……大缯脑海里突然想到了他的名字，但是杨竟成为什么要故意提示常江？还没等他想个明白，常江的话滔滔不绝地继续吼道，“我养狐狸精？小贝不知比你温柔了多少，就你那货色，秦敏悦你也不看看你自己，你算什么东西？当初要不是看在你爸是个副厅长，我会要你这种人尽可夫的婊子？还给我弄个小杂种回来，我告诉你，这些我都会写在离婚协议上，你等死吧你！”

秦敏悦脸上的泪自一双浑浊的眼中像关不掉的水龙头一般流下，喉咙里发出咔咔的恐怖声音，许久之后才合成听得懂的人话，“……滚，你给我……滚……”

常江紧皱起的双眉还显着阴狠的怒火，“我滚？你搞搞清楚，这栋别墅从头到尾都是我出的钱，我觉得是时候到你滚了！反正你有的是男人，你怎么不睡到别的床上去？贱货！”

秦敏悦指着常江的手无力地垂下，只剩下满含怨怼的双眸狠狠瞪着他。

大缯给白翎递了个眼色，让他把秦敏悦弄到楼上去，等白翎把人一步一拖地带走之后，大缯回头看常江。“常先生，你们夫妻间的事情我们管不了，但是你知道，我们得继续查谋杀案。”

“查什么查，”常江阴怒地扯了扯失去扣子的衬衫领，“又不是我儿子，你们随便。”

“我们必须查清这个财务小贝是不是我们要找的人，所以请你提供她的联系方式。”

常江眼珠一转，带着怀疑地看大缯，“我说了小贝不是那样的人，而且童……那个小杂种失踪的时候，小贝白天一直在上班，我可以作证。”

大缯礼貌地一笑，“谢谢你的证词，你不提供她的联系方式也没关系，我们明天会去你的工厂了解情况，我一点也不介意多和你的下属们多接触一下。”

常江皱起眉露出厌恶的表情，然后报出一个手机号码，大缯连忙记在记事本里。

白翎打开警车副驾驶的门坐进车子，“队长，秦敏悦暂时呆在二楼房间，常江开着宝马出去了，我和这边派出所辖区派出所的兄弟打了个招呼，万一他家闹起来我们会收到消息，呃，这是什么？”白翎疑惑地从大缯手上接过一张名片，白色的小卡片上只有一个简单人名，以及一个座机号码。

“心理医生，以前做过队里的医生，和我很熟。”大缯边说边启动车子，“我不希望你留下记录，所以去看外面的医生比较妥。”

白翎花了好几分钟才明白过来，一脸扭曲的表情，“队长，你想到哪里去了……”

“不要耍小孩脾气，同性恋治愈的概率还是很高的。”

白翎感到无法言喻的尴尬，他转身将手中的名片捏成一团，打开车窗就扔了出去。

大缯缓缓将车停在路边，沉默地看着身侧的年轻人。

白翎并没有直接看他，而是飘忽地转移了视线，“不是那么回事，队长，你真的想歪了。是晓哲……额，有个同学……就是晓哲一直在追的一个妹子，还蛮可爱的。然后……”小白抓抓脑袋抓抓头，一副不知道该怎么解释的囧样。

“结果妹子看上你了？”大缯看玩笑道，笑着笑着他就不笑了，看白翎的表情，还认真地点了点头。

真是哪哪都有眼瞎的。大缯暗说。

“干吗啊，我一大好男青年有妹子喜欢不是很正常的嘛！再说了，同性也不算病啊……”小白一路嘀嘀咕咕个没完。大缯开着车，反而后悔透了为啥要去管这事儿。

“哈哈哈哈，你活该。”可可的笑声自耳机里传来。

大缯无语了几秒，才道：“你知道这事儿？”

“我可没想到过这么八卦的剧情，我就是看晓哲最近的脸色都不太好。不过我站在任何人都有恋爱自由的那一边，他喜欢谁是他的选择，人家小姑娘喜欢谁也是人间自由，本来恋爱就不是对等的交易。可可一边说一边环顾四周，此刻她正站在公寓小客厅里，周围除了自己讲电话的声音，还有一种低沉的呼哧呼哧声，刚才她正在桌上摊开国道案的资料，突然察觉这种低低的呼哧声不知从何而来，正当想仔细辨明时，大缯的电话就到了。

“不过好歹那小朋友先看上的，白翎这招有点不厚道。”

"大缯……你知道我见过多少人，直到辨认尸体的那一天才发现自己有多爱躺在冰柜里的那个人吗？有这个时间去纠结为什么我爱的人不爱我？还不如好好想想自己能活到哪一天呢！总之，他们俩的事情你管不着，我也管不着，再说了我都还没生气，你有什么意见？"可可想了想，然后转身向灶台走去，打开电饭锅的盖子，果然，一个黑色的毛绒团子正躲在里面。

素素露在团子外面的耳朵抖了抖，然后继续窝在电饭锅里发出呼哧呼哧的呼噜声。

大缯把方向盘转了小半圈，哭笑不得地说，"你有什么应该生气的？"

"当然有！"可可单手叉着腰嘟囔道，"凭什么是你的徒弟抢走我的徒弟的女朋友……"

"什么？你说什么？刚才一下子信号差没听清……"

"什么也没有！"可可说完把手机夹在肩膀与耳朵中间，然后双手小心翼翼地把黑毛团子从电饭煲里挖出来。不知道是猫的本性还是素素的癖好，总是喜欢窝在一些奇怪的地方睡觉，电饭煲里面、柜子的夹层里，甚至是小圆形的垃圾桶都是它的最爱。上一次可可皱着眉直接把它从电饭锅里抓出来的时候，素素挣扎着挠了她一把。这次她学乖了，轻柔地把团子揉捏着提出来，然后狠狠关上盖子，思考着要不要给电饭锅加把锁。

电话那头传来汽车鸣笛声，可可忍不住问，"这么晚了你去哪里？"

"放心，我不是去偷腥。"大缯低沉地笑道。

"你可以去啊……"可可重新坐回饭桌前，将一张张现场的照片收回文件夹，素素在桌上伸着懒腰，闲散地用后腿挠耳朵。

"哦？你准我去？"

"都是成年人，你爱去哪里我有什么权利管？"可可将手伸向一张物证照，却突然发现照片被素素用前爪踩住了。

"啧啧……听来酸味很重啊。"大缯的声音很愉快。

"放开。"可可对着素素道。

"……你旁边有人？"大缯问。

"没人，素素踩着我的照片不放，乖，把爪子拿开。"可可再次说道，但素素的眼神完全不似刚才的闲散，反而紧紧地盯着主人，踩在照片上的前爪坚定不移，可可和黑猫的视线对上一会，然后低头去看照片的内容。

那是现场取回来的物证照片，在常童幼小的手掌中，捏着一个淡绿色的恐龙玩偶，短毛绒的表面，圆鼓鼓的肚子。

圆鼓鼓的肚子……可可的嘴巴不知不觉地张大了，一种诡异想法钻进了她的思维里，甚至她自己也不知道是怎么来的念头，她再次看向黑猫，素素继续用诡异的眼神与她对视。

这只恐龙玩偶里有东西……

“……可可？浔可然！”大缯的声音抬高了八度。

“啊……嗯，在，没事……我想，我要回去查一件物证。”可可对着手机道。

“……太晚了，别跑出去，工作上的事情等明天早上吧？”

“我又不是小孩。”

“物证又不会跑掉。”大缯顿了顿又补充道，“我会和局里保卫处的人打电话说不准你进去，你就算现在偷偷回去加班也会被拦在门外。”

可可叹气，“周队长，有没有人说过你控制欲超强？”

“谢谢夸奖，总之你听话好好休息，明天早上我来接你，早饭想吃什么？”

可可被气噎，“吃你个头啦。”

“……早饭想吃什么？”大缯自动忽略了不符合问题的答案。

明知对方看不到，可可还是忍不住翻了个白眼。

“早饭想吃什么？”第三次……

可可捂脸，无奈地嘟囔，“……生煎。”

素素张大嘴打了个猫哈欠，轻盈地跳下饭桌。

## 15　馄饨皮同学的初吻

“苏晓哲！苏、晓、哲……”

唔？

“醒过来啊你个蠢猪，下课了下课了！”耳边嗡嗡的声音吵得苏晓哲终于清醒过来。

“下课了啊？”

“对啊下课了你个混蛋，睡了大半节课，今天划重点啊，你居然不帮忙一起听课！你这种家伙为什么每次考试都能过啊！天理不容啊天理……”

“小暴你好吵。”

“不要叫我小暴！”

“嗯……36 页后的重点给我看下……”

“36……你居然从 36 页就开始睡了？你对得起党和人民么你！”

“嗯，我对不起全世界无产阶级……”打着哈哈苏晓哲就抢过小暴桌上的书，开始一页一页地核对重点。小暴在旁边看着他。

“干吗那么安静地看着我？”苏晓哲头也不抬地问道。

“什么话，我不能安静么？”小暴反问。

苏晓哲又沉默了，教室里同学陆陆续续离开去吃饭，突然只剩下他们两个。

“晓哲……你这几天……很奇怪啊。”

“有么。”苏晓哲半眯着眼，敷衍地回答道。

“有！”小暴斩钉截铁。

“哦……有就有吧……”继续敷衍。

这回轮到小暴无语了，接下来该说什么呢，“诶。你有什么事好歹和兄弟说一声啊。”

“嗯，好。”苏晓哲道。

听到这个回答小暴就放心了，正当他准备好听故事时，只见苏晓哲转身就把教科书还给了他。

“啊？”

“啊什么啊包同学，你灵魂出窍呢？我划好了，还给你。”

“那……那刚才你说好，是说划好了的意思？”

“你以为呢？噢好饿好饿，啊嘞？怎么人都走光了？糟了！小暴！我们快去食堂抢饭，否则鸡腿饭肯定卖光！”说着苏晓哲抓起书包就往外跑。小暴愣了一下猛然跳起来，“都怪你居然在总结课上睡觉！”

“不要抱怨啦小暴！”

“不许叫我小暴！”

“神马？苏晓哲有感情烦恼？噗……”宿舍里两个兄弟正对小暴的说法忍不住笑出声来，“苏晓哲那个小子，纯情得跟什么似的，你说他被女生吓到逃走还可信一点，你说他喜欢上了谁……谁家的姑娘这么倒霉啊遇到馄饨皮那小子……”

“喂喂我认真的哦！没错，他是皮薄纯情而且没经验，不过喜欢上谁也是正常事情好不好。”小暴难得的一脸严肃，“你看他这几天，上课老是睡着，以前拼了命的实习也停掉，和他以前那副样子差太多了，不是失恋是神马……”

“哦哦哦你说到这个我想起来了！前几天我听到他在楼下和一男的吵架，说丫当他是兄弟，没想到你是这种人什么的……”

“啊！我知道！隔壁胖子也跟我说了！好像那个谁，就是他实习的一同事抢了晓哲看中的妹子！我当时还笑话胖子眼瞎，晓哲哪有看中过谁家的妹子。”

“原来是真的啊……”

“这么说还是个警察？太不要脸了！晓哲这种白白嫩嫩的馄饨皮，能看中一妹子多不容易啊……”

你一句我一句，一宿舍的男生聊起八卦来，连游戏都忘了关，正热火朝天中，宿舍门就被打开了，苏晓哲两手空空地回来了。

“……诶？诶诶你怎么空手回来了？我的鸡腿饭呢？”宿舍长嚎叫道。

“我的排骨饭！”另一个兄弟也抱着脑袋叫道。

“啊……”晓哲反应慢三秒地好像才想起这个事情，“我给忘了，呃，我……现在再去买。”

这回宿舍里的人都对了个眼神，充满了了然的，“别去了，食堂远了点，你就在宿舍区门口买几个煎饼给我们吧。”

“要么还是我去吧？让他再特地跑出去……”小暴突然说。

“没关系……”苏晓哲声音低沉，一边说一边重新穿上鞋。

这时门外突然传来叫他名字的声音，苏晓哲打开门。

“苏晓哲！楼下有警察找你！”是宿舍管理员的声音。

站在一旁的小暴发觉馄饨皮的脸立刻就变了。瞬间英雄主义附身的小暴就暴起了。

“丫的有完没完！抢了我们晓哲的妹子还敢有脸找上门来了！兄弟们！让他知道点厉害！”

事情在苏晓哲的眼皮下急转直下，他还在发愣时就看到宿舍的兄弟们撸起袖子蹬蹬蹬地往下冲了出去……

啊？啊啊？

晓哲觉得自己头顶上有个大写的“懵”字。

待到苏晓哲匆匆跑下楼时，才发现事情比他想的更糟糕。

以小暴为首的几个兄弟穿着裤衩、背心，围着中间那警察，宿舍长因为对方说了句什么，气冲脑门，一把上前揪住警察的衣领叫嚣着。

结果被那警察一反手就扭地哇哇叫……最糟糕的还不是这个，最糟糕的是……

“周队长！”

大缯穿着一身警服，不知道是刚完成任务没来得及脱还是故意穿着来的，抬眼看了看他。

“苏晓哲，你们宿舍待客之道挺特别的嘛。”大缯边笑边说，随手放开了被反手擒拿地快哭出来地宿舍长。

虽然笑容可掬，但绝非善类，苏晓哲心底嘀咕道。

“诶？等等，不是那个姓白的？小暴？你不是见过那丫嘛？你怎么没认出来？”几个男生一脸懵逼。

小暴在旁边支支吾吾，“唔……我刚才一直在思考，好像……脸是不对。”

几个男生上去就按着小暴一顿踹。

晓哲挥挥手把宿舍里这群傻子都赶回去，“没事，我去买饼，一会就回来。”。

宿舍长问，“但是如果不是姓白的，那警察找他神马情况？”

另一个兄弟也问，“晓哲犯事儿了？”

小暴揍他一拳，反问，“你觉得他那个馄饨皮能犯什么事儿？”

“也是哦，连妹子都会被人抢走还不反抗……”

刚挨了揍地小暴猛地一拍大腿，“难道晓哲看起来包子，实际上压抑太久激情犯罪，把姓白的和那妹子一起杀了埋在了樱花树下？”

“……小暴你到底在什么地方实习啊？”

“社会民生新闻部啊。”

“哦，难怪。”

苏晓哲一言不发地往前走，还沉浸在自己的私事被宿舍兄弟们知道的恼羞成怒中，明明谁都没有告诉过，他丫的这群八卦鬼到底是从哪知道地……

“苏晓哲！”周队长第三次叫苏晓哲的名字才被他的耳朵接收到。

“啊？”平时一脸温顺的小朋友现在情绪极差，叛逆心理作祟，声音和面容都扭曲地趋向于路边的小混混。

“我有话要问你。”

“这句你刚才说过了，有下文没？”

“真被白翎抢妹子了？什么样的妹子你这么喜欢啊？”

“你们怎么都这么八卦啊！”晓哲爆红着脸怒吼道。

大缯憋着嘴角地笑，默默跟在身后。

苏晓哲走到煎饼店前，“老板，三个煎饼，一个不要辣一个不要香菜。”说完之后回头一脸虚伪的微笑看着刑警队长，“周队长你要不要也来一个？”大缯无语地摇摇头。苏晓哲保持微笑，声音却冷冷地回头对煎饼老板道，“动作快点！”快点做完快点回去摆脱这个问题队长，苏晓哲心想。

“苏晓哲，你可以不回答这个问题，我给你二选一。”

苏晓哲疑惑地回头看他。

“我还有另一个问题要问你，两者回答其一我就放过你，否则我们可以去审讯室慢慢谈嘛。”

“魔鬼。”苏晓哲嘀咕。

“谢谢。”大缯居然听见了，“你和可可的初吻是怎么回事？”

苏晓哲一惊，然后想起不久前小暴在法医科乱说话时好像爆出来了这件事，唔，死小暴……“老板，三个煎饼通通放辣酱，多放点！”辣死你个死小暴。

大缯饶有趣味地看着苏晓哲的脸变红，“怎样，你是想在这里和我谈，还是跟我回市局审讯室？”

“周队长，其实这才是你真正地目的吧？前面那个问题只是个幌子。”

“哪里……”大缯一脸正义凛然，“我不过是查案子正好在你们学校附近，出于关心前来探望一下你而已。”

看苏晓哲一脸纠结的样子，大缯也忍不住叹气，“苏晓哲，我一直认为你是老实的小朋友，但是……你不觉得我这两个问题显得你很花心？”正面攻击不成改侧面打击。

花……花心？

苏晓哲猛然一跳，“不不不，周队长你误会了，和浔姐不是那样的事情，呃，也不是没有，就是玩笑，啧，我要怎么说好。”

“你拿可可当玩笑？”大缯的语气变得冰冷。

“当然不是！我哪有那个胆！”苏晓哲语气更急切了，“是这样，我们寝室兄弟玩弄我，也不是玩弄……就是开玩笑，然后正好遇到浔姐，哦不，浔老师……”

“苏晓哲，你不要急成这样，很可疑。”

苏晓哲顿时气噎，深呼吸两下才继续道，“那时候我们大一，寝室里兄弟笑话我说皮薄得和馄饨一样，一辈子都不敢和女孩子搭话，你知道的，年轻气盛，于是有天我们吃饱了饭没事做就在食堂门口玩那种‘进门第十三个女孩我要是冲上去问她要到电话号码明天我的早中晚饭寝室兄弟付钱’的游戏。”

大缯抬抬眉，表示明白。

“然，然后等第十三个女生进门之后我就蹲在门口。那个……”

“是可可？”

“呃，嗯……那时候我可不知道她是老师啊，只当是某个同学。”

大缯点点头，可可虽然比苏晓哲年纪大几岁，但是有时候带着粉色的发夹，穿着学生时代卡通的套衫，根本看不出年龄差异。

“所以我就上……上去问电话了，然后浔姐，哦不，浔老师，那个，她瞟了瞟我身后那群兄弟，大概马上就猜到了什么事情。”

浔可然老师当时身穿小叮当的套衫，手里捧着可可奶茶走进食堂，就被一个脸皮白里透红正冒着蒸汽的男生冲到面前，磕磕巴巴地问手机号码。她扫视了男生身后座位上那三个挤眉弄眼偷笑不断的家伙，立即就明白眼前是什么情况，然后露出一个骗人的温柔笑容，“问到我的电话他们给你什么奖励？”

馄饨皮同学不假思索，“明……明天的早中晚饭。”

可可继续腻死人的温柔微笑，示意晓哲凑过来。

苏晓哲以为这个女生要低声告诉自己手机号码，天真无知地把脑袋凑了过去。

结果在他反应过来之前被眼前人一把搂住脖子往下扯，一个吻毫无预兆地降临在没有经验的馄饨皮同学嘴上。

窒息五秒后，苏晓哲才重新看到了女生的脸，她一脸狡猾的微笑，瞟了一眼苏晓哲身后全部石化的兄弟，“告诉他们，这个月的饭全吃他们的。”然后放开他的脖子扬长而去。

整整一分钟后，苏晓哲才转动着自己的咔咔作响脖子回头，发觉挤眉弄眼三兄弟还没恢复过来，依旧石化中……

周大缯也石化中。

苏晓哲观察了一下周队长的表情，又补充了一句，“我说的实话哦。”

大缯眨眨眼，好吧，可可就是这种让人无法用常规去测量的人，好吧，好吧……好个鬼！！

感受到周队长眼中突然萌发的杀气，苏晓哲转身就去催促煎饼，“老板，煎饼，快点，要死人了。”

煎饼老板笑嘻嘻地，“好好好，最后一个马上就好！”

身后问题队长却已经变身为魔鬼队长，“苏晓哲同学，我改主意了。”

苏晓哲没回头，只觉得脊梁骨一阵阵发冷。

“我觉得我们还是到审讯室里去谈谈人生吧。”大缯低沉的声音从背后传来。

苏晓哲看到笑眯眯的煎饼老板递过来的纸包直想哭，早知道叫他慢点……怎么办，现在回头会不会看到一张青面獠牙的怪兽脸？唔，救命。

正当苏晓哲冷汗连连的时候，不远处突然传来大声的叫喊，一男一女正追逐着一个年轻人向煎饼摊这边跑来，同时传来女生尖利的叫喊，“小偷！我的手机！还我手机你个小偷！！”

大缯转身，一秒钟内就锁定了正在人群中迅速穿梭的“小偷”，那运气超差的贼自己向这个方向冲来，这让穿着警服的周大缯想装成事不关己都不行，他看准慌不择路的小偷抬腿就一脚横扫下盘，让被惊吓到正准备转向的贼跌了个狗吃屎。

总之，等“宿舍区楼下穿着警服的大叔”在热情的年轻人群中把小偷送到隔壁马路的派出所又和派出所兄弟亲切交流了下大学区治安问题重重的话题之后，周大缯才想起煎饼摊。

“呃，兄弟，大学宿舍几点关门来着？”大缯问。

“十点半，十一点熄灯。”派出所警员笑呵呵地回答。

大缯看看手表，呃，只有三分钟了，不过好歹自己弯个路来问这件事还是得到了想要的答案的，答案……哼，好个鬼。

叮咚叮咚叮咚叮咚叮咚叮咚叮咚叮咚叮咚……

可可猛然打开门，睡眼惺忪地看着门外的人，“周大缯，现在才六点，你……”

还没完全从梦中醒来毫无战斗力的可可猛然发现自己已经被按在墙上。“唔……大清早你要什么流氓……”

“可可小朋友，我们好好谈谈。”周大缯道。

“谈，放开我再谈。”在自己家被袭击真是悲催，可可闭上眼睛无力地想。

大缯无视她的回答，“好好谈谈……苏晓哲。”

“咿唔？晓哲？……说了他和小白的事情你不该管。”嗯……为什么大缯的表情有点扭曲？

“我们不谈小白，谈苏晓哲和你。”

“我？……哦！你是说那个啊。”

“哪个？嗯？”大缯套话。

可可打了个哈欠，“传说中晓哲的初吻嘛，一想到那几个小子后来在解剖课讲台上看到我的表情我就想笑，尤其是晓哲，唔……”

又来了……

可可自己也不知道是没睡醒还是故意的，反正那种懒洋洋无所谓的语调似乎特别容易激怒眼前的人，不过虽然看某些人吃醋的反应很有趣，但在自己家被不断压在墙上做少儿不宜的动作也不是特别有趣的事。

“好啦，放开……”可可嘀咕，试着推开他。

被无视。

小朋友终于醒透了，“放开我周大缯，我叫素素咬你哦！”

非常合时宜地，身边餐桌上发出塑料袋的沙沙声，两人回头去一瞥，黑猫素素的身子探进香味四溢的塑料袋里。

“你的猫在吃你的早饭，它看起来很忙。”大缯恶意地微笑。

叛徒，可可发自内心地嘀咕，“唔……叫你住手……你够没……啧……”

素素舔舔猫脸，又有得吃又有得看，真是个美好的早晨，喵……

## 16 发丝

放下手上的马克杯，被喝掉一半的朱古力咖啡飘散着淡淡的香气，可可关掉邮箱的页面，微微叹口气，苏晓哲的请假条直接电邮了过来，邮件里说他正在准备毕业论文，所以在向导师申请过以后，暂时停止在法医科的实习，附件里还带着脱线大叔导师的签字条。

说的是不是实话可可无从判断，但是和那天他们撞见的事有关系却是她可以断定的。苏晓哲认真倔强，但对于在法医科实习这件事坚定不移至今，最近也不是特别忙，没有到一天检查两三具遗体的忙碌程度，一边写论文一边实习并不是很难吧？没道理特地躲在学校里写论文啊，唉……

可可起身穿上白大褂，走出法医办公室，穿过长长的走廊，楼层的另一端就是物证的办公室，想想自己对苏晓哲的担心，突然体会到师傅常丰也曾有过这样的感受吧？为自己这个“每天见到的死人比活人还多”、“大概嫁不出去”、“夜里会喊死去姐姐名字”的徒弟暗自担心过，原来生活就是这样，代代辈辈，传递着关心和期待。

物证科里老王正埋头于显微镜前，听到开门声就抬起脑袋来和可可打了个招呼。

可可在一大堆箱子里找到标签是“国道，婴孩”的那个中等纸箱，把它抬到物证科的大号检验桌上，箱子里摆放着各种现场发现的物证，草地的采样，现场的录像带等等。在将所见的物证都一件件取出摆在桌上之后，可可终于手握住绿色的恐龙玩偶。

手中的恐龙玩具身披着绿色的短绒毛，黑色玻璃珠的眼睛反射着微弱的日光灯光线，代表恐龙标志的粗尾巴翘着，可爱的白肚皮咕噜圆，样式有点老土却不失纯真的儿童气息。可可眯起眼，手指慢慢在恐龙肚皮上按压过去，一种细微的触觉变化信号从指间传递到大脑中枢神经。

里面不只是棉花。

老王好奇地凑过来看。可可动作简单利索，从工作台上找到剪刀就对着玩偶肚子侧面下手，从侧面给开了一条缝，白色的中空棉自缝里露了出来，可可再补上一剪刀，在肚皮上表面开了一扇门，白色的棉絮中赫然掺夹着一个小小的红色布片，老王给她递来镊子，可可小心翼翼地将布片从棉絮中分离出来。

原来那并不是一片布，而是一小块红色的粗布包成的小包裹，可可用镊子缓慢地打开布片，一束头发映入眼帘。

“这是……”老王凑近过来，扶着眼镜框打量着眼前的发束。

可可也微微张着嘴愣住了。虽说昨晚素素将恐龙玩偶的照片踩在爪子下不放，并且用那种诡异的眼神看着自己的时候，她就隐隐有种预感，这个玩偶可能隐藏着什么线索，但是当这块包着发束的红布出现在眼前时，她依旧克制不住自己的惊讶，与微微战栗的兴奋。

老王意味深长地叹道，“包裹着红布藏于玩具里的头发啊，还真有这种东西呐。”

可可小心地将红布重新包裹起来，然后拿起一个新的物证袋放了进去。

“小浔把它留下来做检验吧，我可以优先处理。”老王似乎也来了兴致。

可可微笑着眨了眨眼，“王老师，照常规人体的毛发血液等物证直接归属法医科哦，而且这是我发现的嘛……”

“没有经过检验之前这是不是人的头发还不能肯定吧？”老王扶了扶眼镜说。

“嗯，我会先检查这束东西的髓质、皮质和毛小皮，如果判断出不是人的毛发，到时候一定请教王老师啦。”可可装着可爱说。

“好好好，难得这么有趣的事，我不和你抢就是了，不过你要是检验到了什么好玩的结果一定要告诉我！”老王把视线放到一边，从柜子里取出一包检验试剂递给可可，“记住，除了能做个体识别的发囊部分，还要留意头发上沾到的微粒，不要给我全部洗干净了，那些表面附着物可以分析头发曾经到过什么样的地方，说不定还有血液汗液粘着……”

“嗯嗯，”可可接过检验试剂顺便打断老王的絮絮叨叨，她将视线转回到肚子被剪开的恐龙玩偶上，“好玩的结果……我倒是觉得这束头发，带着令人恐惧的怨恨呢……”

“听说这案子是个孩子的？”老王问。

可可默默地点了点头，一个绝对无辜的孩子。

“李贝，我们只是想核对下你那天上午在哪里而已。”薛阳重复了一遍问题。而站在他对面的年轻女人似乎一点都没有把面前这两个警察放在眼中，反而头也不抬地对着电脑不停打字。

“在工作啊，就像现在一样。”李贝轻描淡写地回答。

薛阳忍住一口气，做警察这两年，虽然不是没遇到过，不过这样被无视的状况还真没几次，当他打算打断李贝的打字动作时，常江出现在了财务科门口。

“小贝……你们怎么在这里？”常江瞟了眼站在李贝面前的薛阳，以及淡然坐在财务科沙发上的大缯，眉头不由地皱了起来，“那个疯女人在家里不断发神经，你们警察不管，反而来骚扰我的员工？”

大缯冷冷一笑，“家庭纠纷请找居委会，常总。”

常江没有正面应对大缯的挑衅，转而看向薛阳，“我说过了，小贝那一整天都在上班，有什么好问的？”说完常江似乎嫌不够，转向财务科其他正装聋子的员工，“你们是不是见到小贝那天在上班？对么？老徐？张师傅？”

办公室的其他聋子瞬间恢复了听力，对上司的问题连连点头称是。

薛阳颇为无奈地看向大缯。

周队长再次冷笑道，“常总，你多次、主动向我们提出人证物证真是太感谢了，能不能麻烦你顺便也给下李贝父母以及她男友的联系方式？”

一直不出声的李贝终于忍不住从位子上站了起来，“你们到底为什么怀疑我？我不过是财务科的一个员工而已！”

“对啊，”大缯微微皱着眉做出困惑的表情，“我也不明白常总为什么要主动替你作证，你不过是财务科的一个员工而已嘛！”

周围其他员工又立即开始装聋装瞎。

常江脸色发青。

正处尴尬的安静中，大缯内口袋里的手机开始震动，他接起电话，听着电话那头说了两分钟，只回答了一句“我马上回来”就挂断。

走到常江面前，周大缯换回了最常见的严肃面孔，“常总，别误会，我只是在查案，并没有其他意思，我只是在查一岁孩子被谋杀丢弃在路边的案子……这和他是谁的孩子没有关系。”说完，大缯侧跨出一步走出了财务科，薛阳也快步追了上去，只留下脸色铁青的常江，咬着下唇忍哭的李贝，以及一屋子又聋又瞎的财务科员工。

跨出江源啤酒厂大门的时候，薛阳忍不住问道，“周队，有事叫我们回去？”

“可可在孩子握在手里的玩偶上发现了一束头发。”大缯说着发动了汽车。

“玩偶？之前没看到玩偶上有一把头发啊？”

“玩偶的肚子里。”

“诶？”薛阳忍不住惊讶一声。

“大致发现的情况就是这样，按照队长你说的，所有目标文件都已经处理掉了，还有记录也是，这样就不会被追踪。”办公室里，王爱国正向队长汇报着，大缯的双眉紧缩，让王爱国心中很没底，难道有什么做错了？

大缯摆摆手，“做的都好，只要记得绝不许对任何人提起。”

王爱国犹豫了一秒，然后点点头。

“嗯，去叫一下浔法医，半小时后集合大家一起开个进度会。”大缯说。

王爱国点着头出了办公室。

周大缯掐灭手中的烟，摸出手机拨通了一个号码……

“您好，我是周大缯……对，有件事，我想必须得和您谈一谈……对，关于她的。”

可可推开门，会议室里已经坐满了人，王爱国正在白板上写下一连串的案情分析，可可第一眼看到的是李贝这两字。

“李贝是谁？”她顺口问。

大缯抬眼看了看她，没有说话。反而是徐婉莉接下了可可的问句，“李贝是常江的情妇，在江源啤酒厂财务科工作，是队长他们现在主要怀疑的对象。”

“为什么怀疑她？”可可一边将手中的报告纸放上会议桌，继续问。

“因为有目击者看到和她很相似的人要计支开了常童的保姆顾芸芸，而她又正好是常江的情人，对常江的独生子恐怕没什么理由喜欢。”白翎声音听起来很疲倦。

可可手上的动作一顿，思考了一下，“有办法弄到她的头发吗？”

“你要 DNA？”大缯抬眼看向她。

“我要头发。”可可回答，然后打开了眼前的文件夹，“在玩偶肚子里发现的头发检验已经完成了。”

会议桌周围的人都把目光集中了过来。

“头发一束 18 根，随机检验了 3 根，一端为自然发尖，另一端为被切开的发干，说明这是被人剪断的一束头发，没有发囊，但是因为接近发根所以采集到了 DNA，可以断定的信息有，身份信息和数据库里的记录都不符合，所以这人没有过犯罪记录，性别为男性，血型 B……”

“等等，你从头发上也能知道这人是男是女？”薛阳问道。

可可歪了歪脑袋，“男性头发含硫量大于女性，简单的亚甲蓝褪色实验就能分辨出头发性别，”可可无视薛阳一脸吃惊的表情继续说道，“有一点我不太能肯定，从头发的毛小皮纹理和皮质形状分析来看，这人很年轻。”

“有多年轻？”白翎问。

可可思考了一会，“保守一点估计，不超过 20 岁。”

房间里安静了一会，薛阳在会议桌上无意识地敲击着手中的笔，“那会不会这个头发的主人，已经……”

可可点头，“我觉得他已经死了。”

大缯抬头看她，“你有实验证明？”

可可和他眼神对接，“没有确切的证据，但是刚才和古吉通电话聊了现在发现的东西，她的说法我很赞同，她告诉我这个案子里充满了仇恨的味道，凶手是个筹划已久，每一步细节都精心设计过的人，也许表面上看不出来，但是内心充满了恨意，而且可能一直暗中盯着常家等待机会。他把江源啤酒厂的字条喂到孩子的肚子里，只有解剖这么残酷的方式才能让人发现孩子的身份。”

“让常童穿着定制大小的寿衣被发现也是其中一部分。”大缯接着她的话说。

“对，还有常童捏在手里的玩具，里面藏着人的头发，也是有特别意义的。”

“报仇。”白翎吐出这两个字。

徐婉莉表情带着哀伤，“这头发的主人可能是报仇的原因？”

没有人点头或者开口，但大家都默默地认同了这种思路。

王爱国扶了扶眼镜，“那这个头发的 DNA 和常江夫妻的有关系？”

可可摇摇头，“完全没有相似性，所以我说你们如果怀疑谁，就拿头发来，能有这种仇恨，不是至亲就是爱人，如果是至亲，从头发上检验到的 DNA 可以判定是不是有什么隐藏的血缘关系。”

隐藏的血缘关系……隐藏的事情，谁又没有呢？大缯无声息地看了她一眼。

## 17 识人

早晨白翎打着瞌睡走进公安大楼，离办公室门口还有几步远，白翎就已经发现办公室吵闹得不像话。

“什么叫没有证据！”一个女人尖锐的声音传入白翎耳膜，稍稍思索之后，秦敏悦这个名字就和听到的声音联系在了一起。

薛阳站在秦敏悦面前，身旁还有其他两位警员正一起努力让眼前的女人不要更激动。“秦女士，我们很理解你的心情，但是办案讲究的是实际证据，我们……”在白翎眼中，比起上次在常江家见到时，这个女人光是从面容就显示出了大不一样，原先精致的妆容不再，取而代之的是略显蓬乱的头发，苍白的脸颊和充满红血丝的眼睛。

“没有证据？那天你们给我听的录音是什么？不是人证吗？那行，你们告诉我那天录音里说话的人是谁？我去问她要证据。”秦敏悦怒吼道。

薛阳摇摇头，“你这样是在阻挠我们办案，这样得到的证据根本上不了法庭，秦女士，我说了，我们真的理解你现在的心情但是……”

“你们理解个屁！”秦敏悦再度激动起来，“你们什么都不懂！谁能知道我的痛苦？我的孩子死了！被丈夫养的骚货给杀了！常江那个混蛋却站在狐狸精那边！现在连你们也要帮那个死女人？”

薛阳摇着手否认，“秦女士你太激动了，我们绝对没有包瞒任何人任何事，请你相信我们警方也正在努力寻找凶手，我们保证，一定会给孩子一个公正的答案。”

“给我！”秦敏悦一字一句地强调着，“你们必须给我一个满意的答复，否则……”她扫视了一下周围正看着她的警察，“我会让你们一样生不如死！”说完怀着阴冷的表情，秦敏悦抬头挺胸以一种傲慢的姿势穿过注视的人群，走出了刑警办公室的大门。

白翎看着她从自己身边走出大门，回头时却突然发现身旁站的是法医。

浔可然疑惑地问，“秦敏悦什么背景？”

“呃？你怎么知道？”白翎觉得脑子有点转不过来。

“这种在刑警队叫嚣的勇气可不是谁都有的，如果她没有背景我才觉得奇怪。”可可耸耸肩说着走进办公室。薛阳正在打电话，大约是和谁汇报刚才的事情，王爱国又回到他电脑桌前，其他警员也各自回到各自的地方，只不过轻声议论的话语并没有就此停止。

徐婉莉离可可他们最近，接着可可的话就说道，“秦敏悦的父亲好像是什么副厅长级别的。”

“是么，”可可歪着脑袋，“副厅长的外孙被杀，怎么我们都没有收到上面的‘重大指示’？”

徐婉莉耸耸肩，“再大的官也有退休那一天，你看秦敏悦那德行，她父亲大概也不会是什么善解人意的人。对了可可，你找周队？他不在哦。”

可可拦住徐婉莉，“不找他，小徐你有没有系统恢复盘？”

“嗯？你电脑中毒了？”徐婉莉回问。

可可歪着脑袋想了一下，“我不知道，有一些文件打开变成了乱码，不是中毒的话，会是其他什么情况？”

徐婉莉也觉得奇怪了，“乱码？联网的文件吗？很重要？有备份的话就重装电脑系统吧？我这里有系统安装盘，如果要恢复乱码文件也可以找王爱国试试，他可是电脑上的专家。”

可可犹豫了一下，“……不是什么重要的东西，不过重装会很耗时间……我还是先把重要的文件都备份一下，我回头再来找你。”说着可可毫不停留地离开了。

未成年监护所门前，背着双肩包的浔可然默默地站着，刚才她在里面登记处站了许久，然后却什么也没做就转身离开了，现在这个平时行程本上写满了事情的法医站在看守所门口，一时间她也不知道自己该干什么。

拆开珍宝珠的外包装，可可把糖塞进嘴里，抬头看着刺眼的蓝天。

常童的尸检除了死亡原因以外没找到任何有用的东西，至今不知道孩子被带走与谋杀的第一地点在哪里，更别说是谁，虽然很意外地在玩偶里发现发束，却判断不了身份，也不知道原因，总觉得这场案子里处处透着凶手想要表达的东西，却无法解读。

车道上来来往往的车子穿行着，偶尔有几辆出租车放慢速度，发觉路边站着的这个女人并没有打车的意图后，又加速离去。当一辆小型的私家车停留在可可面前时，可可的脖子还仰着朝天。

滴滴！私家车的喇叭声让她把视线从蓝天上下滑。

“去哪儿，我送你吧，”车玻璃下滑开，一张认得出的面孔出现在可可面前，驾驶座上是田思书的律师，刘晦明，依旧是淡淡反光的金丝眼镜，稳稳坐在驾驶座上，正对着自己微笑示意。

可可嘴角一弯正想拒绝时，脑海里突然灵光一闪。她微微眯起眼，“刘律师，我记得你……是国道那个案子的报案人？”

“对，啊……那个案子还没破吗？”

可可眼睛眯起一条缝，然后又甜甜一笑，“我记得你家别墅就在那附近？你能再带我去下现场么？”

刘晦明眨眨眼，不知道眼前法医脑子里在动什么念头，不过刚才邀请已经出口自然不好再缩回去，他只得点头示意浔可然上车。

车子在大马路上穿梭一阵，慢慢开向了车流不再拥堵的郊区，转过高架，下了道口，终于走上了通往临市的国道。可可坐在副驾驶位子上若有所思地看窗外，一直安静的气氛让刘晦明有点尴尬。

“浔……法医，你是去现场重新调查？”

“叫我可可好了，我就是想去随便看看，你的车子真可爱，”说着可可在座位上半伸了个懒腰，“律师开这么可爱的圆脑袋小车，不会让人误以为不可靠么？”

刘晦明失笑，“如果这样就判断我不可靠的雇主，恐怕自己也不太可靠。”

可可一怔，随即两人一起笑出声来。

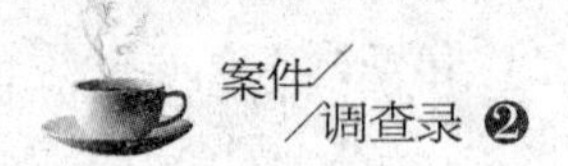


刘晦明笑着道，“不知道你有没有听说过，做律师有种说法，判断是非，得凭眼前的东西，但也不能凭眼前的东西。”

可可疑惑地摇头，“什么意思？凭你的车？也不能凭你的车判断？”

“呵呵，我这样说吧，都以为律师靠看得见的证据判断，但我看人，不用眼睛。”他顿了顿，看可可不应声于是继续说，“我看人用心，我接触了这些案子，很多时候对与错，事实与你所见的并不相同，只有用心去看，才能看到背后的东西。”

可可似懂非懂地歪着头看他，“你想说什么呢？”

刘晦明打着灯缓缓将车转个弯，“没见着田思书吧？”

可可微微一愣。

“你去看守所探访，但她却避而不见。作为她的律师，这种事很容易就能发现，浔可然……”刘晦明金丝眼镜下淡淡的眼神直视前方，话却落在身旁人的心底，“看人用心的这话，我之前对田思书说过，她很聪明，一想就明白了，是谁帮她找到权威机构出报告，是谁请到省厅的犯罪心理学专家出证明……”

可可低眉不语。

“第二天我去看她的时候，她请我转告你……”刘晦明转头看向可可，“她希望在宣判时见到你在她的身后。”

可可抬起头，带着吃惊与其他混合的复杂心情看着刘晦明，然后又立刻扭头看向窗外，不让他看到自己的脸。

刘晦明不再多说，只是默默开车，嘴角却一直带有似不经意的淡淡笑容。

今天国道边的风特别大，刘晦明把车停在现场不远处的国道边，看着眼前的光景依稀会想起那个早晨，在晨光微微洒满大地的早晨，那个躺在茫茫草野中的孩子。

浔可然关上车门，走下国道，“你不用下来没关系，如果赶时间的话就先走吧。”

“那你等会怎么回去？”刘晦明疑惑地问。

“我会打电话叫人来接我，你忙的话……”

“我没事，”刘晦明微笑道，“不过说实话我还真不想下这块草地，我就在这里等你吧。”

可可颔首，转身慢慢地走下草野，长长的草盖过膝盖，风吹过的时候发出呼呼的声音，好似谁低沉的呼喊。插着红色标旗的现场很容易找到，但曾经被孩子压过的草皮已经重新站立起来，丝毫没有某个早晨留下的痕迹。可可站在发现常童的地方，不知名的野草摩擦着牛仔裤的侧边，风吹起可可的刘海，眼前的世界带着转瞬即逝的迷离感。

可可转头，狂狷的风刮过她的眼前，让她不自主地闭上眼睛，不远处国道上车来车往的声音时有时断，心底一种奇怪的感觉慢慢形成一条细线。

谋划已久、精心设计的细节。

白色寿衣，胃里的塑料纸，捏在手中的恐龙玩偶，红布包着的发束……

不对，漏了！

如果每一步都是有解释的。那么……

可可重新睁开眼，特地将常童留在这里是所有解释的第一步，这片风野茫茫的草地为什么……可可站在原地，突然想到，这个被发现的地方不是因为别人能看见，而是因为站在这里能看到什么，凶手要常童看着眼前的一切或者说，要常童的父母看着眼前这一切，来宣泄他心中的恨意。

缓缓的，转动了小半个圈，可可发觉这里除了靠近的国道以外什么标志都没有，更不要说什么……

国道。

刘晦明远远地看到浔可然站在红旗标志的地方，一个人转了小半个圈，然后突然张大了嘴，难道她发现了什么？但是她注视的方向却是自己，刘晦明疑惑之际忍不住转头看了看自己身后，什么都没有啊，为什么看向自己？他还在疑惑，那边浔可然已经在草丛中向自己这边奔来，及腿的野草不断擦过她的裤子，高低不平的地面让她踉跄了两次，但是她一路奔来的脚步却一点没停止。

可可听见自己急促的喘气，听见自己不断加快的心跳，刚才站在常童被发现的那块草地上，一种猜测像种子一样在脑海中发芽，能让人心生怨恨，能让人对孩子下手的事情。

跳上车，可可急喘着对刚上车的刘晦明叫道，“带我去交警大队，快！”

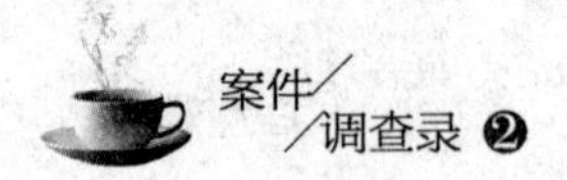


刘晦明虽然莫名不已，但料想可可抓到了什么破案的线索，所以非常识时务地启动了车，转向 180 度，加速往市区开去。

可可稍稍平复了一点喘息感，就立即掏出手机，“师兄我，帮忙，我要 11 国道上发生的所有交通肇事案，不，包括交通事故也要……五年内的，打印出来，半个小时内我就到你那里取。对，所有的！”

“这些都是？”可可手拿厚厚一叠打印纸瞪着眼睛问。

“还有三分之一在打印机里，我都换了一次墨盒了。”师兄夏源耸着肩，“你以为交警大队为什么永远都人手不够？单说 11 国道，每天一两起车祸是常态，哪天那条道上没死人了我才奇怪呢。”

可可白了他一眼，把资料往办公桌上一扔，抱着脑袋开始思考。

“诶！别说我没提醒你啊，你要找什么案子？如果有确切的资料我就可以在电脑里筛选。”夏源坐到她身边问。

可可脑袋埋在臂弯里，“你搜索，11 国道，常江。”

夏源眨眨眼，走回电脑前，一阵键盘敲击声后，传来他的回答，“没有搜索结果。”

“把常江换成秦敏悦。”可可说，“秦始皇的秦，敏捷的敏，愉悦的悦。”

“……也没有。”

一阵寂静，常江、秦敏悦都没有相关联的地方，那还有什么方式可以把国道和他们连接起来？难道自己想的方向错了？根本不是这么回事？

夏源双臂环胸，思考着，“你不知道案子的肇事方名字？”

可可摇头。

“那牵扯进案子的任何人名字？”

“你刚才不是试过了么……”可可黯淡地说，任何有关的人在交通肇事案都不会采集 DNA 进资料库，否则可以拿头发的来对比。还有什么，还有什么是常童案子和可能的交通案子相通的？常童，常童……

可可猛然抬起头，“你那个系统能不能筛选受害人是未成年的？”

“交通事故中受害人的说法不准确，有时候肇事方才是身亡的那个。”

“那在事故中死者是未成年，能不能筛选？”

"……我试试，"夏源说着开始敲击键盘，"可以！筛选好之后……58起，死者未成年。"

"打印死亡报告。"可可简洁明了地说道。

冬天的夜里街上人烟稀少，白天人潮熙攘的公安大楼也变得安静下来，除了某些连夜开会审讯的房间以外，大多数房间里已灭灯。法医科所在的楼层更是寂静得可怕，唯独法医办公室里亮着苍白的日光灯。

可可坐在办公桌前，58份死亡证明在眼前缓缓展开，这些流逝在国道上的生命只是5年来的一小部分，如果世界上真的有灵魂，那条长长的国道将是什么样一种景象……

墙上的挂钟慢慢走动，可可盯着一桌子的死亡证明不停转换脑子，转身踱步，再踱步，苍白的灯光自上而下洒落在她的身上落下漆黑的影子。

如果这是复仇，那么恐龙玩具中的发束很可能是亡者的，就这样假设的话也没法认定头发是哪起案子的死者，无法认定……既然不能认定那就筛选，对，筛选！

首先性别为男，有……32份，其次血型，血型同为B的……13份，另外两份根本没有记录血型，那就总共是15份无法去除的资料。可可拿起这15份资料，嗯……作为肇事方车里死亡的排除……不，就算交警认定是肇事方，但对家属来说也可能无法认同，反而认为无责任方杀死了自己的亲人。那这个呢，孩子的父母都在车里一同死亡的可以排除……但是也许爷爷奶奶会报仇，或者买凶报复，那也不能排除，还有什么……

可可咬咬牙，认定一个案子远比排除一堆案子要简单得多，各种想法充斥在脑中打架，想要刷掉一些，又害怕自己一条思路错误会让真正的答案被扔掉了，所以脑子一阵混乱的她完全没注意到楼道里响起轻微脚步声，直到办公室门被踢开才吓一大跳。

大缯皱着眉站在门口，语气不善，"为什么关机？"

可可愣了两秒才想起摸出口袋里的手机，"没电了。"她说。

大缯腾腾几步就走到一脸呆状的女人面前，凑近脸就把她压在墙壁上，"我警告过你很多次了，不要关手机……"

“等……等下，”可可手忙脚乱地想推开他，谁想面前的肉墙丝毫不为所动，“案子！”

“什么案子？”肉墙又靠近几分。

“常童的案子！”可可在肉墙的肩上用指甲狠狠掐了一把，才让肉墙后退几分，灯光重新照回自己脸上，大缯顺着她所指转头，就看到桌上堆着乱七八糟的报告纸，可可和他解释了下想法。

“你觉得常童案子的动机是一场交通事故？”大缯拿起堆在最前方的十五张死亡证明。

“我觉得可能是一场很残忍的事故，这样才会引发这么残忍的报复。凶手的每一步都是在报复，那么第一步当然就是抛尸地点的选择，他将孩子留在国道边的草地，最可能他复仇的原因、杀人的动机就在那条国道上……你在看什么？”可可问道，因为大缯正盯着一张报告发愣。

周大缯做刑警十几年，有的不光是打架快跑的本事，还有敏锐的直觉，他举高眼前这张纸，盯着上面的照片，一会凑近眼前放大，一会拿开远些看，“怎么觉得……这孩子的脸、这五官，有点眼熟。”

可可凑过脑袋来看了一眼，报告上的孩子她一点印象也没有，名字叫李德远，15岁，横穿国道时发生交通意外当场死亡，事故责任在孩子身上。

大缯转身走到她的电脑前打开公安内部系统，输入李德远的身份证号，页面打开。映入眼帘的名字让两人都静止了。

姓名：李德远

父亲：李志高

母亲：向平

可可惊讶地微微张嘴，“向……平，顾芸芸的老乡？”

大缯露出无奈的笑容，“终于出现了……”

## 18 可以传递的怨恨

“你让他们就这样呆着？”可可手里拿着一册报告走进小房间，这里是审讯室隔壁的观察间，从这个小房间的大玻璃里可以看到隔壁审讯室的情况，但是在隔壁审讯室看来，这面只是漆黑的玻璃墙壁。

白翎回头看了她一眼，耸着肩说“队长要这样。”

这间审讯室与其他的不同，从房间内看，三面都是反光的黑色玻璃墙，可可站在审讯室玻璃的另一边小房间却能清晰地看到隔壁两个人，常江与秦敏悦各自坐在方桌的两侧，无声地对峙，虽然毫无言语交流，但空气中弥漫着硝烟战场的氛围。

自从上次当着周大缯与白翎的面彻底撕破脸皮以后，秦敏悦与常江就不再有任何感情可言，秦敏悦四处宣传财务小贝是如何不要脸的女人，而常江则是一言不发地搬出了原先的别墅，在所有场合和小贝同进同出。

白翎看着这两人发出轻轻地叹气，“一想到这两人也有过甜蜜的日子，我就觉得人心真可怕。”

可可斜着瞟了他一眼，什么时候愣头愣脑的小白变得这么细腻起来？

开门声从身后传来，大缯走了进来。

可可手指玻璃后，“把他们俩关在一起是因为？”

“交通局那里联系过了，没有直接资料能证明李德远的交通案子和他们有什么关系，本来希望他俩吵架能露出点什么，”大缯看了看用沉默相斗的两人，“看来是指望不上了。”说着就要走，可可举手拦住他，“再等等看，我总觉得秦敏悦不是那么有耐心的人……”

大缯想了想，又转身站回了两人身边。

“你的领带沾了酱油。”秦敏悦的声音自小音箱里发出，可可与大缯的注意力立即被隔壁房间给吸引了去。常江低头看了自己的领带一眼，不做声。

秦敏悦看他没有反驳，进而继续，“那个狐狸精一点都不懂得怎样照顾你，你看看你……”“闭嘴。”常江的声音低低的，却很坚定。

秦敏悦放在桌上的手握紧了拳头，深呼吸一口后，她正打算再开口，却被对方抢了先。

常江的视线都不曾转向她，“协议书快点签了，我没时间耗在离婚上。”

秦敏悦的眼眶慢慢变红，握紧的拳头在桌上微微发颤，“你别太过分了，当年要不是我爸……”

“别废话，你倒是和你爸解释看看，常童是谁的儿子？……呵，不过你的确说对了，没有你爸，你秦敏悦算什么东西？”常江伴着冷笑的话语让秦敏悦几乎要气晕过去，她手指着眼前的男人，颤抖着双唇却说不出一个字来。

在隔壁观察的大缯微微摇摇头，“看来套话没希望，我们进去吧。”

“我就不去了，在这儿观察吵架挺有趣。”可可微笑。

大缯哭笑不得地摇着头离开了观察房，白翎也随之离开。当身后的门刚关上，可可伸手进口袋拿出手机，在屏幕上打出几个字：“东西我要了”，静止了几秒后可可深呼吸，按下了发送键，再抬头时，大缯已经坐在了玻璃对面。

“叫两位来我也不废话了，常童被发现在 11 国道你们俩都清楚吧？”大缯直截了当地说。

秦敏悦微微把注意力转移了过来，而常江则继续摆出不屑的神情。

“你们谁对 11 号国道有特别的记忆？”大缯问。

常江从鼻子里发出一声轻微的哼声，“真有趣，什么叫特别的记忆？”

大缯看两人没有直接回应，于是摊开手上的案卷，那是李德远交通案的文字记载。“这是 5 年前发生在 11 号国道上的一起交通意外案，你们谁有印象？”两人谁也没吱声。

“这份记录上开车撞人的司机姓张，秦敏悦，我们调查过，这人当时是你父亲的秘书，你会不记得？我想知道的是，他是替你们俩当中的谁顶事儿？”大缯锐利的眼神看向桌对面的女人。

可可从玻璃对面看到秦敏悦把视线移到了旁边，意图避开大缯的追问。

常江则显得轻松一笑，“5 年前？我还没认识这个女人呢！没我的事！”说完站起身就想离去，大缯冷冷瞪了他一眼，示意他重新坐下。

大缯把案卷的资料推到秦敏悦面前，“这起案子定性为交通意外，事故责任归在死者身上，但是据我所知这类意外有伤亡的一般都归责给开车人，秦敏悦，你父亲当时修改了事故调查结果吧？还有……谁是开车的人？”

秦敏悦起身离开座位，在座位背后的空处踱起步来，并不回答，但神情已不似之前的平静。

“事情虽然已经过去 5 年，但是我们现在要调查的话也不是什么难事，尤其是你父亲已经不在原位，你觉得当年替你顶罪的那个秘书，现在还会守口如瓶吗？”大缯颇具威胁的话让秦敏悦的脚步不由地变快，来回来回地踱步声，昭示着她的焦虑。常江在一旁无声冷笑。几次来回后，秦敏悦一甩手站定在桌对面，“好吧，假设说，你说的是事实，那又怎样？”

大缯眯起眼盯着她三秒钟，然后无所谓地耸耸肩站起身，“看来你并不想知道常童案子的最新调查结果，”说罢转身就往门口走。

“等！等一下！是……是我开的车行了吧！”秦敏悦看到大缯要走立刻就急了，“你有什么进展？快告诉我！”

大缯慢悠悠地重回桌前，“五年前这起交通意外是怎么回事？”

秦敏悦微微张开嘴又愣了下，瞟了眼常江，似乎有所顾忌。

原先急着离去的常江反而不动声色地坐着，脸上带着看好戏的神情。

“秦女士，你主动说或者我们调查都行，我没时间和你磨工夫。”大缯语气慢慢的，却带着压迫力。

“是……当时是我开的车，我可没有喝酒，常江他知道的，我从来不喝酒。”秦敏悦说，常江却带着高深莫测的神情一言不发。“总之……是那个小孩自己冲到国道上来的，他自己撞到我车上来那能怪谁！”

“你还能记起当时的具体情况吗？”大缯拿起桌上的案卷问。

“这都多少年了，谁会记得？反正……反正当时的事情都应该记在你们警察的报告上了。”

大缯冷笑，“这份报告的可信度为零，我奉劝你最好把当时的事情都好好回忆一遍，包括事后的安置赔偿是怎么做的？”

“赔偿？……难道，童童是被那个撞死的小孩家人给……”秦敏悦瞪大了眼睛，低喃道，“怎么会……不可能，童童不是被那个狐狸精……”秦敏悦说着瞄了一眼脸色发青的常江，“再、再说那个小孩是自己冲到我车上的，为什么会……不会的……那个小孩是自己找死啊！为什么要怪我？他家里人都有神经病吗？”

砰的一声，审讯室的门被粗暴地打开，浔可然脸色不善地走了进来。大缯微微皱眉，却没有阻止她径直走到秦敏悦桌对面。

“李德远。”浔可然说。“什么？”秦敏悦一脸茫然的样子看着她。

“自己冲上来、被你撞死的小孩也有名字，他叫李德远，只有16岁。”浔可然目光直透向桌对面的女人。

审讯室一阵静默，连常江都被可可所带进来的肃杀气息给震住。

秦敏悦瞪大了眼，几秒钟后才回过神来，“那、那又怎样？就算我没记住他的名字，也不能把这场意外怪罪在我身上！”

“意外？”法医把手上的案卷在桌上摊开，一堆放大的照片散开在桌上，“我来帮助下你那痴呆的记忆力，这是李德远死亡现场交警拍的照片，这里是膝盖的特写，上面有被撞击的伤，这个是胸口衣服上的轮胎印，假如只有这两个伤我可能会认定李德远是先被你的汽车前杠撞击在膝盖位置，然后飞离出去一段距离再落地，后被你没来得及刹车的轮胎碾压，死亡原因是肋骨断裂向内刺破心脏，失血过多。”

血腥的照片让常江皱着眉把视线转离桌面，而秦敏悦则一脸厌恶地想转身，可可隔着桌子一把抓住她的衣领逼迫她看着自己，“不想知道常童身上发生了什么吗？”如恶魔的低语般，可可的声音传到秦敏悦耳边。

如同被念了紧箍咒，秦敏悦毫无抵抗地听可可继续说道。

“但是除了这两道伤，李德远还有一张照片显示他双手手心里各有两道横条印记，印记不对称，很深。”可可找到一张照片放在桌面最上方，“这道伤并不致命，却是他临死前发生的事情，推算前因后果，我来给你一个还原，李德远也许的确是自己在国道上乱走，意外被你的车撞上，但是他并没有被撞飞，而是扑倒在了你的汽车前盖上，你的车却没有立即停，他本能地抓住了车前玻璃上的雨刷，两只手一起抓住，所以留下了掌心上的伤痕，如果他只抓了几秒钟不至于留下这么深的印记，这说明你的车不仅没有及时停下，反而往前开了很远！最后你急刹车，把他从车盖上甩了下去，到此为止他都没有受到致命伤，如果当时你慢慢减速，报警叫救护车，这个孩子现在也许还在活蹦乱跳……但是你没有，你选择第二次从他身上碾压过去，压过胸口，断裂的肋骨刺破了他的心脏，然后你打电话给你父亲……这样的描述够不够让你回忆起，你是怎样杀死一个 16 岁的孩子？"

撞击在骨头上的砰一声，汽车吱吱的急刹车声，碾压过人的肉体时，鲜血从皮肤裂缝里刺射出的滋滋声，满眼的殷红像火一样刺目……

秦敏悦缓缓低下头，用双手捂住脸，无意识地晃动着身体，沉默了好一会，她才缓缓抬头，"但是……这些都已经过去了啊，我们家也赔钱了，都过去了……对，都是过去的事情了。"

一直坐在位子上不动声色的常江缓缓摇了摇头，"真难想象我会和这种女人结婚。"他缓缓站起身，脸上带着难以言语的复杂神情，在大缯点头示意后，无声息地离开了审讯室。

可可一张一张收起桌上的照片，李德远以殷红为背景的身体被一张张收回文件夹，合上文件夹。秦敏悦有些迷离的眼神流转，"你们不会起诉我吧？"可可摇头，"没那个必要了。""什么……意思？"秦敏悦和浔可然无声地对视了数秒，眼泪从秦敏悦眼眶里笔直落下，"真的是……他家的人把童童……"语气是疑问 的，可可却连回答她的力气都没有。

大缯叫了两个警员进来，把失魂落魄的秦敏悦带走了，然后大缯在薛阳耳边嘱咐了几句，让他跟着一起把秦敏悦送回家。

再转身回来时，审讯室里已空无一人。

大缯突然心生一种不好的预感，一路问人有没有见到可可，随着别人的话追到了公安大楼的天台。

那个傻瓜以为没有人知道她在暗中查些什么吗……

天台上浔可然一身白色的工作褂，随意地坐在台阶上，目眺远方，却没有焦点，风吹起她过肩的直发，服帖的发丝好像群魔乱舞一般飞着。

犹豫了好一会，大缯才走过去，"喂，风大，进去吧。"

可可没有动，大缯知道她在想什么，却不敢去说破，说出来会怎样，被讨厌或被逃离？周大缯有胆说，对付任何犯罪分子所向无敌，但是却没有把握说服自己爱的人，请她放弃自己的执念。

“我讨厌和车祸有关的案子。”可可轻声说。

大缯嗯了一声，在她旁边坐下，很自然地搂住她的肩。

冬季干燥的风吹动着天台上的铁杆，发出咔咔的声音，四季交替，草木万物，人活这一世究竟为了什么才有意义？放不下的仇恨？或者执着的念想？爱和恨都会伤害到别人。

大缯搂住可可肩膀的手无意识地抓紧，怎样做才能阻止你，不走那条路……

“会留下指纹。”可可说。

“什么？”

“你的手，会在我白色的工作服肩上留下指纹。”可可缓缓道。

“……那又怎样？”

“可以作为性骚扰的证据。”可可说。

大缯气噎，从后面捏住可可的脖子正想要流氓，口袋里的手机响了，可可咯咯笑着跳开，看着一脸郁闷的刑警队长粗声粗气地接电话：“干吗？”

薛阳的声音自那头传来，“队长，我们在秦敏悦家门口抓到了向平！”

## 19　擦肩而过的命运

向平的胃口很好，薛阳第一次看到在审讯室里吃得这么欢的人。换作别人，无罪的在审讯里会不知所措，有罪的会更加躁动不安，而不是向平这样，把一顿肯德基吃得油嘴满面，一个劲咂嘴，神情满足安逸。

“向平，知道找你来干什么吗？”薛阳低沉的声音通常都会让审讯桌对面的人紧张。

向平却显得很轻松，“不知道。”

“你认识李德远吗？”

“俺儿子。”向平的直截了当反而让薛阳暗暗吃惊，她打算认罪吗？

“向平，你认识常童吗？”

“对面小区那个被杀掉的小孩啊，他的保姆和俺是同乡。”

“那常童是被谁杀掉的呢？”薛阳试探性地问。

向平突然沉默了一会，然后抬眼淡淡地说，“你要是问俺，俺就说是被他娘给杀掉的。”

“什么意思？”薛阳和观察室里的人都紧张起来。

“就是……那意思，俺还能再要吃的吗？刚才那鸡块咋这好吃？”

单面玻璃后的观察房间里，白翎问大缯，“真的是这个女人？看起来傻乎乎的。”

大缯摇摇头，“人不可貌相，这个向平给我一种假象的感觉，她隐藏了真正的样子。还记得是谁提到一个穿着时髦的女子让她支开保姆？就是她的证词让我们找到了财务小贝，揭发了常江在外包养的情人，也让秦敏悦的婚姻彻底破裂，这份心机……”

白翎皱起眉，“但是，她怎么会知道常江情人长什么样子？”

“如果没猜错，”大缯顿了顿，“向平一直在暗中盯着秦敏悦，也许秦敏悦不在家的时候，她曾看到过常江带小贝回家，凭女人直觉知道这是常江情人，所以正好拿来当转移我们视线的借口，说白了其实我们反而被她利用了，用来揭发常江，破坏秦敏悦的婚姻，还有给我们的调查放烟雾弹，万一小贝那天的不在场证明真的说不清，那可能我们会一直认为她的嫌疑最大。”

白翎咂舌，“好恐怖的心机。”

“但就是这份心机，才配得上这场谋杀里的步步经营。”

“你是说抛尸地点选在国道，还有给孩子穿上白色寿衣？”白翎若有所悟。

“还有在恐龙玩偶里装进自己儿子的头发，让常童在中毒身亡时一直捏在手里，发泄她心中的仇恨。”

白翎想了一会，“我们……有确定的证据吗？比如常童穿的衣服上有指纹？或者什么类似的东西吗？”

“可可在将恐龙玩偶里的头发，和向平的DNA做对比。”大缯说。

“向平，我们发现你在秦敏悦家别墅楼外转悠，为什么？”薛阳低沉的声音继续从扩音器里传到观察室。

“没啥，俺就是想找俺老乡絮叨絮叨。”向平一脸平静。

“顾芸芸？”薛阳皱眉，“你觉得出了这事儿，她还会在秦敏悦家里做保姆吗？”她是故意装傻，还是脑子本来就不正常？

“哦！对哦，他家的娃被杀掉了。”向平一脸恍然大悟的样子，接着居然露出一股笑意，这种淡淡的笑让看到的人一阵脊梁骨发冷，提到一个孩子被害她怎么还能那样开心？

口袋里低鸣的震动声让大缯摸出手机，嘱咐白翎看好状况，转身就离开了观察室。

“周大缯，我找到他了。”低沉的男音自听筒里传来，简单一句话却让刑警队长浑身一震。他微微张嘴愣了两秒才恢复常态，“您确定？”

“对……我确定。这里少不了你提供的资料，很多事情，已经变了，这次能真的找到，我要谢谢你。”

“不……不用，”大缯脱口而出地回应到，脑海里却想的是另一个事儿，“那她那里……”

“我还没想好要怎么处理这个人。”

“不，我是说可……浔可然那里要怎么……”大缯打了个愣，将熟悉的称呼咽回肚子里。

电话那头一阵长长的沉默。

第二天一早。

“是谁允许这件事的？”大缯转动着方向盘，同时对着蓝牙耳机问道。

通话另一端的薛阳即使隔着声波也能听出队长的隐约怒意，“是这样的，秦敏悦不知道从哪里听到的消息听说我们抓到了向平，然后直接冲到我们这里，连大楼的保卫科也跟着进来，因为她气势汹汹，保卫科一开始以为是来闹事的。我和白翎一开始就拒绝了她的要求，那时我就打电话给你，但是队长你关机……然后杨竟成带着她去见了局长，局长说可以让秦敏悦见向平，他认为这样有助于刺激向平，迫使她说出些真相。”

电话那头一阵沉默，直到薛阳忍不住试探性地问道，“周队？”

“嗯，局长的道理是没错，但是恐怕真相不是秦敏悦能接受的。”

薛阳一时间很疑惑，“你的意思是？”

“总之你先拖住她，拖延大约……十分钟，我还有顶多十分钟就到局里，你尽量拖住她别让她进去见向平……理由？随便什么理由，拿出平时你们忽悠我的功夫来！”说完大缯就挂上了电话，薛阳撇撇嘴，平时谁敢忽悠你啊……“诶诶小王，秦敏悦人呢？”

王爱国扶了扶黑框眼镜，“白翎带着去那头审讯二室了啊。”

糟！没想到动作这么快！薛阳连话都没回就往走廊外奔去。

“她真的在里面？”秦敏悦盯着眼前审讯室的木门，深黄色，带着木纹的条理，审讯室的门和其他无数办公室的门一样普通，却在面前人眼里成了一道魔障。

“秦女士，我们真的不建议你进去……”白翎的声音在秦敏悦听来，好像来自太空一样有些飘忽，她忍不住打断他的话，“我问你，她是不是真的在里面？那个……杀死童童的人。”

“你应该问你自己，是不是真的准备进去？”一个女子的声音自两人身后传来，两人闻声转头，浔可然一袭白色工作褂站在不远处，一双眼神平淡如水，却让人看不出她究竟想表达什么。

秦敏悦无声地和法医对视着。

可可本身也不知道自己所站的立场，她眨眼间依旧能看到那个阳光普照大地的早晨，躺在草丛中一身白色寿衣的幼小身躯，还记得那时她对抱在怀中的常童说，没有人可以利用你来宣泄仇恨。然后再闭上眼，她也会想到那些照片中，鲜艳的血色自李德远年轻的身下蔓延开来，手掌中深刻的抓痕，与脑海中一直存在的、尖啸的刹车声。

可可睁开眼看秦敏悦，她杀死了李德远，然后利用权力掩盖了一切，让一个生命无声地就此终止。也许除了母亲向平，这个世界再也没有人记得曾有过那样一个少年。然后向平又用一个幼小的常童作为报仇的棋子。

浔可然思考了很久，她无法同情秦敏悦，也无法同情向平，为什么这两个大人要用杀死孩子的方式，来表达自己没有错？

秦敏悦将视线从白色法医的身上回到审讯室的木门，那扇大门看来比任何铁门都沉重，里面是什么？白翎看着秦敏悦的手慢慢伸向审讯室的门把手，却微微地颤抖。要是里面那个凶手表达出无比的懊悔，我该怎么回答，骂她还是一言不发？万一真的，是因为那场车祸所以……要用什么表情面对？要是真这样，我一定弄死这个人，对，怎么能放过她！

怎么能放过她……

秦敏悦闭上眼，一滴泪自脸颊毫无留恋滴落到地板上，溅出无声的水花。睁开眼时，她猛然打开了审讯室的门。

阳光从审讯室的窗外洒进来，秦敏悦看到的是一个逆光的背影，静静地站在隔栏后的窗边。

向平缓缓转过身，看到站在门口的秦敏悦，她的视线立刻定格，然后，缓缓地，嘴角上扬，露出一个愉悦的笑容。

秦敏悦整个人都像被冰冻住了。

白翎立刻给一旁的同事打了个眼神，架在一旁的摄像机“滴”一声运转起来。

秦敏悦设想过很多种情况，想的最多的是凶手表示出无比的歉意，告诉她自己杀死孩子是个错误，然后秦敏悦狠狠扇她一巴掌，然后再让她在监狱里生死不如。即使做梦，接下来的事也是这样演绎的，但是现实里，这个凶手，这个秦敏悦已经认定是凶手的人，站在温暖的窗边对自己笑着说的第一句话是……

“俺等你很久了。”

冬日淡薄的阳光自她身后洒来，隔着冰冷的铁栏，向平在另一边走到椅子前坐下。

不光是白翎，在审讯室里的其他警员也敏锐地感觉到向平的一种微妙变化，她不再像之前给人一种农村妇女憨傻感觉，而隐约带有一股“谈笑间令人灰飞烟灭”的气势。

秦敏悦并没有坐下，她依旧站在审讯室踏进门的第一步上，问：“是你杀死我儿子的？”

向平淡淡的微笑带着一分诡异，她没有回答问题反而很关切地问了一句，“诶，怎么最近看不到你男人了？”

秦敏悦脸色变得阴沉。

“哦对了，那天好像看到他开着那车回来过，不过车上还坐着另一个女人，诶那女人长得还不错啊，看起来可秀气了。”向平边说边咂嘴。周围人都看得出她在故意激怒秦敏悦。

秦敏悦忍住太阳穴不断跳动的感觉，跨向前一步，压低声音说，“回答我的问题，是、不、是、你？”

向平把脑袋凑前一点，也压低了声音道，“你、有、证、据、吗？”

“向平，你不要在这里故弄玄虚，做这些无用功对你没有好处。”一位警员义正词严道。

向平抬眼看了看他，一副恍然大悟的样子："哦对了！俺还给忘了，就算俺什么都不说，你们警察也会编好一整套说辞，嗯！那根本不用说什么了嘛，直接来判刑吧！"

周围几个警察都皱眉，白翎更是口直心快，"向平你别胡说。"

"俺有胡说吗？那我儿子咋死的你们警察有没有胡说？"向平一下子语调激动起来。

一时间审讯室无人出声，身后的杨竟成轻推了下秦敏悦，才让她缓过神来，原来真的和那件事有关，真的……为什么会变成这样，那件事不是已经过去这么久了吗？不是已经赔钱了吗？

隔栏那边的女人突然看起来很恐怖，她为什么盯着我看？为什么要这样看我？

"你说，那场车祸，是谁轧死了俺儿子呢？"向平平淡的问句让秦敏悦后脊梁发出冷汗。

是谁轧死了那个小孩呢？"我……我不知道……"秦敏悦不自觉地回答道。

杨竟成从秦敏悦身后走向前，"向平，我们现在谈的是常童的案子，你不要牵扯其他。"

"你错了，"向平冷静地叙述着，"这两个案子是相关的，同样的地点，同样是孩子，不对么？所以……你们要想知道常童是谁带走了，为啥不先看看俺儿子是谁弄死的？"

杨竟成为之一噎，回头看秦敏悦，而她只是双目失焦地看着栏杆对面。

一时间栏杆两边都沉默，审讯室六七个人却鸦雀无声，空气陷入了僵局。

坐在一旁，原本低着头眯眼不出声的可可缓缓抬起头，轻叹一口气，"我有证据，李德远是死于故意伤害。"

可可的话让所有人的视线都瞬间集中了过来。

她与向平凌厉地对视着，对面的眼神中蔓延着惊讶与怀疑，可可自心底发出一声叹息，如果这些话早一点、早几年有人对她说，常童现在会不会，还能活着？

向平动了下唇，似乎在考虑该说什么。

“我能证明谁杀死你儿子。”可可说完，秦敏悦立即浑身一抖，转身就想冲出来说什么，身前的杨竟成迅速拦住，对她摇摇头，而可可根本不往她的方向看。

向平嘴角扯出一个苦笑，“已经没有意义了吧。”

“证明给所有人看，她对你儿子做了什么，她隐瞒了什么。”可可依旧是淡淡的语气。

向平浑身一僵，她抬起头来看着穿着白大褂的女人，“你……要俺做啥？”

白翎侧头看了看浔可然，难道是女人独特的感性？她的话好像直中对面人的内心深处。

浔可然随手提过木椅，和向平隔着栏杆，正面对着坐下：“我要事实，关于常童的、全部、事实。”

即使已经不能改变结局。

## 20 真相

向平微微侧头，这人看起来一点都不像警察，她的声音很平淡，穿着白大褂，就这样平坐在俺对面，像一个愿意听我说话的人。她无声地叹口气，抬眼看向天花板，“这么多年了，有谁问过俺事实……”抬眼看着装满隔音泡沫的天花板，向平整个人像静止了一样无声无息，没有人知道她在想些什么，但是谁都知道现在不是打断她的时候，一秒一分过去了，审讯室里沉寂了好几分钟后，一声短促而清晰的冷笑声从向平嘴角泄出，她转回视线并非看向可可，而是直视杨竟成身后的秦敏悦。

“你要俺从哪儿开始说好呢……啊，对了，打俺儿子死了以后，你们赔给俺家五万块，不过那些钱都被俺男人拿走了，没多久他就硬把俺赶出了门，娶了隔壁村的一个年轻娘们，俺啥都没了，俺就想啊、想啊，这个撞死俺儿子的人是谁呢？为啥要这样害人呢？俺想见见这人，然后就没啥遗憾了……那天俺一个人在儿子没了的那条路上来回来回地走啊……走啊……只想着，说不好能遇到儿子的魂，能说上两句话，兴许能和儿子就这么一样去了。”向平淡淡瞟了可可一眼，“后来俺去领儿子的身体，有一个人，穿着和你一样的白大褂，告诉俺儿子不是车祸……他对俺说了很多谁也没说过的事情，俺觉得，俺又活过来了，有了一个活着的念想，俺一定要告诉这个撞死儿子的人，俺有多恨他，有多恨多恨……”

秦敏悦觉得自己身体已经没有任何知觉。

“俺花了好多时间找到她，原来这人还是个娘们，那天俺守在那个小区门口，里面有她家的小花楼，但是门口保安很凶，俺说俺找人，他们把俺推倒在地上，还说俺再来就打死俺……俺只好蹲在小区对面树下面，第三天太阳快下山的时候俺看到了你……”向平微笑着盯着秦敏悦，后者如同被雷劈中一样连呼吸都忘记了，“俺看到你时，你正挺着半大的肚子走在路上，俺拍拍自己身上的灰，然后向你走过去，俺想和你说俺咋这样恨你，俺想把你狠狠揍一顿，一边想俺一边走过去，那时，红彤彤的太阳把你脸晒得可热腾了，你一边走一边摸着自己肚子，然后笑嘻嘻地自言自语……你不记得了吧？俺也不知道咋的就站在那儿走不动了，你慢慢走过来，然后从俺身边走过去。”

秦敏悦觉得自己的大脑像是块慢慢融化的冰块，回忆像冰面上漂浮的一些碎冰般闪现，怀着童童的时候医生说要每天散散步有助于生产时减轻疼痛感，于是连续几个月每个黄昏她都会在小区里或附近转一圈，晒着温暖的夕阳，和肚子里的宝贝说话，那是她记忆中最温馨的时刻。是哪一天？自己走过这个女人身边，毫无知觉地继续着温暖的黄昏散步？是哪一天……

“就是你走过俺身边的时候，俺变了想法，俺不想你死了，俺就是想看看你在遇到和俺一样的事情后，会是咋样的表情，咋样的表情呢……因为俺觉得吧，绝对不能放过这个人。”

秦敏悦内心一抖，觉得自己产生了幻听，为何这句话听来如此熟悉，是谁……刚才说过……

“从那以后，每天俺就坐在你那小区对面的饭馆里洗菜，中午俺拿个小板凳，坐在树荫下，看着你穿着花花绿绿的衣裳包住越来越大的肚子，看着你男人的小轿车开进开出小区，看着你脸上笑得越来越开心，几个月后看着你抱着刚出生的娃从医院里回来，看着你带着你的娃在花园里晒太阳，看着你自个儿开车离开家后你男人车上带着另一个年轻娘们进了小区，看着你家保姆每天带着那娃去花园里玩儿，现在小区保安看着俺也习惯了，进出小区再也没人拦着了，俺想着，俺要的机会来了。”

秦敏悦没有发觉，自己的身体在打颤。

向平絮絮叨叨着，周围的人一片寂静。杨竟成还是没忍住开口直奔主题，“是你谋杀常童吗？”

向平根本没有理睬他，她和秦敏悦之间像是进入了旁无他人的空间中，秦敏悦依旧直愣愣地盯着她，而她也嘴角带着微笑继续道，“俺老是忍不住拿你家娃儿和俺儿子比较，俺娃一岁时长得还要再高些，但是你家娃比较聪明，他已经会咿呀啊呀地说两句了，俺把他带到租的房子里，喂他吃米糊，他也不哭不闹，咿咿呀呀的哟……俺那儿也没啥玩具，俺儿子小时候喜欢玩纸箱，俺就拿了几个小纸箱给你的娃儿看，可没想到他玩得欢着呢，一边玩一边吃俺喂的米糊，连印有你家啤酒厂字的纸头看也没看一块儿吃了下去。俺心里那个叫高兴啊，这娃咋这么乖，吃完后俺就哄他睡觉，然后用玻璃胶封住他的嘴，对了俺向老板娘借了个相机把他吃了米糊之后的样子都拍下来了，你待会可得好好欣赏啊……后来，等俺撕了玻璃胶之后他已经没力气哭喊了，手里抓着俺儿子的布娃娃，吐了几口，俺拍着他的背哄他睡，俺告诉他，娃儿乖，一会儿到下面去给哥哥做伴儿哈……”

向平抬起手，做出一个抱孩子的动作，一边微微摇晃着空空的怀抱，一边对秦敏悦愉快地笑着。

笑吧，笑吧，让你在夕阳下摸着自己的肚子继续笑啊……笑啊……

在场的人无不目瞪口呆地见证着这一切。

秦敏悦觉得胸口有一束火焰沿着整个人往上蹿，已经不知道自己在做什么，发出的是什么声音。

而在旁人的眼里，她瞬间撕破了人类的表面，发出厉鬼一般的嚎叫声向栏杆那边扑过去。

杀了你，我要杀杀杀杀杀杀杀杀杀杀杀杀杀杀杀杀了你！

向平站在隔栏的另一边，秦敏悦把整个人都嵌在了栏杆上，发出鬼哭狼嚎的脸庞被栏杆压迫扭曲起来，她伸出的手疯一般抓舞着想碰到向平，几厘米之外，向平示威一般地站在那里，依旧做着空抱孩子的动作微微摇摆，嘴角露出满意的笑，看着发狂的秦敏悦不紧不慢地重复着，“俺就是想看看啊，这个杀死俺儿子的人，会有啥子样的表情啊……咯咯，咯咯……”

可可缓缓闭上眼睛。

白翎等几人努力把秦敏悦带离审讯室，秦敏悦不断挣扎，一心想要冲过铁栏杆将对面人撕成碎片，碰到谁就攻击谁，用指甲不断抓杨竟成的脸，双手被反制之后，秦敏悦改用头猛撞栏杆，头颅与铁栏撞击的砰砰声，混杂着她凄厉的嘶喊，与向平鬼魅的笑声……在小小审讯室的空间中盘旋不断。

大缯进来时看到的就是这样混乱的情况，几秒钟后，他皱起眉向前几步，对准发疯的秦敏悦后颈就是一掌，后者终于安静地被拖了出去。

“全交代了？”大缯问一旁的杨竟成，看到点头示意，大缯又转身看可可，她依旧站在那里，视线像是看着向平若有所思，又像毫无焦点。

杨竟成上前两步，刚才试图控制秦敏悦的疯狂让他现在看来有些狼狈，但依旧不减他看着向平时眼神中怒意，“向平，你没想到这么快就被抓到吧？就算杀了孩子，你儿子就会回来了吗？现在自己也……”

“俺不后悔。”向平已经不再发出恐怖的笑声，很平静地打断了杨竟成的话。

“你不后悔？那你为什么要逃？为什么不一开始就跳出来说是你干的？”杨竟成反而激动起来。向平抬眼看他，“因为俺要好好瞧着她有什么下场……”

杨竟成压抑地在审讯室里转了小半圈，努力想找个理由说服自己什么，“那你把常童身体清理干净，让我们找不到你的痕迹又是为什么？你怨恨秦敏悦逃脱法律制裁，你自己不是也正想逃脱吗？”

向平深深地看了他一眼，没有出声。

“你说话呀？说得好像你自己有多大无畏，那你怎么不来自首？嗯？”杨竟成站在铁栏杆前，激动的声音像是投入湖中的石子，激起的只是对面的沉默。“不会是为了逃脱，”大缯插话道，“她根本不打算逃走，否则我们不会在常家门口抓到她。”“那她为什么……”杨竟成压抑的呢喃带着疑惑。

大缯低头看起审讯记录本，没有回答。短暂的安静之后，可可站起身来，看着向平身后流露光线的小窗口回答了那个问题。“因为她哭了，在面对尸体的时候。”即使忍不住哭泣，即使明知道是错的，仍然有必须要去做的事情，那种心情，没有人比浔可然更明白，如果止步，就此站住，未必会释怀，但定会失去活下去的理由。

窗外的光线照射在向平的后背上，投下一个静止的阴影。

向平的脸淹没在阴影中，让人看不清她最后的表情……

# 21 别

审讯室左转是公安大楼的阶梯，因为大楼中间有方便的电梯，现在已少有人出现在这老式的回旋阶梯上，浔可然一步一步拾级而上，转过无人的角落，止步于法医科前漫长的走廊。

初春的风自窗外灌进来，带着微潮的味道，法国梧桐在初春时才开始落叶，洒了一地的金黄色，微微颔首，浔可然的视线随着一片半空中的飞叶飘忽着。

“可可……”身后十步远，周大缯的声音低沉却清晰，并非平时那样走近，而是保持着距离站在那里，平日豪爽的男人此时不知该怎么开口。

“……你什么时候发现的。”浔可然也不回头，轻声问。

周大缯无声地叹口气，“你姐姐事故的档案我派人监控很久，有人从内部调用就会通知我。”

“所以……指使弄坏我电脑里那些文件的也是你。”浔可然的声音似无波澜。

梧桐叶被风吹打在墙壁上，无力地挣动着，似乎想重回天空。

周大缯深吸一口气，“放弃吧，浔可然。找到那个人你又能怎样？看看向平的下场！”

风吹起她的前刘海，浔可然无声地背对身后越发激动的男人。

“向平心里只剩下仇恨是因为她只身一人一无所有，但是你不一样，可可，你有自傲的工作，有家有亲人……最少，最少……你还有我……没必要为了已经……”大缯说着缓缓往前跨出一步。

“闭嘴。”可可的声音像来自遥远的幻觉，却直接明了，压迫着大缯的神经，把他说到一半的话全卡在喉结里。

许久后，浔可然的声音再次撕裂了沉默的空气，“周队长，工作的事情我会听取意见，但寻找撞死我姐姐的凶手……这是我的私事，就算你……就算你去局长那里揭发我，也不会改变想法，而且，你也没有资格干涉我。”

低沉的愤怒，无奈的叹息……

“周大缯，不要自以为你是我的谁，可以对我的人生比我更有权指手画脚。”浔可然说。

横竖算是个汉子的男人觉得像被一桶冰水从头浇下。

寂静的走廊与窗外呼啸的春风形成冰冷与温暖的对比。

浔可然背对着大缯，面前不远处法医科办公室的门却突然自内打开了，伴随着熟悉的粗犷声音让可可神经一颤，“他没有资格，那我总可以说罢！”

抬眼凝神一看，浔威震高大的身子在地上画下长长的阴影。

“小然，你给我放弃这事，我不允许你再追查你姐姐的案子。”父亲的威严迎面而下，连大缯也是第一次领略到浔威震多年军人的一身肃杀之气。

浔可然微微皱眉愣了一会，然后突然微笑起来，她转过身看向大缯，“我还没有找到最后的答案，你就迫不及待地搬来救兵？周队长，你不像是这么沉不住气的人，除非……”她又回头看了看一脸肃然的父亲，“能把我爸都搬来的原因无非是我找到了凶手……或者，你们找到了。”

大缯眉间一紧，随即又克制住自己的表情变化，但那一瞬间的反应让准备好观察他的浔可然立即发现了。

原来叫我住手，搬出父亲压迫，你们却私下已经找到了我苦苦寻找的答案。

“小然……”浔威震的话还没出口，已经被压断。

“我恨自己，”浔可然微笑着说，“恨自己为什么要跑出门让姐姐遇到车祸，恨自己为什么害死了爸爸引以为傲的女儿，恨自己犯了弥天大错还被所有人小心翼翼地保护着，恨自己，为什么还活在这里。”

浔可然看向走廊窗外，“你们可以强制我放弃这件事，把所有我追查到一半的资料都销毁，爸爸你做得到，但是这样做的唯一后果就是这辈子我都会活在自我仇恨里，我不会恋爱，也不会结婚，不会快乐地生活，因为我觉得自己不配……这是你想要的吗？”

浔威震和周大缯都愣住了，阻止她是怕可可找到肇事者而前去复仇，把自己前途毁尽，现在看来不让她追寻到最后答案又像是一场慢性自杀，进退皆是错。

都是错……

打开门，夕阳消失后的余光自客厅窗户中落下，放下塑料袋，平时一定会闻声出现的黑猫素素没有来，似无人的公寓显得如此寂寥。

可可给自己倒了杯水，对着空白的墙壁愣了一会，然后一饮而尽。

“小可可你该去做舞台演员，喝水都这么深沉呵呵……”调侃的声音自背后出现，可可警觉地回头，看清来者后，面色显得阴沉。

“你们来做什么？”她问。

“我叫她来的，”周大缯指着古吉说，“来给你做心理辅导。”虽然脸色也不好看，不过大缯更显得严肃而非愤怒。

距离大半个客厅，一股紧张的气氛却将两边拉开了无形的距离。

古吉微妙地眯起眼，“难道你不欢迎我？别这么紧张啊，小可可，我们又不是第一次见面……”

“我不欢迎任何不请自来的人。”浔可然声音冷淡，话音未落，从腰后口袋里摸出一件东西。

古吉听到身后周大缯震惊的吸气声。

那是一把口径只有 0.38 的迷你型手枪，银灰色的枪身微微泛着光，枪口对准古吉与周大缯旁边不远处的墙壁。

一片冰冷的寂静。

大缯的声音显得更加低沉，“浔可然，我们要好好谈谈，我不记得你有持枪许可。”

“交出那个人，否则无可谈。”一字一箭。

大缯紧皱的双眉昭示着压抑的怒火。

古吉却横进来插话，“喂，和我谈谈总可以吧？我是站在你这边的，小可可。”

举着银色小枪的手微微一摇摆，浔可然用无声的肢体语言表达了“你和他都站在一边”的意思。

“要么交出那个人的信息，要么，现在就滚出去。”

大缯迈开步子向可可走来，我就不信……

“窣——”类似一声暗哨擦过耳边，一颗子弹准确地打在他身旁的白墙上，给完好的墙壁敲出一个圆孔。

“后坐力很小，无声无息，力道也不大，打不穿墙壁，但是这个距离……穿透人的身体足够了。”法医如同教学一般的语气，解说着冰冷的决心，“沿着墙壁，给我出去，两个人。”

大缯不知是不是吃惊过度，呆在原地不动，在古吉的半推半拉下，才木然着离开可可公寓的门。

立刻锁上门上三道锁，可可独自沿着墙慢慢滑下，手中的枪是如此烫手，刚才我做了什么？对周大缯耳畔的墙壁开了一枪，如果打偏……没有人知道，她紧张的手已然无法动弹，只好用另一只手把手指一指一指从枪上掰下来。

对不起……对不起，大缯……对不起……姐姐……对不起，对不起……对不起……让我活下来，不就是为了抓住撞死你的凶手么，如果连这样都做不到……当初留下我一个人，又有什么意义？……对不起……我不是要对你开枪……对不起……对不起……大缯……

“快点你个笨蛋！”

“等一下、一下下，我马上就穿好啦！”小手努力揪着鞋后跟，带着哭腔的声音说道。

“哎呀你真笨死了。”她冲过来，用熟练的动作帮眼前的小人儿穿好鞋子。

“嘻嘻……姐姐，小城堡里会有王子吗？”

“不知道，但是有很多好玩儿的东西，我可告诉你哦，绝对不可以告诉妈妈，否则以后都不带你去了。”

“好，好……”忙不迭地点着小脑袋。

“好啦，我们走！”

两人刚走到门口，突然后面传来妈妈的声音，“哎呀，小云你带然然去哪里？外面还下着雪呢！”

稍稍一迟疑，刚走到门口的身子就被后面抱起。

“不嘛不嘛，我要和姐姐一起去小城堡！”

“小云你太不懂事了，然然还小呢！这么大雪摔跤怎么办？”

“姐姐……呜呜呜我要去小城堡，妈妈放开我……姐姐……”

“不准去，然然乖不哭了，我们在家玩好不？小云你也不许出去。”

嘻嘻……嘻嘻……浔云洁稚嫩的脸庞上露出一丝诡异的笑容，转身向门口奔去，消失在白茫茫的雪色中……

“姐姐……姐姐……哇啊啊啊……”浔可然的哭声撕裂而起，不断挣扎的小小身躯却被母亲从后面抱住，“哇啊……我要姐姐……要姐姐！……”

叮铃……叮铃……

谁，好吵……

慢慢睁开眼，好像又没睁开……原来天色早已黑透，沿着墙壁坐在客厅一角，浔可然慢慢自梦中苏醒，视线由模糊转为清晰，首先对上的是另一双眼睛，黑猫素素玲珑剔透的眼珠发出幽绿的光芒，让迷蒙的神智瞬间清晰。

“素素……”伸出手去，黑猫优雅地抬步，站到可可腿上，微微侧脑袋，看着主人，然后靠近了对着可可的衣服磨蹭起来，脖子上的铃铛发出清脆的叮铃声。

可可轻抚着素素身上温暖的毛纹，发现自己双眼干涩，有种想哭却无泪的感觉。

黑暗中，一阵光芒亮起，不知何时落在手边的手机震动起来，屏幕的光照亮了整个房间。

可可拿起手机，对着屏幕犹豫了几秒，微微叹口气，按下接听键。

“喂……”